海桀 —— 著

蓝色方程
Blue Equation

青海人民出版社

图书在版编目（CIP）数据

蓝色方程 / 海桀著． -- 西宁：青海人民出版社，2022.9
ISBN 978-7-225-06364-5

Ⅰ.①蓝… Ⅱ.①海… Ⅲ.①长篇小说—中国—当代 Ⅳ.① I247.5

中国版本图书馆 CIP 数据核字（2022）第 117753 号

蓝色方程
海桀 著

出 版 人	樊原成
出版发行	青海人民出版社有限责任公司
	西宁市五四西路71号 邮政编码：810023 电话：（0971）6143426（总编室）
发行热线	（0971）6143516 / 6137730
网　　址	http://www.qhrmcbs.com
印　　刷	青海德隆文化创意有限责任公司
经　　销	新华书店
开　　本	890 mm×1240 mm　1/32
印　　张	10.125
字　　数	240千
版　　次	2022年9月第1版　2022年9月第1次印刷
书　　号	ISBN 978-7-225-06364-5
定　　价	48.00元

版权所有　侵权必究

真正的喜悦,来自奥秘的开放,
那是花蕾的辉煌,足以照亮整个夜空。

1

依楠接到奶奶的保姆田姨的电话，说老人家打从上周就不对劲儿，从早到晚翻箱倒柜，找人上门清理书籍，焚烧旧物，整理房间，但凡老当年的东西大都扔了；胃病发作也不去医院，唠叨起来没完没了，说的都是她听不懂的话。她怕出事儿，给依楠发了视频，让她赶紧回来看看。

视频上看，奶奶半夜三更还在书堆里找东西，身边放着余烬袅袅的火盆。给她打电话，永远关机。转打保姆，她还不接。

奶奶退休前，在国家第二机械工业部九院二二一厂，做过多年核子化学、放射化学的应用研究，是一级研究员。八十二了，胃上做过大手术，高血压，前些年又患上了冠心病，行为能力已大不如前。

依楠的父亲依畅，是国内有影响的脑外科专家，正在海南三亚做工作交流，确切地说，是脑创伤手术实例交流，工作日程极其紧张。母亲是搞生物研究的，长期在非洲工作，不到年底是回不来的。

依楠不敢怠慢，放下工作，立刻驱车赶往湖海之滨。

所谓湖海之滨,是片依山傍势面朝大海的疗养地,清一色的白色别墅,远远望去清朗神秘,令人遐想。

依楠喜欢湖海之滨。

这儿的海边是旅游禁区,没什么游人。

之所以是禁区,因为西北方连绵的山峦,覆盖着稠密的森林。海岸北边,山势低缓,大块大块片状的礁石,鱼鳞似的从海里伸延出来,与岸上白色的山岩犬牙交错,陡峭奇崛。游人攀爬,一旦滑坠,要么跌下石崖,要么落入大海。由于发生过事故,整个区域一直封闭。而西南方是大面积的山区茶园,这就使连绵数公里的东部海滩独享一隅,格外幽静。尤其难得的是,就在这片海滩的跟前,有个不大的湖泊,月牙似的簇拥着层层叠叠的园林。涨潮时,海水漫过沙滩,注入湖泊,形成连环的奇观,独特极了,漂亮极了。

而白若装饰的别墅群,就建在湖畔的坡上。

奶奶住在B3区11号。

她似乎知道孙女要来,坐在樱桃树下的摇椅上,见到依楠板着脸说:

"你不是昨天要来的嘛!"

依楠见奶奶气色不好,背也驼得厉害,赶紧上前,小心翼翼地顺着她:"没有啊,谁说我昨天要来的?"

"你啊!你在梦里给我说的,咋说话不算话呀!"

一听这话,依楠乐了:"您的梦真准,这不是来了嘛,您好吧奶奶?"

"好什么呀,不吃一把药,整夜都睡不着觉!你爸妈也不来看我,两三年了也不来一次,太不像话了!"

依楠瞅了眼堪比家人的保姆。

保姆捂着嘴偷偷发笑。

依楠明白她的意思，故意较劲说："不对吧，爸爸出差前，不是来过了嘛，是您请大家吃的螃蟹，咋就忘了呢！"

"谁说我忘了！"奶奶语速很快地说，"我的意思你不懂，不是特别的日子，他们就不来看我，包括你！"

依楠彻底放下心来，知道奶奶并无大碍。

在她看来，奶奶脑子清楚，意识正常。保姆紧张，有她的道理。入秋以来，奶奶胃病常有复发，心理负担重，情绪动辄起伏，语言突兀，行为怪异，像是病得不轻。但依楠知道，奶奶之所以这样，跟生日临近思念爷爷有关。

之所以这样判断，因为有过先例。

是在奶奶八十岁生日那天。

依楠清楚地记得，那天的雪格外柔美，从午后一直下到傍晚。

她从没见过那么大，那么白，那么干净，那么美丽的雪花，飘飘悠悠，缠缠绵绵，童话似的抚摸着水草树木，山川大地。

大家给奶奶祝寿，赠送礼物，给她唱歌，听她唠叨。

父亲敬酒的时候，奶奶不喝红酒，非要喝白酒。

结果两杯白酒下肚，她的情绪就激动起来，第九百九十九次对父亲说，你答应带我去青海，给你爸爸扫墓，可你就是不兑现！

父亲说，对不起啊，今年不行了。这都秋天了，那边海拔高，三千二百多米呢，天寒地冻不方便，明年夏天一定带你去。全家陪你去，好不好啊？

奶奶异样的眼光瞪着他说，得了吧，你以为我不懂你的鬼把戏，以为我老太婆好哄好骗是吧？

父亲说，哪能骗你啊，这早就是计划里的事了。

奶奶不干，瞪眼变脸，情绪激动，愤愤地说，得！你以为我傻是吧，以为我老年痴呆，以为我求着你了是吧？实话告诉你，不就八十嘛，我说走就走，明儿就走，自己走！你们不信？

大家赶紧赔笑，有顺溜的，有拐弯的，都想转移话题。

以往这时候，她即便再不满意，也会控制情绪，拿出惯有的风度，以宽容的心态，慈祥的微笑，让大家开心。

可这次不知怎么啦，她脾气突然暴躁，语气格外强硬，格外冲动，说你们都给我闭嘴，让我说完行不行啊！不要阻拦，不要废话，行不行啊！

大家就都被镇住了，奶奶是家里的活菩萨。

她大声说，我可不是信口开河，我这次真的要走，走给你们所有人看！也许，也许就在明天，或者后天，随便什么时候。

依楠说，奶奶，您胡说什么啊，咱们可是说好了的，您走哪我跟哪儿！

你小姑娘，干吗跟我老太婆啊！奶奶做出不情愿的样子。

依楠抱住她的肩膀，故意撒娇说，你不带我是吧，我偏要跟你去，谁让你跟我唠叨，谁让你答应过我呀！

奶奶乐了，她轻轻抚摸依楠的长发，抚摸她的脸蛋，满脸是笑。

可在依楠眼里，她分明在叹息，分明在痛苦。她那眨巴着的微眯着的眼睛，看似慈爱温暖，柔和可亲，但若你仔细点儿，敏感点儿，与她眼里的精气有了碰撞，有了交流，看到的就不仅仅是老人的慈祥了。是的，那里面的里面，既有着不屈不挠的意志，又有着神秘莫测的悲情，让人说不出地心酸和难受，而且迷人，而且诱惑。

奶奶显然感受到了气氛的压抑，她努力做出微笑，振作精神说，你们咋回事呀，干吗都这样看着我？我说了，我这几天不舒服，吃不香，睡不好，脑子里乱七八糟，动不动就急躁，就冲动。我不想这样，真的不想，可由不得自己。你们别拦我，也别劝我，由着我就好。我知道我老了，都八十岁了，血压不好，冠心病，再去高原，已经是不可能的事情了。我知道依畅一直在哄我，像哄小孩儿一样，为的是让我开心，让我顺心。知道你们大家都在安慰我，都在孝顺我。这让我高兴，让我幸福。我也知道越是这样的时刻，我越应该克制自己，理性做人，绝对不能情绪化。我什么都知道。可实话实说，我在你们面前，更想随心所欲，更想随缘随性。说白了，我就是想在脑子清楚、手脚还好的时候，再去一次青海，想再看一眼那儿的雪山，再走走那儿的草地，再望望那儿的星空，再用那冰凉的雪水洗洗手拍拍脸。

奶奶说到这儿，大家就都安静了。

她满是向往地说，你们不知道，那儿的雪山有多么干净，那儿的草原有多么漂亮，那儿的星空有多么迷人。

我就想回到那儿，围着当年的基地转上一圈，然后迎着初升的太阳，迎着蓝天白云，登上那个梦魂萦绕的山坡。在那个神圣的陵园里，在那个不大的坟茔上，再去看看依放，给他烧张纸，见个面，俩人一块儿，相互搀扶着，回到五十年前的日子里，走一走，看一看，瞅瞅那些过往的岁月，唠叨唠叨彼此的心事儿。

你们不信是吧？

可我说的是真的。

但凡经过的，都是能够重逢的。

到了我这把年纪，人人都想回到过去，人人都能回到过去。

你们还年轻，不会明白的。

即使是我，也才刚刚知道。

可我为什么想让你们明白呢?

我说不清楚,可能是因为血缘,因为契机吧。

有血缘就有契机。有契机就有未来。有未来就有方向。有方向就有动力。

我不记得这是谁说的了,我要补充的是——

有愿望就有遗憾!

说着,就又激动起来,说你们理解遗憾,你们懂得遗憾吗?

不,你们不懂!

年轻人怎么会懂得遗憾呢?说着,话题一转,对身边的依楠说,楠楠,你知道不知道,这世上最不讲信用,最没良心的就是你爷爷,真正大情大义的男人,还是你爷爷!

大家全都鸦雀无声,知道她又要讲那永远讲不完讲不够的三句半了。

可这次不是三句半。

她说你们所有人除了依畅,都有个最大的遗憾,就是没见过依放。

他是玩函数方程的高手。

你们知道什么是函数方程吗?当然知道!你们都是大学生,都是知识精英,哪能不知道呢!可我说的是五十多年前的事儿,那会儿的青年数学家可是不多,依放算是其中的一个。我认识他的时候,他才二十四岁,就已经在函数方程领域取得了非凡的成就。他是留学生,在莫斯科大学攻读数学本科整整四年。他的毕业论文探讨的是数论。数学系的教授们,对他有着很高的期望,认为他是一颗正在升起的希望之星,尤其在函数方程领域,达到国际一流水平是早晚的事。

啥叫一流水平,按当时的说法,是既有理论高度,又有实际意义，也就是后来所说的理论结合实际，能够解决科学技术的尖端问题。

他是个好男人，一米八二的个子，气质优雅，相貌堂堂，帅气十足，还多才多艺，会跳难度很高的俄罗斯民间舞蹈，是游泳高手，还会写诗呢。

可惜啊，走的时候才三十一岁。

那会儿是夏天，都七月初了。

依楠知道奶奶又要说什么了，有意打岔说，奶奶，您说六月份的草原还常下雪，是真的吗？

当然是真的！奶奶声气很大地说，海拔三千二百多米的高原，六月初草原才开始真正返青，天气说变就变，那温差才叫大，早上只有三五度。到了中午，太阳就是火辣辣的，能晒爆你的皮。而一到了阴凉里，就像进了空调房。你知道吗？不知道吧！改天跟我去青海，我带你去看看。

2

保姆的担心是对的。

奶奶的房间空旷了许多，陈旧的家具，不用的物品，大都清理了；多年积累的书籍资料，连同书架书柜，以及珍藏的老式军需品，全都没了；床铺桌椅连同所有饰物，收拾得干干净净，一尘不染。

依楠震惊：

"奶奶，您干吗把书都扔了呀？"

"不扔你要啊！"

"可以赠送图书馆啊。"

奶奶不屑地说:"那些书,早过时了,没有任何利用价值了,图书馆才不稀罕呢。我活着,是我的陪伴和安慰;我走了,就是麻烦和垃圾。与其让你们为难,不如早做了断。"

依楠不高兴地说:"那您也该打个招呼啊!"

"打什么招呼,"奶奶做出武断的样子,"我的决定还要请示你啊!"

"当然了!"依楠撒娇,"我是您唯一的孙女,您的不就是我的嘛,不请示我还行啊!"

奶奶笑了:"好好好,那我就向你请示,你先看看这个。"

依楠接过奶奶递过来的信封,抽出里面的信瓤儿,打开来,浑身不由得一颤。

竟然是手书的遗嘱。

四张A4白纸,黑色文字,一笔一画,工工整整,除有个别繁体字,格式极其讲究,签名处摁有手印,盖有印章。内容分大类小项,该想的不该想的,该说的不该说的,都有详细表述和注明,可谓严谨周到,一丝不苟,连后事的具体环节,都清清楚楚写在了纸上。特别强调的是,生命临近终点时,坚决要求尊重个人意志,只做止疼消痛方面的治疗,不进ICU,不做任何延缓生命的治疗和努力。坚决要求丧事从简,不发讣告,不搞遗体告别,不搞吊唁追思,不给单位找任何麻烦。唯一的额外要求,是单另写给儿子依畅的,让他把她离世的消息,打电话告诉她远在北京的几个好友。

看着依楠的表情,奶奶心满意足,语调轻松地说:

"这份遗嘱,我早就写好了,改了几次。这次算是改定了。明天你带我去公证处,由他们认可公证,成为正式文件就可以了。

我还给你们录了音频，还给你们唱了歌呢，我走之后你们才可以听哦。"

"您不打算给我爸爸看看再公证啊？"

依楠郑重地说。

"不！"奶奶语气坚定，"我的遗嘱我做主，他是我儿子，按我说的做，让我满意就好。"

"那您干吗让我看啊？"

"你是我孙女啊，让你看，是为了监督你爸爸。"

依楠释然，弄了半天，这才是奶奶召她回来的原因。

奶奶考虑遗嘱的事儿不是一天两天了，一年前她就给依楠唠叨过。

说她经常胸闷气短，心悸失眠，有几次天快亮的时候，心区疼痛，有过强烈的濒死感。住院治疗好些了，但得常年吃药。医生建议她放支架，扩展狭窄了的主动脉。她不同意，感觉还不是时候。可又觉着问题严重，说不定哪天又犯病，一口气上不来，就睡过去了。思前想后，让依楠帮她从电脑上下载有关遗嘱的法律条文，并帮她连线咨询。

依楠认真帮她解决问题，她很满意。

然后就和孙女唠叨往事，都是老当年的经历，似乎世界上最美好的事情，最幸福的感受，都来自他们曾拥有过的年代。即便那些岁月有过艰难，有过困苦，抑或她本人有过不幸，但都充满着美好和浪漫，梦想和激情。

让人觉着，人老了就应该这样，就应该豁达，就应该开心。

尤其像奶奶这样有过非凡经历的，给人的感觉更是千篇一律。

似乎他们的人生只是光鲜，只是成就，只是幸福，只是美满，从未有过遗憾和挫折。而且他们都是特殊材料制成的，思想敏锐，坚强自信，智慧超群，以苦为乐，从不气馁。任何时候，都能称得上他人的导师，社会的栋梁，人生的榜样。即使不像英雄名人那样，活着的时候，是民族的骄傲，去世之后，是光荣的丰碑。但都属于楷模的群体，属于顶尖的人才，属于时代的精英，实现了的不仅有非凡的自我，还有不朽的价值。

然而，如果摘下定型眼镜，放下敬畏之心，只是带着真挚的情感、深入的愿望，以平常人对平常人的方式，试着进入他们的内心，与他们看似不同的心灵，进行诚恳的交流和沟通，或带着美好的期望，真切的心愿，实实在在恭敬他们，亲近他们，感知他们，理解他们，倾听他们，你就会看到，有完全不同的别样的门窗，通过他们的眼睛和心声，通过他们的真情和念想，在他们心灵深处一个个打开。那可不是一般的门窗，它是经过时间过滤的凝固的河流，它是耸立天际的无字的碑塔。

而在那绚烂人生的风景里——

还有忧伤的花朵。

还有憾恨的果实。

继而，你惊讶地发现，所谓神秘人生并不神秘。

功勋豪迈的背后，是和我们普通人一样的血肉之躯，一样的悲欢离合，如有不同，那就是更加卓绝，更加悲壮。

她发现，奶奶只要打开话匣子，由着她放飞情感，信马由缰，一旦轻松到了那个神秘的奇点上，她生命的密码就会激活，精神高度兴奋，意识空前活跃。唠叨的，就不再是过往的琐屑，也不再是泛泛的话题，而是生命的感叹，是人生的起伏，是生活的本相，还有人性的根本。

奶奶是有故事的人。

可她看上去那么普通，那么一般，走在大街小巷集市商场，就是平凡百姓，就是邻居家的老太太。

然而——

平凡与伟大，不是正负数，它们之间永远不会是零。

奶奶有故事。

爷爷有传奇。

依楠一直想把他们的故事写下来。

她猜奶奶也想让她写，可不知什么原因，奶奶一直不答应，也不往明里说。

一次，依楠在海滩上给奶奶拍照。

那是天空湛蓝的早上，退潮后的海滩，微风轻拂，连绵的沙岸白得那么干净，那么清爽。奶奶坐在初阳下，静静望着海天相接的远方，像是沉浸在回忆里，又像游走在梦境中。在她面前，雪白的浪花，一波一波涌过来，一层一层退下去，发出哗哗的声响，犹如交融的海天，在明媚的阳光下，不倦地歌咏，在深不可测的轮回里，神秘地往复。

末了，俩人一块儿坐在阳伞下。

奶奶说，这不是海。

不是海是什么呀？

是湖！

依楠惊讶了，说奶奶，您再看看，这明明是海，您咋说是湖呢？

我说是湖就是湖！

奶奶喜欢大海，喜欢早晚平静的海面，到了痴迷的地步。只要天气好，步行看海，是例行功课，没人挡得住。还动不动就毫无理由地呆坐在海滩上，直到田姨来找。可这会儿，明明是面朝大海，硬说是湖，这不能不令人疑虑，不能不令人担心。

奶奶，您的眼睛没花吧？您再看看，这是真正的大海啊，湖在您的身后呢！依楠认真道。

奶奶白她一眼，说大惊小怪什么啊，我还不傻，不糊涂，我是说，这会儿的海面就像是湖。

依楠放下心来，有这么大的湖吗？

当然有啦，你知道青海湖吗？

知道啊！

不，你不知道，那不是湖，那就是海，青色的海。你别以为我老得湖和海都分不清了。告诉你，那片湖水就跟这海一样辽阔，一样浩瀚。远远望去，与天相接，比宝石还蓝。那水也是咸的，跟海水一模一样，雪白的浪花，带着遥远的腥味儿，哗哗地拍打着湖岸，呼唤着翔集的海鸟。

湖水的颜色啊，在阳光的照耀下，云天的映衬下，风浪的幻动下，时而蔚蓝，时而青翠，时而灰白，时而碧绿，时而深紫，还有罕见的鹅黄，在粼粼的波光中，时隐时现，瞬息万变。

湖上的云，也比这儿漂亮得多，丰饶得多，还有祥云呢，真的五彩哦，从雪山顶上飘游而来，虚化而去，魅力极了，梦幻极了。

而高原的风，掠过湖面，轻柔地抚摸着湖畔的草原。

那可是我见过的最美的草原哦。绿得发亮的草滩上，溪流边，开满了缤纷的野花，红的紫的白的蓝的，最多的是格桑花，金黄灿烂。

放眼望去，到处都是幸福的牛羊。

那牛可是牦牛哦，有着健壮的身躯，黑色的披毛，粗壮的尾巴，弯弯的犄角。牧民们的黑帐篷，就是用牦牛的披毛编织的，造型别致，棱角独特，远远望去，在雪山湖水草原牛羊的衬托下，像是活着的巨兽，生动极了，诱惑极了。

奶奶一气说下来，流畅自然，简直就是画面解说。

依楠不由得震惊。

她是心理学硕士，对人的心理和心灵有着本能的执着和敏感。一个人，一个八十岁的老人，能对一个远在天边的地方，如此牵挂和怀念，以至于深情到诗情画意，足以说明，她生命中最最刻骨铭心的故事和经历，就发生在那儿。而那些故事和经历，无论多么难忘，一旦和诗意挂钩，就有了完全不同的内涵和意味。

那么奶奶的青春岁月，不定多么传奇，多么绚烂呢！

然而，令依楠不解的是，奶奶对往事向来谨慎，无论怎么诱导，都不肯吐露。

这与爷爷有关。

一提起爷爷依放，她沉闷的情绪就瞬间翻转，兴奋起来没个完，仿佛世界上最优秀最能干最智慧的男人，就是她的丈夫依放。

可真要让她认认真真聊聊爷爷，尤其具体到俩人的往事，她就本能地警惕、拒绝和躲闪，让人觉着他们之间一定发生过大事儿，觉着爷爷的死极不寻常。

对依楠来说，奶奶成了课题，成了诱惑。

她下定决心，要打开奶奶的心扉，倒出她珍藏的秘密。

那天，从海边回来的路上，她小心翼翼问奶奶，您和爷爷经常去湖边吗？

奶奶说，那是不可能的，青海湖离基地远着呢。

那你们咋就去了呢？

运气好呗。

啥运气啊？

奶奶长叹一声,说那都是过去的事儿了,还说它干啥。不过呀,你得答应我一件事儿!

啥事呀?

我走后,你要和你爸妈一起,把我的骨灰葬到青海去,或者把你爷爷的骨灰请回来,要让我俩在一起。

依楠顿时敏感,奶奶,你咋又说这事啊!

因为我就是这么想的。我知道,这要求可能过分了。青海那么远,几千里路呢,多不方便啊,可这就是我的愿望。我也知道,我不该唠叨,重要的事,想说的话,应该写在遗嘱里,或者日记里。至于那些忘不掉的有趣的事儿,可以写成小故事,即便不能成书,也是个纪念。可我写不出来。我的论文能达到顶级刊物发表的水平,可就是不会写文章。不会写,又忘不了,那就只能唠叨了。

依楠说,那就唠叨呗。您的唠叨很有情调,生动极了,我喜欢!

不!奶奶肯定地说,你哄我,你不喜欢,我知道你不喜欢,老人的心,你们年轻人不可能理解。

谁说不理解啊?

我说的啊!奶奶笑眯眯地看着她,慈祥地说,你还小了点儿,连婚都没结呢,不到时候,不会明白的。

那你告诉我,原模原样地告诉我,我帮你整理,帮你写,写成回忆录,出版成书,让更多的人喜欢,让更多的人看到,行不行啊?

奶奶想了会儿,认真地说,这可是大事儿,你得让我想想。

这一想就想了一年多,一会儿答应,一会儿反悔。

3

吃过晚饭，依楠有意再提回忆录的事儿。

奶奶难为情地说：

"你干吗又催我啊，我仔细想过，还是算了吧。"

"为什么啊？您明明答应过的嘛！"

依楠的眉头蹙了起来。

"答应归答应，回忆录是离不开家人的，奶奶的家世，太复杂了。"

"有多复杂？"

"要多复杂就多复杂。我们艾家曾经是大户，单是你外曾祖父，兄弟姐妹就有十一个。弟兄七个又有十九个儿子，继承家业经商的，带兵打仗送命的，远渡重洋求学的，做官做到京城的，都曾经有过。出过能人，发过大财，天灾人祸也不少。说明白点儿，艾家出过外交官，出过革命党，出过珠宝商，抽大烟逛窑子赌博坐牢谋反枪毙家破人亡的，也都有过。虽说家境早就破落了，直系亲属也大多不在人世了，但作为艾家的后人，写回忆录这么大的事儿，不能我一人说了算。联系沟通的结果，是所有人都反对。他们不指望我给家族添彩，更不希望我招惹麻烦。我的一个侄子，毫不客气对我说，姑姑你没事吧，写回忆录，那是大人物的事儿。就算你当过科学家，见证过重大历史，但毕竟隔行如隔山，你没研究过文史，不可能有高瞻远瞩的历史观，搞不好，就会出错，就是麻烦。再说了，写回忆录哪怕再慎重，就算是圣人，也避不开家族，随意对自己的祖先品头论足，对父母长辈说三道四，合不合适，你自己掂量。几个好友也表示反对，说回忆录可不敢随便乱写，尤其保密单位出来的人，分寸尺度很难把握，哪怕再真实，他人眼里也是问号。"

奶奶说出了心里话，依楠心里有了底，故意嗔怪道："谁让你写家史了，我让你写的是你自己的回忆录。只忠诚于自己的成长和经历，见识和思想。也就是说，你只需对自己的人生负责任。当然了，回忆录本身，是对昨天的纪念，对过往的告别，对未来的思考。越是真实，就越有价值。"

"有意义吗？像我这样的小人物……"

"小人物怎么啦？我们的人类，我们的国家，我们的社会，不就是千千万万普通渺小的男女老少构成的嘛。没有小人物，哪来的大时代？况且您还是科学家呢，可不是一般的小人物！"

奶奶沉思了会儿，感慨地说："是啊。我也这么想过，就算不是回忆录，把我们经历过的，忘不了的，还有你们想知道的，该知道的，说出来写出来，让你们年轻人知道前辈真实的人生和往事，未必没意义。可又一想，现在过去两重天，社会和时代，思想和观念，早就天翻地覆，谁会对我老太婆的过去感兴趣呢？我就这么复杂，就这么矛盾。"

依楠感慨而又恳切地说："社会是社会，时代是时代，再过一千年，哪怕人们的思想和观念，和今天相比，差距大到了地球到火星，可人只要还是人，还是血肉之躯，就离不开人的亲情伦理，离不开爱恨情仇，离不开善恶是非。那么和今天的人，本质上永远是一样的。就像我们看古人，看他们留下来的遗迹，看他们成熟过的思想，看他们传下来的文明，英雄美人，史诗豪杰，风花雪月，永远那么亲近，那么诱人，那么熟悉。他们所经历的，所思考过的，所困惑过的，也都是我们所要面对的，比如说善与恶，比如说灵与肉，比如说生与死，既有大自然的规律，还都是历史的必然。而历史，是所有人的历史。只有所有人的历史，才称得上是真正的历史。"

这话说到了奶奶心里,她柔光闪闪的眼睛望着依楠,想说什么没说出口,下决心似的拉开抽屉,拿出用丝巾包裹着的老旧的影集,小心翼翼打开。一页一页翻着,边翻边说,听不清她嘀咕的是什么,像是自言自语,又像是给依楠在讲解。

这本影集,是奶奶的珍藏,依楠看过很多遍,里面有外曾祖父母的全家福,有爷爷奶奶的大学生活,有美好的爱情记忆,有子女的成长经历,还有不少老当年的生活照。照片大都是黑白,保存得当,相当清晰。

当翻到她和爷爷的合影时,她停了下来,久久地凝视着照片。

这是一张半个世纪前标准的黑白两寸生活照,扎着两条小辫儿的奶奶,紧紧抱着爷爷的胳膊,把头靠在他的肩膀上。她的嘴像是抿着,又像是笑着,好看的鼻梁,动人的酒窝儿,明亮的眼睛有点儿调皮,还有点儿腼腆。爷爷显得紧张,表情呆板,但两只眼睛格外有神,宽阔的脑门令人遐想。

就在这张照片的下方,有张多人的合影。

奶奶指着正中的一个男人说:

"知道这是谁吗?"

依楠说:"我咋知道啊,他是谁?"

"邓瑞贤。"

依楠不由得一愣。

"知道邓瑞贤吧?"

"知道,他是了不起的核物理学家!"

"不仅是核物理学家,他还是咱们国家第一颗原子弹的总设计师,从事核理论研究整整三十六年,取得过巨大成功。"

"你怎么会有这张照片?"

奶奶神秘地笑笑,指着最后一排的一个高个青年,不无骄傲地说:"瞧这人是谁?他就是你爷爷依放啊!"

依楠惊讶:"是爷爷?"

"对啊!"

依楠捧起影集仔细观看,照片上的青年神情坚毅,昂首挺胸,像是凝视着远方,他的头发有点儿乱,像是被风吹起来的。

"看清了吧!"

"就是个大模样,眉眼不是很清楚,怎么没有你啊。"

奶奶遗憾地说:"我们不是一个单位的,怎么会有我啊!"

"你们和邓瑞贤很熟吗?"

"不是我熟,是你爷爷依放和他熟。你爷爷在二二一厂的主要研究课题和攻关项目,就是对老邓负责。"

"老邓?"

"对啊,二二一厂明确规定,对重要科学家和高级工程技术人员,是不允许称呼真名的。也就是说,他们的名字是保密的。老邓是理论部主任,是特别可亲可敬的一个人。这张照片,是老邓读了你爷爷的论文后,特意去看他,俩人长谈后,在办公楼的大门口和大家一起拍的。可惜的是,那么智慧可敬的人,六十二岁就去世了。"

"六十二岁?"

"对!我没记错的话,是一九八六年七月二十九日。"

"他……"

"他患的是癌症。"

"为什么又是癌症?"

"因为核辐射。"

"难道没有防护吗?"

"当然有！问题是，像他那样的核物理学家，跟通常意义上的科学家是不一样的。他们的工作环境，极其特殊和危险。很多时候，不得不在高强度核辐射环境下工作，导致体内红细胞、白细胞大量死亡。你们不会知道，一个人体内的红细胞、白细胞大量非正常死亡，后果会有多么可怕。他们的身体，比普通人衰老起来要快得多得多，免疫系统十分脆弱，很难抵御各种感染和疾病。一旦出现状况，就会危及生命，而且很难逆转。"

"那您呢，您研究的可是放射化学啊！"

"是，奶奶研究的是放射化学，无论是在实验室还是基地的车间里，接受辐射，甚至超额辐射是难免的。但和邓瑞贤这样的一线科学家相比，奶奶和许许多多同样的人一样，要安全得多，幸运得多。你知道吗，邓瑞贤发病后，医生们惊讶地发现，他体内白细胞和染色体都已受到致命的伤害。知道这意味着什么吗？如此惨重的后果和代价，绝不是一般人所能理解的。"

依楠静静地听者，一动不动地望着奶奶。

奶奶伤感地说："老邓去世后，我在杂志上，看到记者采访他夫人秀茜的文章。秀茜大姐可是医学教授哦，她回忆说，'老邓去世前，知道自己即将离世，曾认真地问她，秀茜啊，问你个问题，你说再过三十年，还会有人记得我们吗？'"

"她是怎么回答的？"

"怎么回答的我忘了。我想要告诉你的是，他可是邓瑞贤啊，在生命的最后关口，为什么会有这样的想法。"

"为什么？"

"因为就人性来说，生死面前，他与我们普通人并无两样。令人感动的是，面对人生的尽头，他的所思所想，竟是如此真诚，一点都不装，一点都不假！我由此想到你爷爷，一个天才数学家，他去世的时候才三十一岁,是男人的黄金年华才要开始的时候,可他就那样无奈地走了。他是邓瑞贤最信任的弟子之一。从他离世到现在,已经整整五十年了,五十年啊,半个世纪过去了,他才华的蓓蕾,一直在绽放着芬芳,可又有谁能记得他呢?"

奶奶说着,不由得伤感起来。

依楠心口堵得慌,赶紧起身,给奶奶倒了杯水。

奶奶却笑了,她红着眼睛,展开笑脸说:

"放心好了,奶奶是学化学的,最清楚什么叫有机物。"

依楠有点儿蒙,不明白有机物和她刚才的思路有什么关系。

奶奶瞅着她,语重心长地说:"人之所以是人,最根本的一点,就是心灵的存在。了解了生命的本质,明白了心灵的存在,就不应该在已知和无解中,不停地纠结和执着。所以啊,我处理好了所有该做的事儿,对未来也做好了充分的判断和准备,可以把你想知道的事儿,原原本本告诉你了。"

4

奶奶说:

"我生于一九三七年七月七日,是日本全面发动侵华战争,中华民族奋起抗战的日子。我的祖父艾宇新,是成功的瓷器商,祖母是哈尔滨丁氏珠宝商的小女儿。父亲打小不愿做生意,在苏俄留学后,受聘于哈尔滨工业大学,做了哲学教授。母亲是有名的大家闺秀,俄语英语都很棒。我在家里排行老三,满月那天,给我起名字的是祖父,他把预先想好的名字都给否了,灵机一动,把他和祖母的姓氏往起一合,我就有了个好听的名字——艾丁,小名就叫丁丁。

"七七事变的第二年,也就是一九三八年二月,希特勒为笼络日本,宣布承认伪满洲国,并将魏玛共和时期与国民政府合作的德国军事顾问撤出中国。一时间,国内抗战风起云涌,如火如荼。

"哈尔滨也失去了以往的平静,人心惶惶,暗流汹涌。

"谁都知道唇亡齿寒的道理。尤其是生性敏感的生意人,预感到全面战争是迟早的事儿。艾家前辈清朝时,就跟俄国人做茶叶生意,民国期间又做瓷器生意,人脉关系盘结交错,不曾中断。祖父认为,与其朝不保夕,心惊胆战,不如当机立断,全家去往苏俄,那儿太平安定,有不少亲朋好友,不仅吃住生活不成问题,还能长期避难。

"我父亲艾友光,坚决反对。理由是,战火短期内不会烧到哈尔滨,他不打算放弃自己的工作。我母亲也不愿意离开,她和我爸青梅竹马,是在富人区里长大的,正在大学里教授俄语。最终,双方妥协,各退一步,我父母亲留下,三个孩子由爷爷奶奶带去苏俄,待国内形势明朗后,再从长计议。

"不懂政治又自以为是的祖父,无论如何没想到,移居莫斯科仅仅十天,也就是一九三八年九月二十九日至三十日,英法德签署《慕尼黑协定》,德国占领捷克斯洛伐克苏台德区,国际局势骤然紧张。但他没有危机意识,总觉着莫斯科是最安全的地方。到了一九四〇年九月二十七日,德国、意大利和日本三国代表在柏林签署《德意日三国同盟条约》,轴心国集团正式成立,战火几乎席卷整个欧洲。他还坚定认为,移居莫斯科的决定是对的,希特勒绝对不敢进攻强大的苏联。一九四一年六月二十二日,也就是我们移居莫斯科的第三年,苏德战争爆发。

"我人生最初的记忆,就此开始。

"确切地说,是死神,打开了我记忆的闸门——

"那是一九四二年一月初的一天,感觉是中午,灰蒙蒙的天空出现了透亮的蓝色。风停了,雪停了,天气极冷。奶奶铲完门前的雪,要去排队买吃的,好像是土豆和面包。爷爷还有哥哥姐姐天不亮都出去了。防空警报响个不停。隆隆的炮声时远时近。我不敢一个人待在家里,哭着喊着非要跟着奶奶走。

"感觉走了好远,在一个广场样的地方,奶奶领着我加入了排队的行列。

"就在我看到成箱的面包由卡车运了过来,诱人的香味儿弥漫在空气里,肚子开始饥饿,恨不能立马吃到嘴里的时候。头顶突然传来刺耳的警报。开始人群只是躁动,但随着可怕的爆炸声接连响起,惊恐的人群四处奔逃。奶奶拽着我,跟着人流往地铁站跑,眼看就要到地铁口的石门跟前了,一声巨响,天崩地裂,紧接着眼前一黑,强烈的昏眩中,像是掉进了火海,还像是过山车,忽的一下抛起来,忽的一下甩出去……整个世界粉碎了……沉没了……

"我醒过来的时候,看到的是火焰,近在咫尺的可怕的火焰中,我肠肚翻搅,天旋地转;整个脑袋重击了似的,闷痛不堪,混乱的视觉里,恍然看到,有张牙舞爪的巨兽,张着血盆大口朝我扑来,我甚至看到了它嘴里鲜红的血水,瘆人的獠牙……就在即将被撕咬被吞没的瞬间,又是一声巨响,烟尘烈火里,可怕的巨兽消失了,低垂的天空渐渐豁亮,我坐在一片血肉模糊的废墟里,放声大哭……在我跟前,触手可及的地方,躺着一个炸烂了脑袋的女人……

"那是我第一次看到血肉模糊的死人,距离是如此之近,就在眼前,她穿着厚厚的米色大衣棕色皮靴,感觉就是奶奶。

"可我不记得奶奶的模样了……

"……从小带我的奶奶,没了模样,就此在记忆中消失,再也没能想起来……

"以后的日子里,只要提起奶奶,哪怕看的是照片,也还是没有记忆。

"所有的,只是那堪比地狱的场面,只是那血肉模糊的死人。即使现在想起来,那血腥,那氛围,那惊悚,还是那样震撼和恐怖,就像刚刚经历一样。

"后来我才知道,那天我们家失去的不光是奶奶,还有我姐姐。她是中学生,不满十五岁,是在郊外挖掘反坦克壕沟时,被飞来的炮弹炸死的。

"大约一年后,哥哥参军当了炮兵。

"一天深夜,爷爷带着我,在一名军官的帮助下,钻在一辆拉载机器的卡车里,躲过一轮又一轮的空袭,经过两天三夜的挣扎,差点儿没被冻死,好不容易逃到了叶卡捷琳堡,躲在一个教堂的后院里。爷爷白天出去工作,我跟一个强壮的白胡子老头,守着空荡荡的教堂。他每天的事情,主要是煮土豆汤,用小车推着,送到一栋神秘的大楼里,再然后就是教我学习字母和唱歌,一直到了春暖花开的季节。又是一个深夜,爷爷带我再次踏上逃亡的路途,两三天后,在一个小站,我们爬上了开往东方的火车,跟一群大胡子男人坐在闷罐子车厢里,没完没了地咣当。

"后来我病倒了,高烧不止,滴水不进。

"爷爷说,我之所以捡了条命,是因为喝了鄂伦春人的熊胆汤。

"而我们能够幸运地回到哈尔滨,多亏了爷爷的钻石和珠宝。

"一九四五年八月二十二日,我们家收到噩耗,我哥哥在柏林战役中光荣牺牲，年仅十九岁。我清楚地记得，那是中午，全家正在吃饭，来了三个军人，他们给爷爷和我父母亲立正敬礼，郑重地将包裹和信件交给爷爷和我父亲。爷爷看完信件，打开包裹，从遗物中拿出哥哥获得的三枚勋章，浑身颤抖，一句话没说，就昏了过去。从那之后，他只要说话，就浑身抖动，就会流泪，直到离世。

"一九五五年七月，我十八岁，要上大学了。恰逢母亲要去圣彼得堡参加学术活动，当时是叫列宁格勒，特意带上了我。我的舅爷毕业于圣彼得堡列宾美术学院，是一名雕塑家，也是一位凭借艺术成功经商的大能人。母亲说我打小就有艺术天分，特别希望我学艺术。这是真的，小时候我酷爱音乐，到了中学喜欢诗歌，一段时间，对油画写生特别着迷，还喜欢室内设计。母亲之所以带我去圣彼得堡，就是想让我留学列宾美术学院。

"可事与愿违，我当时对艺术已经没有了追求。

"大概是受父亲思维形态的影响，在读过一些哲学著作后，我对自然科学尤其数学突然敏感起来。而爱上化学，得益于我的化学老师袁芳。

"我从未想象过有比她更有魅力的老师。

"她第一节化学课，上来就说，你们知道嘛，莎士比亚说过，生活里没有了书籍，就像没有了阳光；智慧里没有了书籍，就像鸟儿折断了翅膀。而我要给你们讲的化学，是科学里的光谱，是智慧里的翅膀。明白了吗，如果你们想知道生活的乐趣、世界的构成、思想的奥秘，就必须爱上化学！

"老师的诱导，催生了我的兴趣。

"我发现化学的确迷人，相对于数学，一点也不枯燥，呼吸的实验，空气的实验，燃烧的金属，植物的工作，形态各异变化无穷的现象，令人匪夷所思的各种反应，等等啦，全都令人兴奋和着迷。袁老师的课，逻辑缜密，语言风趣，相当艺术。从一颗果子的腐烂，到一根铁钉的生锈，就能完美地牵引着你的思维，从物质表象的变化，一直深入到内在的由来与必然的成因，直至物质的本质；还能让你从空杯生烟，雪球燃烧，领略到自然的美妙和物质的神奇。而那一个个一组组妙趣横生的实验，不光让我们摆脱了复杂无聊的概念以及枯燥乏味的方程式，还在新鲜刺激、充满惊喜的化学世界里，感受到生命的精彩和世界的美好。

"她还是讲故事的高手，每节课的前五分钟，要么讲门捷列夫与元素周期律的趣事，要么讲俄国科普作家别莱利曼《趣味化学》里的小故事，什么蟋蟀在哪里叫，水果炮弹，等等啦，甚至还讲法国作家凡尔纳的科幻小说，最难忘的是《神秘岛》，还有《海底两万里》，把你吸引到精彩绝伦的故事里，自然而然成为科学的热爱者。

"当时班里三十多个男生七个女生，我的化学成绩是最好的。这得益于我的好奇和专注。实实在在说，我每周最盼望的就是化学课，常有老师在给我一个人讲课的感觉。老师显然注意到了我，而且喜欢我。当我知道《趣味化学》的作者别莱利曼，是享誉世界的科普名家，真正意义上的大学者，趣味科学的奠基人，我大着胆子向老师借书。

"读完《趣味化学》，老师又给了我《趣味力学》和《趣味数学》。

"再后来，老师备课做实验的时候，总会带上我，先是让我仔细观察，然后将实验的基本原理、注意事项和知识要点，有系统有步骤地讲解给我，再然后，就指导我动手操作。几次之后，我就成了她的小助手，能在课堂上用明白准确的语言，讲解实验的原理,并且手把手地指导反应慢理解差的同学。

"越是这样,我对化学就越是痴迷和狂热,动不动就会有一些奇思妙想冒出来。有天深夜,我突然想到元素金属性强弱的判断依据,想到单质跟水或酸起反应置换出氢的一系列问题,就想借本书来仔细研究,再也没了睡意,竟然悄悄溜出宿舍,跑去找老师。结果找错了地方,差点儿被野狗给咬了。

"第二天,老师知道后,先是严厉地批评了我,然后将别莱利曼的八部作品全都送给了我,其中有五部是俄文版的。

"时至今日,化学既是基础研究创新性的重要学科,又是与国计民生相关的实用创造性学科,与别莱利曼《趣味化学》里的观点和原理相比较,虽说已不可同日而语,许多东西早已日新月异,可我还是忘不了别莱利曼的启蒙。最近我阅读了'科学诗人'法布尔著的《趣味化学》,写得真好,让我又一次走进了绚丽的化学世界,仿佛又回到了青春的时光,回到了袁老师的课堂上。

"是的,我读法布尔的时候,经常会想到袁老师。

"我第一次听到玛丽亚·斯克洛多夫斯卡·居里,也就是居里夫人的故事,就是在她的课堂上。

"她从居里夫人的身世讲起,说她怎样诞生在波兰华沙一个中学教师的家庭,儿时有着怎样的成长经历,如何赴巴黎求学,怎样进入索尔本大学理学院物理系,如何以波兰裔获得法国籍,以及恋爱和结婚的美好时光。然后讲她与丈夫皮埃尔·居里,怎样发现放射性元素钋(Po)和镭(Ra),成为著名物理学家和放射化学家,又是怎样在1903年,和丈夫及亨利·贝克勒尔共同获得诺贝尔物理学奖。当讲到1911年,居里夫人又分离出纯的金属镭,在研究镭的过程中,和丈夫用了三年零九个月的时间,从成吨的矿渣中提炼出了0.1克镭，成为杰出科学家，获得诺贝尔化学奖，被人称为成功女性的先驱、'镭的母亲'时，她开始大讲特讲居里夫人事业的成功，对人类社会产生的巨大影响，以及作为第一个获得诺贝尔奖的女性、第一位两次荣获诺贝尔科学奖的科学家，对全世界女性命运的影响和激励，以及对人类文明进程的重大意义，尤其听到她能说出世上每克镭的所在地时，我被深深地打动和震撼。

"就是从那一刻起，居里夫人已是我刻骨铭心的偶像和榜样！

"也就从那一刻起，化学，尤其放射化学，已在我心里生根发芽，我发誓要做居里夫人那样的人。"

5

奶奶一口气说了这么多。

依楠听得津津有味，奶奶的故事果然非同寻常，她真想让她接着往下讲。

但她知道不能着急，她得跟着她的感觉走。

奶奶心理素质非同一般。

和同龄人相比，她意志坚强，思维敏捷，处事冷静。面对偶发事件，高度敏感，不急不躁，事态越是急迫，越是能够控制情绪，拥有强大的心理承受力和逻辑思辨力。照她自己的说法，这不过是长期从事科学实验的结果，是科学工作者必备的品质，没什么了不起的。

学心理学的依楠明白，事情并非那么简单。

说来有趣，奶奶自己讲，她小时候生性活泼，像只调皮的猴子，没有她不好奇的事儿。一段时间内，还是跳水游泳的超级爱好者。没想到，长大后不仅爱上了理工科，而且研究放射化学，在国家第一个核武器研制基地二二一厂工作了整整十年，后来又从事原子化学以及中子质子的理论研究，直至退休。

几十年来，在外的任何场合，她给人的感觉都是沉稳冷静，像个内科医生，若非熟人，谁也不会把她当成是科学家。退休之后更是如此，从不谈论过去，不谈工作，不谈爱好，不谈家庭。有记者了解到她的情况，通过组织关系，一而再地找上门来，执意采访像她这样的女科学家，在"两弹一星"项目中的突出贡献。她的回答是，科学有性别吗？如果没有，干吗非要强调女性？我就是一个普普通通的科学工作者，做了我能做的事。你们所说的突出贡献，在我身上并不存在，我能代表的只有我自己。

依楠当然不支持不同意她的看法。

事实上，她对奶奶的经历和故事，早已超越了单纯的兴趣。奶奶越是矜持和神秘，越是犹豫和为难，她的好奇心就越重。

在经过一连串的碰壁后，她在恰当的时间恰当的氛围，曾正儿八经对她说，奶奶，我对您有意见，有很大的意见！

奶奶奇怪地说，有什么意见啊？

您拿我们当外人！你的过去，我们早就知道，不就是在二机部九院二二一厂工作过嘛！这是公开的秘密，中央电视台好几个频道，都对"两弹一星"研制基地报道过，对二二一厂不止一次拍过专题片和纪录片。当地政府还在那儿修建了大型纪念馆，展览大量图片和史料，作为爱国主义教育基地，供四面八方的游人参观。当地电视台、出版社，制作出版的各类音像和图书就更多了。这您都知道，也在电视上看过。我还特意给您买过书，特意为您收藏了影像。可我就不明白，都这会儿了，原子弹都爆炸半个多世纪了,您对您的过去,干吗还讳莫如深啊?您又不是不知道,连钱三强、邓稼先、朱光亚、于敏这些顶级科学家的身世和传记,也早已经公之于众了,授勋的授勋,表彰的表彰。您不就一普普通通的科学家嘛,像您这样参加过"两弹一星"研制工作的科研人员成千上万,这没错吧?既然没错,您还有什么顾虑,还有什么放不下的,非要对您的家人保密呢?

奶奶就笑,说这可不是放得下放不下的问题,人和人是不一样的,他们是他们,我有我的想法和原则。

连我也不例外吗?我可是您唯一的孙女!

奶奶绽开满脸的笑纹故作含糊,逼急了就说,那都是过去的事了,我岁数大了,都忘得差不多了。

既然是过去的事儿,就是故事,讲给我听听呗!

电影里、电视上,还有你拿来的书报上,不都有嘛,比我老太婆的废话有意思多了,你自己去看啊。

依楠不依不饶,不行!我想知道的,是奶奶的经历,还有没见过的爷爷的传奇,您就当故事讲还不行嘛!

不行!奶奶毫不含糊,故事是故事,原则是原则。

讲故事也有原则?

那当然了!

奶奶就这么固执。

她做人做事都讲原则,认定的东西,就是脚下的路,会一直朝前走,不达目的不回头。不认可的事儿,十头铁牛也撼动不了。可有时候,钢板也会有缝隙。比如说,她对自己的往事守口如瓶,可一旦提起爷爷,心情好的时候,啰唆起来就没个完,你不让她讲,她就跟你急。

一次，依楠又缠上了她。

她故意不高兴地说，你有完没完啊，到底想知道什么呀？

想知道您现在的愿望。依楠有意绕开话题，这也是策略，要打开她的话匣子，得会迂回，告诉我，您现在最大的愿望是什么？

我都老太婆了，能有什么愿望啊？

咋能没有呢，

我就没有！

怎么可能呢，是人就有愿望啊。

好吧，如果一定得有的话，就是活到明天早上，轻轻松松爬起来，喝上一杯热乎乎的红茶，然后吃上一个你田姨煮的荷包蛋。记着，必须是她亲手煮的哦，蛋白要有弹性，溏心不能凝固，放上一点儿桂花蜜。然后嘛，坐在樱桃树下的摇椅上，望望远处的海，看看游走的云，再然后，听听鸟儿的叫声，猜猜它们的心事儿，享受会儿阳光，然后，然后就心满意足去找你爷爷。

是去二二一厂吗？

你咋知道的？

你告诉我的啊！

胡说！我什么时候告诉你了？

现在啊，现在告诉我还不行吗？

不行！

为什么啊？

我发过誓，不是一次，是三次。

就为保密？

对啊！你知道宣誓的含义。一个人宣誓之前，必须对誓言的含义深怀敬畏，一旦举起拳头念出誓词，就必须对誓言忠诚到底，矢志不渝。

依楠说没错，人的确应该忠诚誓言，问题是所有的誓言和誓词，都是有背景有目的有局限的。就说你们曾经的誓言吧，不就是为了保密嘛，那是当时政治背景国际背景的需要，也是工作的需要。现在时过境迁，连二二一厂都撤销几十年了，曾经的秘密，早就大白于天下，还有必要忠诚于当初的誓言嘛！

那得看是什么誓言。

当然是你们进厂的誓言了。

那不一定。

怎么不一定啊？

不一定就是不一定，誓言是誓言，秘密是秘密。

奶奶，你咋这么顽固呢？再机密的档案也有解密的时候，何况你们，不就半个世纪前的厂规嘛！

谁说的？奶奶不高兴了。

我说的啊，公开的事情，算什么秘密啊！

你懂什么！奶奶气冲冲地说，我看你二十年的学都白上了，还研究心理学，还硕士呢！我告诉你，一个人出于私利或本能，偶尔虚伪一下，说点假话是难免的，可以理解，也可以原谅。因为是人就有弱点。但不能故意撒谎，不能明明白白背信弃义。哪怕事实已经证明，曾经的誓言过时了，没有了坚守的必要和意义。但誓言就是誓言，品行就是品行，在它面前，我可以沉默，可以放弃，可以反省，但不会忘记，更不能背叛。

这怎么能说是背叛呢？

依楠反驳。

奶奶露出宽容的笑，说你的心思我明白，我的内心你不懂！

那就说出来，让我知道啊。

干吗要让你知道啊？我都八十多了，不会再发誓了，曾经的誓言，纯洁过，崇高过，坚守过，神圣过，它一直珍藏在心里，干吗非要破例呢？

依楠叹息，她知道，所谓的誓言只是托词，真相很可能与誓言无关，但不能说破。老人的心，如涉密的锁，密码只有她自己知道。她说好吧，既然奶奶恪守诚信，那就抛开誓言，说点儿别的吧。

奶奶不高兴了，说没什么好说的。

说说生活里的趣事也不行吗？

不行！你爷爷依放，还有你爸爸依畅可不像你，我不想说不想做的事儿，他们从不勉强，更不会缠我。

依楠知道奶奶的思路又跑岔了，俩人说的已不是一回事儿。

要搁一般人，有过这样的经历，一而再再而三，早就罢手了。

可依楠偏偏遗传了母亲个性里的韧劲儿，不达目的不罢休。她发现，一谈及二二一厂的经历，奶奶就本能地敏感和警惕，而且果断地回避和抗拒。这和他人大相径庭，人家都是满满的情怀和骄傲，巴不得让世人都知道。

由此推断，奶奶一定有着特殊的常人难以想象的经历。

而且与爷爷有关。

爷爷是数学天才，是在二二一厂成长起来的数学家，可惜英年早逝。

爷爷去世时，奶奶还不到三十岁，才貌双全，被公认为人才里的人才。蹊跷的是，她没再婚。据她自己说，二二一厂科技力量十分强大，是全国科技精英和高校优秀理科生荟萃的地方。美中不足的是，女生不是太少，而是奇缺。以至于后来国家不得不采取措施，解决大龄男性的婚姻问题。按说，面对众多追求者，奶奶有的是选择的对象。可她放弃了一次次机遇，独自带着孩子，走过了人生最重要也是最艰难的那段时光。退休后，奶奶总是有意无意提起爷爷，却从没讲过爷爷的往事，也不讲俩人的故事，尤其不愿碰触爷爷去世的原因，偶尔谈起来，只说是病逝，似乎一直回避着什么，隐瞒着什么。

这一切，在依楠看来，不仅蹊跷，而且太不合情理。

太不合情理的背后，一定有大情大理的存在和纠结。

越是这样，依楠越想知道纠结背后的故事和真相。

她曾真诚地说，奶奶，您说过的道理都没错，我都明白，也都理解。可我是您的孙女，不就想了解一下您过去的工作和生活嘛。就这点儿要求，您不满足我，不觉得遗憾吗？我觉得，作为晚辈，知道点儿祖辈们奋斗的往事、艰辛的历程、伟大的品质，还有独属于您的悲欢离合，还有难以释怀的喜怒哀乐，对我们这些改革开放后出生的年轻人的人生，是有启发和教益的，您说对吧？而且这也是教育所推崇，社会所倡导的，跟您追求的人生理念并不矛盾，您说是吧？

奶奶说是啊，你这话我爱听。

爱听是爱听，可你有你的千条计，她有她的老主意，俩人的思路永远是两条道上跑的车，永远不在一个频道上。

晚风起来的时候，天色正在放黑，气温明显下降，依楠来到奶奶房间，关上窗户，拉上窗帘，给她削了一个苹果，切成片儿，整齐地码在碟子里，笑嘻嘻地端到她面前。

奶奶明知故问：

"你咋又来了，没见天都黑了嘛。"

"来听奶奶讲故事啊！"

依楠捞起个抱枕抱怀里，一屁股坐到奶奶跟前，做作出小辈的表情包,一副不达目的不罢休的样子。

奶奶开心地说:"想听啥呀?"

依楠说:"你和爷爷的事儿呗,对了,你是怎么爱上爷爷的?"

6

"我和你爷爷的缘分是命定的!"

奶奶骄傲地说。

"啥叫命定啊?"

"命定不就是天意嘛!信不信由你。告诉你吧,我还是小姑娘的时候,就是游泳爱好者,尤其喜欢冬泳。那会儿年轻人冬泳成风。隆冬季节,每个星期都得玩一次,天气越冷越刺激,越是刺激越过瘾。那场面热闹极了,红火极了。第一次下水我十三岁,是父亲带我去的,他连哄带骗把我拉进了水里。那可是一月份的哈尔滨啊,哈气成霜,滴水成冰,衣服一脱,冷得能把下巴哆嗦掉。可一下到水里,寒冷立马被水阻断。真的哦,别看江上结着坚冰,气温零下二三十度,水里的确比岸上热多了。我打小就会游泳,受过父亲的特殊训练,瞬间就有了底气,一鼓作气游了个百米来回。上岸后,看到众人羡慕赞许的目光,听着父亲一个劲儿的夸奖,觉着自己真的很勇敢,冻得浑身直打战,牙齿磕得嘎嘎响,心里却美滋滋的,带劲儿极了。

"那之后,冬泳就成了我的爱好。

"上了大学,热情倍增,接受集训,参加比赛,还得过季军呢。

"一九六二年一月十一日,我在家睡了会儿懒觉,天气跟心情一样,都不是很好。越是懒床就愈发压抑,就想去游泳。母亲劝我别去了,我不理睬,简单吃了点儿东西,就去找同伴儿。

"放寒假了,平时的伙伴们都回家了。

"找不到同伴,不想回家,又没处可去,还不想见烦心的人,看看时间已近中午,就独自朝着冬泳场赶了过去。那是哈尔滨唯一可以冬泳的地方。

"云层愈加阴沉,天气奇冷,比刀子还利的江风,由北向南,飕飕地刮着。

"泳场几乎没人,三两个游完了的青年在收拾行装,准备离开。放眼望去,四周空空荡荡,似乎只有我一个。

"已经相当长一段时间了,冬泳的热火劲儿,像是水面上的寒气,随着季节的更替和变迁,已消散得差不多了。由于粮食紧张,生活困难,结实强壮的老人们,几年前就看不到了;热情豪迈的中年泳将,也说没就没了;女性就更罕见了。取而代之的是一些职业青年,还有部队上的军人。

"要搁平时,如此恶劣的天气,加上阴郁的气氛,我也许不会下水。可那天,我就像吃错了药,愣是拿着心情赌性子,非要自己跟自己较劲,就想下水游上一会儿,就想感觉一个人才有的滋味。这也是经验啦。每当心情烦闷,不易排解的时候,游泳是改善情绪的好办法。尤其冬泳,冰水里一通搏击,眨眼就将郁闷不快一扫而光。

"活动身体的时候,我觉着腰腿不对劲儿,扭动幅度一大就有酸痛,以为是前两天雪地上滑倒摔的,就没在意。入水之后,感觉还行,就鼓着心劲儿往前游。当游出四五十米,胯部疼痛突然加剧,整条右腿抽起筋来,身体随之失衡,像是重物拽着似的往下沉。惊恐之下,我强作镇定,努力放松身体,以求缓解疼痛,摆脱困境。可是不行,剧烈的疼痛和痉挛使我意识混乱,身体失控,双臂甭说划水,已不听使唤,像是失去了知觉。

"疼痛越来越可怕!

"抽搐越来越强烈!

"我是受过训练的人,知道危急时刻冷静的重要,也明白此时此刻,自救是唯一的出路,绝对不能慌乱,绝对不能下沉!

"我必须有这样的信心,必须有这样的勇气。

"但我错了,仅过了数秒,剧烈的疼痛,就已放射到全身,我鼻口呛水,四肢痉挛,僵硬的躯体直往下沉,没有任何控制的可能……

"完了,我要溺亡了……

"……脑袋里轰的一声,胸腔随之闷痛,心脏炸裂似的狂跳,眼前奇异的亮光闪了几闪,世界就黑了……

"可我不能就这样死掉啊!

"……强烈晕眩中,我拼命挣扎,所有自救原则早已九霄云外……感觉心灵和肉身正在分离,从未有过的恐惧,大山似的碾压过来……就在那一刻,我分明看到了临近的死神……

"是的,我在死神的狞笑里……绝望地挣扎……拼命地呼救……

"……但已动弹不得,也喊不出声……致命的恍惚中,每一次本能的呼吸,都是吞水,都是窒息,都是爆裂……

"越是挣扎,身体就越是下沉,晕眩就越是沉重……

"而狰狞的死神,正将我攫入巨爪,锋利的指尖,犹如无数发光发声的毒箭,向我刺来……

"……

"不知过了多久,意识回来的时候,我感觉摆脱了死神的魔爪,奔跑在灰暗的荒原上,还像是滑翔在无边的冰面上……奇怪的是,我知道我的眼睛是闭着的,却能看见天空,看见乌云,想要睁开,却怎么也做不到……亮晃晃的晕眩里,意识时而断裂,时而延续,像是在冰冷的墓穴,更像是在无底的深渊……一切都那么恍惚,那么迷离,那么身不由己……好冷啊,彻骨彻髓的冷……我拼命咬牙,拼命挣扎,手里似乎拽着什么东西,像是救命的绳索,更像是无形的阳光……是的,我需要温暖,需要阳光……一个恍惚,又一个恍惚,无数旋游的恍惚中,似乎有人在说话,像是对我在说,在大喊大叫……杂乱不堪的影像里,模模糊糊显出个人来……

"猛一挣扎,眼睛睁开了,我像是躺在洁白的房间里,跟前有张脸,陌生男人的脸……又一激灵,眼前更加明亮……房间里的人穿着白大褂,戴着大口罩,分明是医生,而我躺在病床上,戴眼镜的医生给一旁的护士说着什么,像是很高兴的样子。护士开始给我打针,我想说什么,眼前一晕,又昏了过去……

"我再次醒来,看到的是母亲,我叫了声妈。

"她见我醒来,激动得满脸是泪,大声喊叫,她在叫医生。

"医生摸了下我的额头,说你们放心吧,她没事了。多亏她朋友救了她,要是再晚一点,或者那人不懂急救,没有进行必需的保暖,她肯定没救了。

"我妈问那人在哪儿?

"医生摊摊手,意思是我哪知道啊。

"护士说,病人脱险后他就走了,是个年轻人,戴校徽的,应该是大学生。感觉他们是同学。他抱着她跑进来的时候,上身只穿了件线衣,他用他的棉袄紧紧裹着她,说了句冬泳溺水,快抢救啊!就一屁股坐在了地上。至于什么时候走的,就不知道了。

"医生接话说,病人送来的时候,溺水失温,心跳微弱,血压呼吸已近极值,非常危险,能抢救过来,实在是侥幸。

"我妈感动，泣不成声地说，谢谢，太谢谢你们啦！我三个孩子，就剩了这一个，要不是你们，她没了，我也不活了……

"我爸安慰了下我妈，再三感谢医生护士。

"医生说，最应该感谢的，是那个救她的小伙子，要不是他及时保温，及时送医，我们天大的本事也没用。对了，你们来之前，有人把她的衣服送来了，没进病房，对值班护士打了声招呼就走了，估计十有八九是那小伙子。

"我爸轻声问我，丁丁啊，那人是谁？见我像是没听见，又问，丁丁啊，你想想，救你的那人是谁啊？

"我摇了下头。

"他惊讶地说，你不知道他是谁？

"我又摇了下头，泪水夺眶而出。"

奶奶说到这儿，泪水在眼眶眶里打转转。

可她又分明在笑。

是的，她在笑，她笑着说：

"这么多年过去了，都半个多世纪了，马上就六十年了，现在想起来，当时的情景还是那么清楚，就像昨天一样。

"可就是没有被人所救的记忆。

"你想啊，我是抽筋溺水，零下二三十度的气温，那么糟糕的天气，泳场里只有我一个人，事发突然，绝望挣扎，连救命都没喊出来，人就迷糊了，哪能知道后来发生的事啊。

"可一旦活了过来，知道我是被人所救，被一个非亲非故见义勇为的人舍命相救，我的心跳就会加快，血液就会热腾，简直不敢想象当时的情景。

"他是谁，是怎么发现我溺水的，又是怎样义无反顾把我救出来的……

"我想知道他姓啥名谁,想知道发生的过程,想知道重要的情形,想知道特别的细节,想找到他,确认他,感谢他!

"可他没有留下任何踪迹,对医护人员一句多话都没有。

"细心的急救护士,也只是给我脱衣时,在包裹着我的大棉袄上,看到了白底红字的校徽,因救人要紧,没留意上面的字。同样的校徽多的是,天晓得是哪个学校啊。

"这成了我的心病。

"你想啊,我醒过来的时候赤身裸体,相关的记忆一点儿都没有。当护士拿来我的衣服,说是一个小伙子送来的,才有点儿明白了。毫无疑问,那人发现我溺水,立刻跳入水中营救。凭着出色的水性,把我救上岸,见情势危急,紧急处理后,用他的棉衣紧紧包裹住我,顾不得寒冷刺骨,更顾不得其他,抱着我跑到路上拦了辆车,赶到了医院……

"这使我的心理有了难言的疙瘩。

"那是一种怪怪的无法琢磨、无以表述、很难想象、无法去除的强大情绪,令人心烦意乱,坐卧不安。而一想到是他救了我,将赤裸的我包裹在他的棉袄里,奋不顾身往医院跑,我就血往上涌。再联想到他救人不留姓名,还返回泳场,找来了我的衣服和物品,才悄然而去,更使我心潮涌动,难以平复。

"就愈发想要找到那人。

"我找到报社还有广播电台,把发生在我身上的事儿,依照新闻报道的原则进行了口头和文字的表述。记者采访了我。那人成了无名英雄,英勇救人的事迹,上了广播见了报。

"遗憾的是,媒体帮助,多方寻找,也没找到那个人。

"随着时间的流逝,我的内心渐渐平复下来。

"那会儿的我,就像现在的你,正在恋爱,确切地说,已开始谈婚论嫁。"

话到这儿,奶奶戛然而止。

7

奶奶戛然而止,依楠只是静静地望着她。

她了解奶奶。不想说的时候怎么逼也没用。想说了,肚里的话匣子打开了,要收也是收不住的。

你只要恭敬,只要真诚,只要倾听就行。

奶奶平静下来,接着说:

"他叫高凡,让人想到凡·高,是我父亲最喜欢的学生,会弹钢琴,会作曲,会写诗,说起经典如数家珍。

"我大二的时候,他已大四。

"我们的恋爱,像是水到渠成,实际上是刻意安排。

"那是个星期天,他到我家来,帮着父亲查整资料,在书房忙了很久。父母留他吃晚饭。我们早就熟悉了。父母眼里,他是完美无缺的好青年,健康帅气,知书达理,品学兼优。家庭条件相当不错,父亲是铁路部门的领导干部,母亲是师范学校的教师。

"喝茶的时候,他照例开始弹琴。

"我们家的钢琴是我姐姐的。姐姐死后,再没人动。可自从高凡弹了一次,钢琴就获得了新生。母亲特别喜欢他弹奏柴可夫斯基的《天鹅湖》片段,父亲则喜欢他弹奏肖斯塔科维奇的《第七交响曲》,也就是《列宁格勒交响曲》。他说他七岁学琴,老师是个和蔼的俄国老太太。后来老师走了，没了进一步学习的条件，才放弃了音乐，开始读书。父母的心思我没心琢磨，只是隐隐约约感觉他时时处处对我好。比如说，他弹奏《天鹅湖》，表面是给我母亲听，实际是为了给我讲柴可夫斯基和梅克夫人的故事；而弹奏《第七交响曲》，是借肖斯塔科维奇的传奇，给我讲男人的意志力，讲史诗的壮烈，讲悲剧的辉煌，当然还有音乐与哲学的抽象，舒曼和克拉拉的爱情。

"就在那天晚上，母亲默许下，我俩初次单独在一起。

"奇怪的是，没单独相处时，我会莫名其妙地想他，就想和他在一起，听他讲自己，听他谈艺术聊音乐。可真的单独在一起，我浑身上下不自在，像有人看着似的，手足无措，嗓子眼发干。轻松快乐的心情，自由自在的灵气，说没就没了。而且莫名地局促，莫名地紧张。越是感受到他对我的亲近和渴望，就越是忐忑和不安。

"他也一样，腼腆局促，额头冒汗，坐在书桌前，攥着拳头，半晌无语。

"就在我想要不要给他倒杯水的时候，他突然开口了，说丁丁，我把咱俩的事儿给我爸妈说了。

"我心扑腾一下，就跳到了嗓子眼上，眼前有些晕眩。怎么也没想到，他会以这样的方式说这事儿。虽说有关我俩的事儿，我想过无数遍，也有足够的心理准备，但无论如何不该是这样的场面，这样的方式啊，毫无激情，直截了当，不说浪漫，连最起码的氛围和情调都没有，与我内心的向往，相去甚远。再说了，你连句爱我都没说过，也不问问我对你啥感觉，愿不愿意，竟然就把我说给了你父母，也太自以为是了吧！

"我失望极了！

"胸闷气短，面红耳赤，真是难受！

"不知该说什么。

"不知如何应对。

"他倒一下子松弛下来,以为我是不好意思,是害羞,自信满满地说,我妈听我介绍了你的情况,特别高兴,请你下星期天到我家去玩儿,她要专门给你做俄罗斯馅饼,是苹果馅儿的。

"我的心又跳到了嗓门上,苹果馅儿的馅饼我还真没吃过,确实诱人。问题是,你不就我爸的学生嘛,我跟你啥事都没呢,顶多算是朋友,没答应你任何事儿,干吗去你家呀!心里不满,张口就说,你跟你妈胡说什么呀!

"我没胡说!他的眼睛顿时瞪大。

"瞅着他满脸无辜的样子,我真是气不打一处来。你在我毫不知情的情况下,就向你妈宣布我俩并不存在的关系,至少在我来说还不存在,而且连最起码的招呼都不打,也不问问我愿不愿意,就让我去见你妈,不说起码的礼貌和尊重,就你这行为,也太过分了吧!

"然而,就在我心烦意乱正想怎么招呼他的时候,更出乎我意料的事情发生了。他竟突然站起来,自信满满地瞅着我说,那我走了,星期天上午我来接你,你早点儿睡吧。

"他走了,就那样冰冷傲慢自以为是地走了,让我在难以言传的烦恼和失落中,难过了整整一个晚上。

"第二天,我妈见我情绪不对,到我房间神秘兮兮地说,丁丁啊,你给妈说实话,你觉着小高咋样啊?

"啥咋样?我明知故问。

"我妈一把抓住我的手,迫不及待地说,别给妈装糊涂,人家对你可是真心的。小高人不错,相当懂事,你爸说,他是少有的人才,毕业后争取留校,出成果是早晚的事儿。还有,他给我说了,为了早点儿娶你,可以不读研究生。"

"一听这话,我的头噌地一下就热了,脸涨得通红。

"我说妈,你胡说什么呀,他干吗娶我呀,读不读研究生与我啥相干呀!

"我妈一听急了,说丁丁,你这叫啥话呀!小高不好吗?

"我说他好不好与我啥关系啊?

"我妈脸色变了,可还沉得住气,说好吧,你今儿心情不好,咱们不谈这事,等你哪天有心情了,咱们再谈。

"我说谈什么谈啊,他给我连招呼都不打,也不问我啥态度,就让我去见他妈,好像我已经是他的人了,也太大男子主义了吧!

"我妈一听这话愣了愣,明白过来高兴地说,我以为出啥事了,弄了半天就为这事啊,你也太小心眼了吧。他对你直话直说,是拿你当自家人,你咋连这点儿都看不明白呢?好了好了,他的情况我都了解,相信妈,我的眼力差不了,他的人品才气远在一般人之上,你俩该是天生的一对儿。

"这话让我心情平缓了些,我不再犟嘴。可脑子一转,感觉他和我妈肯定谈论过什么,否则,我妈不会无缘无故向着他。心里顿时不舒服,你喜欢我也好,爱我也罢,应该向我表示,应该给我说啊,干吗要告诉我妈呢?

"晚上,我妈不放心,又来找我,说丁丁,你要听妈的话,你的性格适合找死心塌地爱你的人,而不是你幻想的人。你和小高在一起错不了,他是个可以对你负责到底,对家庭负责到底,让我放心的人。丁丁,别的事上,妈都由着你,就这件事你得听妈的。妈辛辛苦苦大半辈子,就剩你这一个孩子了,必须要对你的未来和幸福负责!

"那之后,他隔三岔五来找我。

"因我心里有疙瘩，仔细观察他的行为，总觉着他是虚伪的人，而且自以为是，不把他人放眼里，说啥都不去他家。我妈开始做我的工作，没完没了，喋喋不休，说的都是他的好，教我如何处事，如何做人。而我越是抗拒，我妈对他就越好，直至所有人都当他是我们家的准女婿。

　　"这期间，他对我态度改变了不少，虽说还是高高在上，夸夸其谈，但有了实实在在的关心和体贴，总是想方设法为我做事，也知道琢磨女孩子的心理了。尽管大都弄巧成拙，但我的情绪已平静下来，不再有意无意地挑剔。

　　"再后来，我渐渐习惯了他的性格。

　　"单独在一起，总是由着他侃侃而谈，从古希腊到叔本华，从释迦牟尼到马克思。每当聊到人类未来，他就没了哲学的客观和冷静，要么慷慨悲歌，要么壮怀激烈，不到热血沸腾，决不罢休，超强的表现欲令人惊讶，而博闻强记的优势，艺术的灵感和天赋，无疑给他插上了飞翔的翅膀。

　　"而他要的就是我的温柔和崇拜，至于我的感受和想法并不重要。

　　"这使他动不动就对我的专业说三道四，横加蔑视。在他眼里，唯有哲学、数学和艺术，才有价值和意义。认为我未来的方向应该是文学或历史，无论如何不是化学，然后就讲出一大堆高深莫测的理由。

　　"总之，在我父母的强势干预和撮合下，我俩的恋爱已既成事实。我们像所有年轻人一样，开始看电影，压马路，逛公园。

　　"几个月后，他以极其优异的成绩本科毕业，很有可能实现留校的愿望。

　　"我们谈婚论嫁也到了实质性的阶段。

"一切都轻松自然，像行云流水，像春暖花开。

"就在这时，发生了我冬泳溺水被人所救的事件。"

8

"事件发生后，媒体作用下，所有关心我的人，都必然关心救我的人是谁。公众更是广泛热议。大家的好奇是自然的，所谓无名英雄只是泛泛的说辞，大家都想知道事情的真相，都想看看诱人的谜底，就连我最亲近的人也不例外。我父母亲就坚定支持我积极寻找救命恩人，只为表达敬意和感谢。

"只有高凡例外。出事前一天，我俩有过小别扭，我心情不好，一个人去冬泳，就与他有关。他从不支持我冬泳，不愿我在公众面前抛头露面。出事后，他比谁都惊惶，希望我低调了事，不愿我接受媒体采访，坚决反对我刊登寻找救命恩人的告示，希望事件消失得越快越好。压根儿不在乎我的感受和想法。而我偏偏有股子与众不同的犟劲儿，这使俩人的关系蒙上了浓重的阴影。"

"几个月时间眨眼而过。

"紧张的学习环境里，我的头脑已不再发热，马上就大四了，曾经的梦想正渐渐远去，迫近的现实告诉我，居里夫人是我永远的偶像，而我永远不可能成为她那样的人，不要说世界一流的科学家，能学以致用有所作为就很圆满。

"那时的大学毕业生稀罕得很，工作由国家包分配，岗位和待遇是有保障的。毕业前，受思想教育的感召，我的想法十分单纯，一是坚决服从国家分配；二是在有可能的情况下，争取留在本市，做一名优秀的化学老师，让更多的年轻人喜欢化学，爱上化学。

"那段时间，我和自己不断较劲，集中发力，写出了一篇自己认为有价值有意义的论文，并在导师热情的推荐下，发表在了学报上。

"论文的诞生，为我赢得了声誉。

"这使我对放射化学的兴趣再次燃烧，一有时间就泡图书馆，读了不少俄文专著，一些想法和创意不断涌现，忘记时间是常有的事儿。

"有天晚上，大约八点来钟，我正摘录一篇重要笔记，有个陌生男生突然坐到我对面，他直愣愣地看着我，一言不发。我吃了一惊。边上空桌空位有的是，他干吗坐我对面，而且这么无礼这么粗暴地看着我。我不高兴地盯他一眼，确认不认识，用得体的肢体语言请他走开。可他毫不知趣，既不说话，也不离开，就那么傻瓜似的盯着我。我受不了了，又不能挪开，满桌的资料很不方便，忍了又忍，再也无法纵容了。

"请问你有事吗？我很不客气地瞪着他。

"他毫不在意，两眼放光，兴奋地望着我，轻声说，你是不是叫艾丁？

"我愕然，太不可思议了，眼前这人我根本不认识，没有丝毫印象，他怎么会知道我的名字？

"我是艾丁，你是……

"那就对了。

"他没头没脑的回答，更是让我一头雾水，见他起身要走，我说等等，你是谁，怎么会知道我的名字？

"可能是我过于严肃，出乎他的意料，他不自然地说，对不起，我没别的意思，就是想确认一下你是不是艾丁。

"我的眼球放大了，我是艾丁，可我们并不认识啊？

"他温情脉脉地望着我，真诚地说，是的，你不认识我，可我认识你！

"我叹口气，勉强做出坦率镇定的样子，努力轻松神态，放缓语气说，你能说清楚点儿嘛，你在哪儿认识我的？

"他友好地笑笑，看得出来，他在极力克制，给人的感觉是想说什么又不能说，末了脸一红，说对不起，打扰你了。

"见他要走，我急忙说，不不不，既然你确定了我是艾丁，那么我想知道你是谁？我说这话的时候，目光犀利，语气坚定，满脸都是倔强劲儿，大有不达目的不罢休的味道。本来嘛，好端端的夜晚，突然冒出这么个人，搅了你的正事儿不说，还乱了你的心，天下哪有这样的道理。而且隐隐约约有种预感，此人说的是真的，他真认得我，没准发生过啥事儿呢，我想知道。

"我叫依放，依靠的依，解放的放，本校数学系在读研究生。

"依放，我确定不知道此人。既然是本校的，那就好说，我一口长气嘘了出来，神色也舒缓下来，你咋知道我名字的？

"我在报纸上见过你的照片，记住了你的名字。

"报纸？我愣了，随即想到我溺水，我被救，我上报纸……可与他有什么关系？都几个月的事了，报纸上并不清晰的照片，他怎么会记得？难道……

"他笑了，是激动的笑，是兴奋的笑，是开心的笑。

"望着他的笑脸，我血往上涌，浑身发热，不敢再往下想，腾地一下站起来，望着也站起来的他，激动地说，你……你是……

"他意味深长地点了点头，我是依放。

"那天……泳场……还有医院，是你……

"他又点了点头。

"我激动得心都要跳出来了,可没敢冒失。我双手捂胸,压住怦怦的心跳,就那样张嘴瞪眼盯着他,一句话也说不出来……弄了半天,这就是我要找的救命恩人,真是踏破铁鞋无觅处,得来全不费工夫。还有什么能比这更令人兴奋,更令人惊喜的呢!

"没想到,他比我还激动,情不自禁地抓住了我的手。

"我感觉血往上涌,怦怦的心跳让人慌乱,好在我控制住了情绪。

"他觉察到失态,不好意思地放开手,语无伦次地说,对不起,我是依放,我……我上星期三就认出你了,是在校门口,你进我出,认出是你,我……我有点儿激动,差点儿叫出你的名字……结果你走了,我好后悔,然后,然后就在校园里,在食堂里,在操场上有意识地找你。还好,竟然就在图书馆里找到了。再然后嘛,我就开始跟踪你。他的情绪轻松下来。

"我也放松了,你竟然跟踪我?

"对啊!我发现你每天下午和晚上都泡图书馆,见你过于用功,过于专注,一直没敢打扰,只是不远不近地守着你。

"我的眼睛又瞪大了,声音也不由得高了,干吗守我啊?

"他紧张地看看四周,手指压住嘴唇嘘了声,绝对坦率绝对真诚地看着我,低下嗓门说,我都守你三天了。这可不是我的错哦,谁叫你这么优雅,这么神秘,这么迷人的!真的哦,你的眼神智慧极了,今天几次想看,没看上,就没沉住气,人一冲动,就身不由己地坐了过来。

"就这腔调,就这情绪,就这直白,咋听都让人尴尬。可在我来说,一点儿都不别扭,特顺心,甚至感动,好像我们早就是朋友了。我不知道这是什么心理,但当时就是这样。

"他更来劲,眉飞色舞地说,我原以为你是学文的,没准是玩文艺的,没想到竟然是理科生,而且专业是化学,怪不得游泳会抽筋。

"我说抽筋和化学有什么关系?

"他说当然有了,回头我给你列方程式。

"我不无嘲笑地说,这也能列方程式?

"他自信地说,那当然了,如果了解了骨骼、肌肉、血液、神经和细胞的活性参数,就可以产生相应的数学表达。你要是理解函数,就能明白。对了,你是怎么爱上冬泳的?这年头女生冬泳可是凤毛麟角,游了几年了?报纸广播找不到我,咋想的啊?一连几个问号过后,见我笑而不答,干脆武断地说,出去走走好吗?我告诉你我是咋想的!"

"我俩从图书馆出来,幽暗的夜空飘着雪花。

"五月的雪花,随着清冷的微风,从无垠的深邃里,轻轻地柔柔地飘落下来,花瓣儿又大又白,美丽极了,梦幻极了……

"温馨的氛围里,我俩出了校门信马由缰。

"真的温馨哦,夜幕下的春雪,落到地上就化了,一点儿寒意都没有。而正在抽芽的树梢,镶上了惹眼的白边。湿漉漉的街道,在灯光映衬下,伸向神秘的深处。一辆公交车开过来,一辆卡车驶过去,远处传来火车的汽笛声,还有若隐若现的音乐,像是小提琴的诉说。

"他靠紧我,大胆地揽着我的腰,像情侣那样。

"我由着他,问他那天怎么发现我溺水的。

"他说你一出现,我就注意到了,那么坏的天气,一个姑娘自己来泳场,本身就有点儿不寻常。你游出几十米,就不对劲儿,像是在挣扎。我吃了一惊,仔细再看,你拼命拍水,身体打着圈儿在扑腾,像是旱鸭子。这明显是抽筋反应,却听不到呼救。而跟前的几个人都已经走了。我顾不得其他,迅速脱衣跳入水中。游到你身边的时候,你已经没了挣扎的力气,正在下沉。可当我把你的头托出水面,你本能地吸了口气,猛然一下就抓住了我的手,没有扑腾,没有挣扎,没有喊叫,只是紧紧拽着我的手。我带着你拼命游向岸边,多想有人来帮帮我。可偌大的泳场空空荡荡,一个人都没有,而你是那样沉重。幸好岸边不远,我用尽力气,把你拖上岸的时候,你还是紧紧攥着我的手。

"说到这儿他不说了,我不答应,逼着他讲。

"他说那还不清楚嘛,你喝了大量的冰水,已经休克,就要断气了,我让你吐水,给你做人工呼吸,让你倒过气来,然后给你保暖,再然后抱着你跑到场外,站在马路中间,疯子似的拦了辆卡车,直奔医院……

"然后呢?

"然后我就累瘫了,头晕目眩,不知道是怎么缓过来的,不知道裹在你身上的棉袄是怎么穿到我身上的。后来护士给我喝了杯热水,说你正在恢复体温,已经脱离危险,询问你的基本情况,我一无所知。突然想到你的衣物还在泳场,急忙返回去拿。再然后我就病倒了,是重感冒,差点儿烧成肺炎,整整一星期才好。生病期间,我在午间广播新闻里,听到了对我英勇救人的报道,在报纸上看到了你们寻找救人英雄的启事。你们把我吓着了,我哪是什么无名英雄啊,不过偶然碰上有人遇险,恰好会水,学过急救,出手帮助而已,哪能承受那么高的荣誉。倒是我妈有过疑问,那天我从医院跑回家,内衣内裤都是湿的,头痛脑热,浑身寒战。我妈非要问个究竟。我含含糊糊啥都没说。直到现在,我爸妈都不知道我救人的事儿。可不知咋回事儿，病好之后，我就想见你，感觉你也是大学生，想知道你是哪个学校的，身体恢复得怎么样，干吗要一个人去冬泳，还想让你知道你遇险的情形。你可别见怪，我只是说说真实的想法，没别的意思。你想啊，你那天的经历，不就是过鬼门关嘛。一个经历了生死的人，应该知道事情的真相，哪怕回味一下由生到死、由死到生的过程，总不是啥坏事吧。问题是，想法归想法，现实归现实，人的理性和本能同样强大，而且完全不是一回事儿。我越是为奇思异想寻找理由，就越想见你，越是刻意排遣，救你的情景就越是浮现，怎么忘也忘不掉。不怕你笑话，我甚至把你留在报纸上的地址都记住了，真想跑你家门前蹲点儿，不信见不到你。

"我听得开心，说那你咋不去啊？

"他说这就叫理智，想归想，做归做，思想和行为不能画等号。你呢，你就没想继续找找你的救命恩人，问问他，你都经历了什么吗？

"我的脸腾的一下就热了，当时的情形，我早想过无数遍了，突然就觉着害羞，我的身体在他面前没有秘密，真是不好意思，有种难以表述的羞耻感。可就是兴奋，莫名的兴奋里，那种从未有过的神秘的冲动，在心窝里在脑海里在血液里热乎乎地翻腾着弥漫着，不由得更紧地挽住了他……

"现在想想，当时的情景历历在目，朦胧的灯光下，梦幻般的雪花，轻柔地飘着，我使劲抱着他的胳膊，像是要阻止他说，却又分明在鼓励，在渴望，巴不得他继续讲，把我想知道的都说出来。真的，不管你怎么想，我当时的感受，当时的情景就是那样。我由此知道，一个内心纯洁的女孩，一旦在认可的异性面前，没有了初始的隐秘，也就没有了神秘的敏感，没有了灵动的思维，所有的只是温柔，只是甜蜜，只是语言无法表述的憧憬和向往。

"而这就是激情！

"而这就是青春！

"我们在空旷的街道上走了许久，雪停了，一丝风都没有，安谧的夜空下，整个城市像是美丽的雕塑，又像是远古的宫殿，我们俩穿行在童话的故事里，行走在诗意的云端上。

"后来，不知怎么就走到了我家所在的大院门口。

"院里静悄悄的，数排房子一点儿灯光一点儿声响都没有。他坚持要把我送到家门口。我们从小门进去，轻手轻脚走到第二排的家门前，悄声告别。我看着他后退几步，慢慢离开，又转过身来，再次招手，又慢慢后退，心头一热，忍不住跑了过去，他迎了上来，彼此的手紧紧握在一起。那一刻，我真想扑进他怀里，搂住他脖子，紧紧地拥抱，深深地亲吻。他也一样，甚至已经将我抱住了，又敏感地放开。要知道，那是六十年代初啊，男女之间公开的拥抱和接吻，是资产阶级腐朽行为，是无耻的堕落。大环境下，年轻人想的做的可跟现在大不一样，公开场合不必说，哪怕是野外，天地间就只有你们俩，也会极端地冷静和克制，一旦亲热被人看到，招来冷眼和麻烦是轻的，点子背点儿，那可是……

"我把他送出大院，看着他走。

"可他走了几步，又跑回来，非要再把我送回去。

"我舍不得他，他也舍不得我。

"到了家门前，我目送他离去的背影，不由得淌下泪来。

"是幸福的泪。

"是的，这就是我梦想的男人，这就是我渴望的怀抱，那么温暖，那么熟悉，那么亲切……让人心怀忐忑，让人浮想联翩，让人隐隐不安。

"可就那么美好!

"可就那么满足!

"可就那么诱惑!

"我无法抑制沸腾的心情。

"你能想象嘛,我们从第一句话到分别不过几个小时。之前他对我一无所知,我对他绝无所求。可就从我们目光相对的那一刹那,俩人的心,就在强大引力的作用下,牢牢地连在了一起。

"难道这就是传说中的一见钟情?

"是缘分?

"是爱情?

"是的!

"后来,我一而再地想过,从我记事起,除了崇拜的偶像,没有哪一个人真正走进过我的内心。我幽秘的心房里,那扇最最柔软最最敏感最最美妙的独属于少女的门扇,始终是关闭着的。怎么也没想到,一个突如其来的男人,一缕不可思议的阳光,会以这样的方式,不可抗拒地撞了进来。"

"那天晚上我彻底失眠

"自然而然想到高凡。

"我和他没少独处,没少散步,但俩人始终保持距离,说那个点儿,他很少让我快乐开心,更别说满意了。

"是真的,不是我想怎么样,而是他喜欢那个样。

"和他出门,想挽臂拉手,得看晚场电影,到了黑灯瞎火的地方才有可能。而且得我主动。人前,他永远是谦谦君子,永远是做人高手,永远是榜样模范。而且极会伪装。在我们家,任何事情都能应对自如,对我关心备至,对我爸妈恭敬有加,像是受过训练。到了外面，脸孔就变了，似乎他是我的长辈，我是他的跟班，是他的保姆，啥事都得听他的，都得为他着想。

"而且他喜欢自我膨胀，动不动就拿人说事儿，似乎他的灵魂和别人不一样，凌驾于他人之上是理所当然的。

"他很清楚我想要的是什么，也知道作为男生该怎么做，可以说没有他不知道的道理，讲起什么都头头是道，比谁都懂，可事到临头，什么都不做。

"我暗示也好，主动也好，一概没用。

"开始我感觉是我的问题，我不如他的方面太多了。

"后来发现是他不正常，每到关键时刻，他总像是藏着什么，掖着什么，害怕什么。比如说，一开始是他请我去他家，说他父母想见我，一定要请我去他家做客，我没遂他的愿。后来，俩人关系渐渐明朗，我想去他家看看，他却总是借故推脱，不是这事就是那事。有那么几次，一提他父母，尤其是父亲，他就回避，还情绪冲动，对我大喊大叫，然后就再三道歉，让人觉着要么他有心理障碍，要么他家有什么见不得人的秘密。

"我还注意到，只要到了场面上，真正需要他展示能耐显露才华的时候，他的精神面貌和行为表现就出状况，就不自然，那些令人羡慕令人钦佩的优点说没就没了，像是生涩的大小伙，碰上了漂亮热情的大美女，别别扭扭干干巴巴，自卑木讷得令人难受，令人来气，和原先的他简直判若两人。

"可他真的有本事，博闻强记，成绩优异，读过很多大部头，都是经典，有着极强的随机联想的能力，最典型的就是高谈阔论。你只要听他侃侃而谈，他的口才和记忆就能发挥到极致，不仅完美，还能感染一大片，简直就是天才演说家。可如果你不喜欢他的演讲和表现，让他看出排斥和厌倦，哪怕是善意的，他就会委屈，就会痛苦,甚至愤怒。

"我对他的猜疑和不满越来越多,只要在一起,就是别扭。

"尤其不能忍受的是,几个月来,他动不动就追问我溺水被救的细节,给我的感觉是,非要我坦白和那人认识,有什么特别的关系,那人把我怎么样了,他才满意似的。

"怎么也想不通,父母亲怎么会看上他这样的人,简直就是个来自中世纪的抱有处女情结的大傻瓜。

"可就是看上了。

"他在导师面前学业优秀,极有眼色,极会做人,是父亲真正满意的好学生好助手,而且无条件服从我母亲,是我妈眼里的好女婿。

"想到这些,我不能不痛苦,不能不心烦。

"但更强烈的是兴奋。

"简直难以想象,几个小时的时间里,我和一个陌生男生在一起,竟然一次都没想起自己的男朋友;而且没有自责,没有内疚;而且回味无穷,甭说几小时,感觉哪怕几分钟,也远胜过我和高凡在一起的所有时光。

"高凡给我的是压抑,是疑惑,是不安。

"依放给我的是激情,是冲动,是幸福,是对美好对未来的憧憬和渴望!

"况且还有天意。

"我始终顽固地认为,依放救我是天意,是老天爷安排让他救的我。

"有了这样的念头,我心乱得一塌糊涂,神经亢奋得一绷就断。

"越是想理出个头绪,就越是烦乱。

"但有一点是明确的,我和高凡再也不能稀里糊涂地处下去了，到了必须得好好谈谈的时候了。

"我不知道，就在我心烦意乱不知所措的时候，高凡出事了。"

9

"高凡出事，是个意外，事情发生在依放和我见面的前一天。

"确切地说，事情是由他的亲生父亲引起的。

"事发前，经我父亲及数名教授推荐，高凡发表在学报上的长篇论文，由国家核心期刊转载，在校内外引起一定反响。

"这使他留校的可能变为现实。

"我父亲认为，留校工作与攻读研究生并不矛盾。

"可就在顺风顺水的当口，他的政审出了问题。

"原本已经顺利通过，但有个远在大西北的劳改农场，给学校来了封公函。说一名叫裴捷的右派分子畏罪自杀了，遗书上有对他儿子高凡说的话，希望学校配合，落实一下高凡的情况。

"事情立刻水落石出。

"原来高凡有两个父亲。亲生父亲裴捷，在他八岁的时候，和他母亲离婚。他母亲带着他随即再嫁，和裴捷没有任何关系十多年了。父母离婚的时候，他已记事，和母亲一样仇视父亲。十几年来，他把一切都埋在心里，从未和任何人提起过生父，根本不知道搞机械设计的裴捷成了右派。他随继父姓高，是从牡丹江来到哈尔滨的，没人知道他的过去。按说这种情况，不会影响他的工作和前途。可他不该在上大学政审的时候，对组织上故意隐瞒。如果他实话实说，经组织部门调查落实，证明情况属实，应该没啥大事，毕竟他是在养父家里成长起来的，一直以来都是干部子弟。至于裴捷如何当右派的，如何获得了他的信息，以及在遗嘱上给他留了什么话，他一无所知。可他偏偏鬼迷心窍，自作聪明，害怕说了实话有个万一，对自己不利，侥幸心理驱动下，再次对组织上撒谎，说他根本不知道裴捷是谁，和他没有任何关系，结果聪明反被聪明误。

"后来，学校调查了解后，认定高凡故意隐瞒重要家庭社会关系，有意欺骗组织，思想败坏，行为恶劣，不但撤回了他的留校决定，还要对他的本科毕业证进行重新审定。好在主要领导在他多次检查深刻反省后网开一面，没在毕业文凭上难为他。拿到文凭后，他兑现诺言，坚决要求到基层教学。

"出乎意料的是，他走的时候，竟然没向我告别。出事后，我们再也没见过面。我去找过他，不止一次，但没见着，也没信件。整个事情，像是一场梦，太阳一出来，就露水似的蒸发了。我爸妈对他那么好，他连个招呼都没打，说走就走了。后来就有传闻到了我的耳朵里，说有人看到过大西北的农场给他来过信，不止一次，他和他的生父早有联系，详细情况没人知道。说他和继父关系相当恶劣，有过剧烈冲突。他面具后面的性格，十之八九与此有关。更可恨的是，说他还和外语系的女生谈过对象，也是教授的女儿，而我全然麻木，一点都不知道。

"后来细想，才有点儿明白了，怪不得他在我跟前，总是缩手缩脚，口是心非，像是假面人。

"打击最重的是我妈，她心性全乱，近乎崩溃。

"外界认定高凡是艾家准女婿，我妈是重要推手，她就想找个听话的好女婿，将来留在身边，像儿子一样供她使唤，没想到差点儿栽到了深坑里。

"我爸则痛心疾首，他沉默良久，满怀歉意对我说，丁丁，是爸爸不好，对不起你，其实，你们之间的事儿，我都看在眼里，就是没往深处想。都怪我，是我的错。总觉着缺点毛病人人都有，年轻人个性点儿不是坏事。他天分高，人也勤奋，但性格有缺陷，一直对我说谎，爸爸眼拙，没看出来。但这也许是好事，否则将来吃亏的一定是你。"

奶奶说到这儿，心绪复杂地望着依楠，像是还有话说的样子。

依楠由着她。她知道，每当这样的时候，就是意外光临的时候，会有不一样的故事，像林子里的蘑菇一样冒出来。但不能性急，你得等着雨水降临，等着阳光照耀，等着温度上升。她给奶奶泡茶，泡她爱喝的半熟半生的高山茶，她喜欢茶里悠远飘忽的果香味儿；给她剥方麻子炒货店里的南瓜子儿，这瓜子儿讲究，粒小饱满，香味地道，带壳吃别有滋味，是奶奶的最爱，但已不适合她的假牙，得用心把仁儿给她剥出来，一撮一撮放到她的掌心里，让她一颗一颗细细品味，慢慢享用，有了惬意的心境，就会情不自禁往下讲。

果然，奶奶品了头泡二泡茶，满意地嚼着去了壳的瓜子儿，慈祥地望着孙女，孩子似的说：

"你还想听不？

"我知道你想听，奶奶的故事不一般。

"那段时间，我的心情像海面的云，不是坏，是复杂，是繁乱，不想说话，不想吃喝，不想见任何人，把全部精力都投到了元素的反应上。

"依放找我，我冷脸相对，像换了个人。

"他误以为我埋头功课，并不打搅，即使碰上了，也只是做个笑脸招个手。

"十多天后,一个万里无云的傍晚,依放在图书馆门口等着了我,瞅着没人,迅速从身后拿出一枝玫瑰花,郑重地递给我,说生日快乐。

"我惊讶地望着他,说我生日是七月七日。

"他得意地说,谢谢!七月七日我给你过,今天算是打招呼。说完,既心满意足又满眼疑问地瞅着我,问我忙的咋样了?

"我说就那样。

"他两眼一亮立刻说,既然就那样,不就是常态嘛。既然是常态,不就无所谓嘛,出去走走?

"我顿时反应过来,他送花是假,约我是真,还故意耍心眼,问到了我生日。可我一点儿都不生气。事实上,自从那天晚上,我望着他恋恋不舍消失在夜色里,就一直惦记着他,渴望着下次的相会和美好。

"我心情畅快起来,我就喜欢他这样的人,直率真诚,聪明机智,打心眼里喜欢。可我啥话没说,只是给了他个眼神,就离开了图书馆。

"经历了一次人生的遭遇和磨炼,我感觉到自己的谨慎和变化。

"他紧走几步跟上来。

"我们并排出了校门,相互感受着对方,静静走在林荫道上。

"我闻了下玫瑰,好香!

"一九六二年的哈尔滨,虽说人们的生活状态有了初步的改善,各行各业开始复苏,但绝对没有花圃和花店。公园里的花园,即使能够见到鲜花,也不会有象征资产阶级气息的玫瑰。

"我眼睛的余光瞥着他,轻声问,哪来的玫瑰?

"他用同样的眼神瞥着我,用绝对老实的口气,毫不含糊地说,偷的。

"我大吃一惊,立刻止步,直瞪着他,真的啊?

"他瞅着满意的效果,得意地说,好不好闻,漂不漂亮?

"我说问你呢,真是偷来的啊?

"当然是真的!他的回答斩钉截铁。

"我说那我不要!我毫不犹豫把花还了回去。

"他并不接,笑嘻嘻地说,急什么呀,你该问问是从哪偷的,弄清楚了再说要不要,好不好啊?

"我没好气,从哪偷的?

"朋友家呀!他奶奶喜欢养花,特别喜欢玫瑰,算得上高手,窗台上大大小小好几盆,有红的,有白的,还有黄的,开得好极了,满屋喷香。

"再好也不该偷啊!

"他无所谓地说,不是我故意偷,是老太太逼我偷的。我问她要一朵,就一朵,你猜她怎么说?她说小伙子,你要红的还是白的?我说红的,玫瑰当然要红的。她说不行,我家红玫瑰从不送人,你真想要的话,掐朵白的吧。我说我就想要红的。她不高兴了,说你这小伙子咋回事啊,非要红玫瑰,是想出去骗姑娘是吧?我老太婆火眼金睛,你老实交代,干吗非要红玫瑰?我招架不住,急忙说,对不起奶奶,我不要了,我就是看着漂亮,闻着香,信口开河跟您要,您的花儿美极了,我再瞧瞧,闻闻香味可以吗?听我这么说,奶奶笑笑,满意地说可以啊。她转身离开,我迅速下手,眨眼就把花摘了。说到这儿,他伸出手来难为情地搓着,前言不搭后语地说,这花不容易,刺毒,咬手,我这指头到现在还疼呢。你不知道我有多狼狈,花揣裤兜里,刺扎大腿,疼得我直咧嘴。

"我肚子里大笑,嘴上却说,你太不像话了,当着面儿偷老人家的东西,你不怕报应啊?

"不怕!他大大咧咧地说,你想啊,这么漂亮的玫瑰花,当然要有它的价值,应该属于配得上它的人,你说对不?不然就守着窗台凋谢了,多可惜啊!再说了,老奶奶的花儿多的是,她嘴上不给是逗我,心里才不在乎呢!

"我绽开笑脸,浑身上下顿时轻松,本来对他偷花耿耿于怀,听他这么一说,不仅释怀,而且骄傲,而且开心。就是那种做了坏事偷着乐的感觉。

"真的哦,偷着乐,才真乐!

"不由得再看那花,那独属于玫瑰的幽秘的红色,那舒卷天成的灵异的滋润,那直透人心的深远的诱惑,那沁人心脾的澎湃的芳香,令人在物我两忘的境界里,本能地冲动和陶醉。

"从未有过的喜悦,浪潮似的涌上心头。

"感觉玫瑰就是我!

"我就是玫瑰……

"俩人经过索菲亚大教堂,一直朝着江边走过去。

"到了江边,天已经黑了。我们迎着凉爽的清风,沐浴着灿烂的星光,乘着夜色一路向东。他轻轻挽着我的手,给我讲他的父母亲,讲他小时候的恶作剧,还有历险记。说他十二岁那年,跟父母回老家看爷爷。老家那会儿正搞农业合作社,爷爷要把家里的小母牛牵去入社,奶奶舍不得,小牛是她从集市上买来的,养了三个多月,眼看着长大了,咋能说没就没了。为此家里天天闹矛盾。一天中午他玩饿了,回家吃饭,正碰上爷爷硬要牵牛,奶奶说啥不干,俩人大声争吵。平时奶奶最疼的是他。他见奶奶和爷爷夺缰绳,分明是在受欺负,急忙跑去帮奶奶。没想到,被人来回争夺的小母牛正发脾气,见他喊叫着冲来,产生误解,倔劲儿爆发,低头瞪眼,身子一抖猛然一冲,牛头正中他的胸口,将他顶翻在地,没了声气。爷爷奶奶吓坏了,急忙狠掐他的人中,大声哭喊,但都没用,眼看着孙子眼憋红了,脸憋紫了,一口气就是出不来,就都慌了手脚,以为孙子被牛顶死了。幸好父亲及时赶到,将他救了过来。

"我听得乐呵。

"他说我可是从小怕牛,你以后别欺负我哦,

"我立马反应过来,说你咋知道我属牛的?

"他说我猜的啊,七月的牛脾气拗。

"我说你咋这么坏呀!

"我大声叫喊。

"可打心眼里是喜欢,觉着他有趣极了,有魅力极了,所有男生都比不上。

"真的哦,我的心里只有他!

"为此我没少反省自己,还在日记里反复问自己,为什么我会情不自禁,为什么我会不可救药。

"然而,就他这样的人,竟然是个数字狂。

"他的灵感随时随地,会在你毫无知觉的地方,感受到数字的存在。在他眼里,数字是飞翔的天使,是潜藏的精灵,有血肉,有头脑,有灵魂,它们的存在与天地的存在紧密相关。而生命在他看来,无论是自然的,还是创造的,都与数字的终极密码,也就是宇宙的奥秘,或者说人类的未来密切相关。

"他给我讲古希腊五大数学巨匠的故事,讲到埃拉托色尼发明筛选素数,计算出地球周长,激动地说,那可是两千多年前哦。然后就讲他最崇拜的印度数学家斯里尼瓦萨·拉马努金。他把拉

马努金当成神一样的天才。说你知不知道，从没有哪一个人，能像拉马努金那样，对代数公式，无穷级数变换，具有那样超越的敏感和理解。他不可思议的洞察力，神奇的直觉，只能与通灵相提并论。

"我说你相信通灵啊？

"他说相信。科学上的通灵与宗教上的通灵不是一回事儿。你可以遇上超人的智慧，练出极限的能力，可以惊羡伟大的奇迹，感受神明的杰作，但都算不上通灵。拉马努金是真正通灵的数学家，只有天才里的天才欧拉、高斯和雅各这样的数学巨匠，能与他齐名，再无他人能望其项背。说你知道吗，他没受过正规的高等数学教育。大学期间，因沉迷数学，把全部时间投入数论研究，导致其他科目不及格，不仅失去了奖学金，还曾两次被大学开除。但就是这样一个人，能从归纳数例中，对划分数的同余性质得出结果。仅凭直觉就写下了3254个数学公式！三十一岁当选为英国皇家学会的外籍会员，是亚洲第一人；当选剑桥大学三一学院的院士，是印度第一人。他有着超人的数字感应力，无与伦比的专注力和耐心，以及记忆的天分和强大的运算力。凭借着特有的领域优势，以及对数学形式天生的直觉，他能迅速综合归纳各种设想，修正自己最初的假设，得出正确的结论。从中学到大学，他每证明一个全新的数学公式，就会发现相应的其他公式，一生中留下了近四千条数学公式。说你想想看，茫茫人海中，能真正发现数学公式的人能有几个，一般人穷其一生，能有所发现就很了不起，而他贡献出的是近四千条的全新的发现。近四千条数学公式，对数学和科学意味着什么，对人类的文明和进步又意味着什么？可以毫不夸张地说，他极大推进了的，不仅是数学和科学的革命，还有我们意识的扩展，还有我们思维的形态，甚至我们人生的经纬。他还是函数论与数论的精研者,涉猎的深度和广度令人赞叹。

"所有这些前无古人。

"说我之所以爱上函数和数论,就与阅读拉马努金有很大关系。

"知道他被誉为'印度之子',与诗人泰戈尔并驾齐驱,成为印度最受尊敬和爱戴的人,我还特意阅读了泰戈尔的诗歌,成了诗歌爱好者。

"我由此知道,数学在我来说,已成了人生的目标,像一座沐浴着阳光的伟岸的山峰,时刻召唤着我,指引着我。

"而我就是命定的攀登者!

"我相信,只有命定的数学家,才知道它的存在,才能想象它的顶峰有多美。

"如果这美,能用万能的女神来比喻,那么我就是女神狂热的追求者和崇拜者,无论她怎样对我,我都将矢志不渝。

"从那时开始,数学在我心中已不再是数学,甚至不再是数字,它成了我生命的一部分,像拉马努金一样,那样鲜活,那样魅力无限,令人迷恋,令人着魔。可惜的是,拉马努金才三十二岁就去世了。

"他说的这些,我不知道。

"可我爱听,隐约觉着,也许有那么一天,我俩虽然不能像皮埃尔·居里和居里夫人一样,在共同的科学领域里携手并进,但在科学的道路上,我们有着共同的梦想和方向。而一想到数学和化学的有机关系,想到人生应有的坐标,我就说不出地激动和兴奋。

"我真想把心里的想法全都告诉他,可我忍着,就是不说。

"后来,他把我拉上了铁路大桥。

"黑魆魆的钢铁大桥,在灿烂的星空下,巨兽似的横跨在松花江上,俯瞰着汹涌的江水。我们沿着西侧的通道往前走,几百米后,站在江心部位,迎着凉爽的江风,望着两岸闪烁的灯火,倾听江水深情的歌唱。真的是歌唱,那纯粹自然的声浪,那铿锵有力的节奏,那哗哗作响的激情,多像是远古而来的歌者,在苍穹下,在人世间,深沉地倾诉,尽情地狂放。那无尽的旋律,在江水里翻腾着演绎着;那魅力的音符,在浪尖上自由着跳动着;而闪亮的精灵,在光影里舞蹈,在旋涡里低语。

"他紧搂着我。

"我依偎在他怀里。

"人世间,仿佛就只有我们俩,只有俩人的体温,只有俩人的心跳。

"远处传来汽笛的回声。

"火车来了,桥面震颤,轰轰隆隆的声响由远而近,是货车,雪亮的灯光刺破夜空,黑压压的车厢,带着强劲的侧风,疾驰而来,呼啸而去……

"抖动的桥面静止下来。

"他望着远去的列车,突然大发感慨,说你知道吗,咱们脚下的铁桥是中东铁路第一长桥。

"我说不知道,我只知道它是清朝末年俄国人建的。

"他说没错。当时的哈尔滨,是中东铁路节点上最大的城市,二十世纪初,已是国际性商埠,先后有三十三个国家的十六七万侨民聚集在这里,德意日法英美俄等十九个国家在这儿设立了领事馆。咱们的哈工大,就是一九二〇年俄国人建的,当时叫中俄工业学校,主要培养铁路工程技术人才,已经四十多年了。

"他说起历史也头头是道。

"可我累了,有点儿冷,本能地裹了下衣服,他立刻敏感到了,歉意地拉起我的手,慢慢往回走。

"一艘船拉着汽笛亮着灯由西向东穿过桥孔,另一艘船由东向西缓缓而去。轮机的轰鸣声,缭绕在江面上,悠长的汽笛,回荡在夜空中,令人莫名地空落,莫名地伤感。

"到达桥头堡,我们不约而同站住了。

"江风瑟瑟,浪涛滚滚。

"他突然将我紧紧抱住,使劲搂着。我也抱着他,紧贴着他的胸。我们就那样感受着彼此的心跳,不声不响地抱着。当我感觉到他要亲吻我的时候,我那渴望着的激跳的心突然慌乱。而他分明意识到了什么,果断地放手,用那种显然不合时宜的语气,略显不安地说,对不起,你知道我刚才想到了什么吗?不,你不知道,你肯定不知道!他语速很快地说,告诉你,我想到了泰戈尔,想到了泰戈尔的一首诗。

"我愕然。

"他却兴奋地说,我来背诵给你听——

> 如果这辈子没有遇见你
> 让我总觉得恨不相逢
> 让我永远不会忘记
> 在梦中痛苦地醒来,带着悲伤
>
> 当我在世上繁忙地活着
> 当我把每天的利润握在手中
> 让我总觉得一无所有
> 让我永远不会忘记

在梦中痛苦地醒来,带着悲伤

当我疲惫不堪,气喘吁吁,坐在路边
当我躺在尘土上
让我永远记住
要走的路还有很长
让我永远不会忘记
在梦中痛苦地醒来,带着悲伤

当我把房子变成新房
当笛子吹奏起来
笑声满堂
让我觉得没有邀请过你
让我永远不会忘记
在梦中痛苦地醒来,带着悲伤
……

"老实说,他朗诵能力不咋样,这首诗并没打动我,我对泰戈尔知之甚少,但诗里的意境,能感受得到,我问这首诗的名字叫什么?

"他说,《假如我今生无缘遇到你》。

"我心猛然一动,突然有所感悟,随即想到的是,假如我今生无缘遇到他,那将是怎样的情形呢?就觉着这首诗有了不一样情调和味道。就想再听他朗诵一遍。而且不仅是诗歌,还想让他抱紧我,亲吻我,拥有我,怎么都成,一句话,就想完完全全属于他。

"可我们什么都没做。

"回返路上,我们走了好久。

"到了大院跟前,他恋恋不舍。

"我坚决不让他再往里送。

"他听我的,分手的时候,用不容置疑的语气说,有件事得告诉你,大后天,我和朋友要去大兴安岭,来回四天,既是考察,也是游玩,你跟我走,山里天凉,要带衣服。

"说完,也不问我愿不愿意,能不能行,径自掉头,小跑而去。"

"两天后,就在我为去大兴安岭做好准备,迫不及待想见他的时候,他突然敲开了我家的门。

"是中午,我妈开的门,他说啥都不进来,红着脸求我妈,说对不起阿姨,打扰您了,能叫艾丁出来一下吗?我叫依放,是她同学,有重要事情给她说。

"我闻声出来,叫他进屋。

"他不进,目光闪烁,神色紧张地说,今晚我上北京,十点的火车。

"我吃了一惊,说干吗去北京。

"他用袖子抹了把额头的汗,急促地说,我们提前分配了。

"提前分配,什么意思,不读研究生了?

"不读了,是分配工作。

"什么单位?

"二机部九院。

"做什么的?

"不知道。

"去干什么?

"还不清楚,只知道是保密单位,与重大科学研究有关,他们亲自来挑人,要求很高。本来没我,是临时决定,只有几个小时的准备时间,我来给你说一声,得赶紧回家。

"我立马紧张,说需要帮忙吗?

"他说不用,有专人负责,所有手续都办完了,到了那边我给你来信。

"我手足无措,不知该做什么,也不知该说什么。

"他不等我开口,拽过我的手,用力握了下,转身跑了。

"那一刻,我冲动极了,有一肚子的话要说,真想冲上去,跟着他跑。猛然鼻子一酸,望着他离去的背影,泪水汹涌而下。"

10

奶奶始终认为,她之所以在分子、原子的组成、性质、结构与变化规律上能进行深入研究,并最终在核子领域有所成就,与依放有极大关系。

如果没有依放,她对数学的感觉就会冷淡。

没有了数学的力量和支撑,她对化学的敏感和深入将大打折扣。

然而,依放去北京后,他的信件和行为令她不安,令她起疑。

奶奶说:

"首先是地址,他所有的来信,都是从北京北郊的一个招待所里寄出的。既然是国家分配的工作,既然明确是二机部九院,怎么可能一直住在招待所里,没有具体的工作单位呢?而且他从不谈单位性质和具体工作，我怎么问也问不出来，只说是保密单位，保密级别很高，他作为初来乍到的学员，在深入学习。至于学的什么，在哪里学，跟谁学，也是只字不提。每次问，都打马虎眼。偶尔提到他在北京图书馆查阅资料，攻读专著，说那儿环境好极了，就在北海旁边，休息的时候，看到美丽风景，就会想我，等等。有段时间，说他在和平里的国家科技情报所查阅国外最前沿的数学资料，说那是学习、研究和思考的好地方。至于学习的什么，研究的什么，思考的什么，还是只字不提。说他自从到北京，从没有过业余时间，从没参加过任何娱乐，没有假期，没有休息，连场电影都没看过。之所以忙，忙到火烧脚后跟，是因为他即将面临的工作，需要他具备开创性的思维和雄厚的实力。还说他很可能要到大学或研究所去进修。至于是哪个大学，哪个研究所，进修什么内容，一概省略。问急了，只说是学习，是以前从未想象过的领域，其挑战高度和难度，不容他有丝毫的松弛和懈怠，即使全力以赴，也还力不从心，稍有不慎，就有掉队迷失的危险。还好，他的导师既有著名数学家也有其他著名科学家，对他都很关心，随时随地给予指导，寄予厚望。至于这些著名人物姓啥名谁，从事的什么工作，研究的什么项目，又是云山雾海。

"这哪是我认识的依放啊，简直陌生到了难以承受的地步。

"仿佛一个恍惚，那个激情热烈，率直爽快，魅力四射的依放就蒸发了，取而代之的是吞吞吐吐，黏黏糊糊，优柔寡断的陌生者，令人疑虑，令人烦躁。

"大概是考虑到我的感受和不适，中秋节那天，我收到了他寄来的漂亮丝巾，还有一支'英雄'牌金笔。这是很贵重的礼物。他在信中说，请相信，我还是我，我对你的心永远不会改变！请理解我的苦衷，以后我会解释的。而此刻的我，必须要做好此刻的事,这里的工作和学习,不是通常概念所能说清的,唯一能告诉你的是,理解、保密和誓言缺一不可。

"他说到了理解,说到了保密,说到了誓言。

"也就是说,他为保密而发了誓。

"既然发誓,那就不是一般的机密。

"为机密而发誓,当然要信守誓言。

"可我还是摆脱不了内心的忐忑和不安,怎么也平静不下来,只要想到他做的事,就会幻影飞扬,就会胡思乱想。我写信给他,讥讽他是胆小鬼,像个藏猫猫的臭男孩,要立刻去北京,看看他到底在干吗。

"他在回信中小心翼翼地谦虚,小心翼翼地讨好,小心翼翼地解释,然后小心翼翼地反对。说我没记错的话,你最崇拜的科学家,有著名核子科学之父欧内斯特·卢瑟福。说你知不知道,他曾有过一段很有名的话,在科学界广泛流传,大概意思是,没有哪一个科学家,是靠他个人的思想取得重大成就的。所谓成就,是综合了千百人的智慧,所有的人想一个问题,为了共同目标,做它的部分工作,并添加到建立起来的伟大知识的大厦之中。说他这话对极了,我现在所做的和将来要做的,正是这样的工作。为了做好千百个人共同努力才能完成的事业,我并不属于我自己,你即使来北京,也是见不到我的。

"这话真正触动了我,但不是解惑,他在我心里有了某种奇异的神秘,无论你怎么想,心里就是不舒服。

"光阴真快,我很快就要毕业了,不多的时间里,我必须摆脱自找的纠结和烦恼,将所剩的全部精力,投入到学习之中。

"一天早上,我醒来望着窗口的亮光,想起依放,想起他那些令人疑惑不安的话,仔细回味,突然就明白了他之所以要提卢瑟福的用意。

"如果说依放崇拜的是数学家斯里尼瓦萨·拉马努金。而我崇拜的科学家除了居里夫人,就是欧内斯特·卢瑟福。这位举世公认的核子科学之父,一生从事原子结构和放射性的研究,打破了元素不会变化的传统观念,使人们对物质结构的研究进入到原子内部这一新的层次,为开辟原子物理学这一全新的科学领域做了开创性的工作。但依放对卢瑟福有他个人的看法,他承认卢瑟福是一位真正杰出的科学家,也承认他是一位了不起的学科带头人。别的不说,仅凭他的助手和学生中,先后有十二人荣获诺贝尔化学奖和物理奖,就已经前无古人后无来者。但对一些评论,他保留自己的看法。比如说,科学界提起卢瑟福,总是赞誉他'从来没有树立过一个敌人,也从来没有失去一位朋友'。他认为这绝对是溢美之词,与真相无关。因为数学原理告诉他,这是不可能的,正确的表达应该是,他既树立过敌人,也失去过朋友,只不过众人甚至他自己都不知道罢了。为此俩人在信中没少争论。现在他用卢瑟福的话来暗示他的工作,不,不是暗示,分明是告诉我,他所从事的学习和工作,与核子科学有关,换句话说,与我的专业有关,只不过因为保密原则,不能告诉我罢了。

"这使我说不出地感慨和激动。

"觉着冥冥之中,有种神秘的力量,正将我俩的命运紧紧联系在一起。

"是的,我就是这样认为的。

"而且从他对卢瑟福名言的引用就可以得到证实。

"因为我知道,卢瑟福是学术界公认的继法拉第之后最伟大的实验物理学家。然而,他却首先提出了放射性半衰期的概念,证实放射性涉及从一个元素到另一个元素的嬗变。并通过对元素蜕变以及放射化学的深入研究,成功地证实了在原子的中心,有个原子核,因而创建了卢瑟福模型,荣获了一九〇八年的诺贝尔化学奖。一个伟大的物理学家,就此成了一个伟大的化学家。

"那么,一个伟大的数学家,是不是也能成为伟大的化学家呢?

"我不敢接着往下想,就此一头扎进书本,沉浸在化学物理相互变化的妙不可言的形式、设想和结果里。

"艰辛的耕耘带来了美满的收获。

"我的毕业论文,以其敏锐的直觉、大胆的假设和丰富的联想,对化学变化中的物理现象,进行了有益的探索和严谨的论证,得到了教授们的好评。"

"期待、盼望,而又惴惴不安的毕业,终于到来了。

"虽说工作由国家行政部门统一分配,但不少缺乏人才的高级中学、科研单位和工矿企业,还是通过行政协调、专题报告等各种手段,为本部门积极招收人才,理科大学生中的女生,在各行各业中备受青睐。但事情并不绝对,当时的宣传口号是,坚决听从国家召唤,到祖国最艰苦最需要的地方去。也就是说,因国家建设需要或其他原因,本届大学毕业生,分配到边远地区或特殊的基层单位,是大概率的事情。

"就在大家为工作普遍焦虑时,校领导突然找我谈话。

"那是个晴朗的上午,大概九点来钟,容貌和蔼满头白发的女主任,在办公室里等我,确定我是艾丁后,面带微笑热情地说,艾丁同学,我代表哈工大向你表示热烈祝贺!祝贺你在本校出色地完成了学业,取得了极其优异的成绩!同时,我们有个重大喜讯向你宣布,国家重点单位,北京二机部九院提前来我校挑选人才,他们选中了你！这是你的荣幸，也是我们哈工大的骄傲！

"我惊呆了，以至于有点儿恍惚，不敢相信眼前的事情是真的。

"紧接着就是激动，心都要破胸而出了！

"二机部九院，不就是依放所在的单位嘛，不就是那个神秘得令人向往令人憧憬令人疑惑的所在嘛！

"依放啊依放，我终于能和你在一起了！

"可我还是不敢相信是真的，紧张地说，请问老师，是国家二机部九院吗？

"是啊！除了国家二机部九院，哪还有第二个九院！主任戴上眼镜，奇怪地望着我，明确地回答。

"我心跳得说不出话来，本能地问，去干什么？

"她盯着我耐心地说，我怎么知道去干什么呀，只知道二机部九院是国家保密单位，录用非常严格，一般人是进不去的。艾丁同学，无论是去学习还是工作，能接受国家挑选，到二机部九院，说明你成绩优秀，是国家急需的人才。这是你人生的机遇，也是我们哈工大的光荣。时间很紧，这些表格你尽快填好，明天上午给我送来。政审期间不要外出，不要将你的录用结果告诉其他人。如有什么问题，可随时来找我。

"一周后，我和另外十多个男生一起，跟着北京方面来招人的工作人员，登上了南下的火车。"

依楠说："就你一个女生吗？"

"是的，就我一个！"

奶奶骄傲地说。

11

俗话说，智者千虑，必有一失。

奶奶的失误在于自以为是，过分自信，她坚定地认为，到了北京，就可以见到依放。俩人都在二机部九院，一个单位很容易见面。而她就是要给他一个意外，给他一个惊喜，那场面，那结果，想想都让她兴奋。

到了北京才知道压根不是她想象的那回事儿，二机部九院大了去了，没人说得清到底有多少单位。她住的地方与依放信封上的地址相去甚远，没人知道那是什么地方。更要命的是，得到正式工作通知后，激动之下，她没及时把好消息立刻告诉依放，目的是让意外效果最大化。而且她突然改变习惯，没回依放的信。她得意极了，就是要成心报复他一下，让他也尝尝保密的滋味。这一来二去的，俩人竟然就断了联系。

奶奶说：

"集中培训期间，由于打问不到依放的任何消息，我彻底绝望。

"同宿舍的学友给我出主意，说艾丁你真笨，活人还能让尿给憋死啊？你不会借辆自行车，星期天去找那个招待所呀！找到那个招待所，不就可以打问到他的下落了嘛。

"我听她的，星期天借到了自行车，一路打听，还真就找到了。

"招待所隶属九院，是专门接待各地来京出差人员的。登记处值班的是个极负责任的大爷，他仔细查找名册，确认202号房间，的确有个名叫依放的男青年，住了都快一年了。瞅着我的高兴样，大爷似乎猜到了什么，往下拉拉老花镜，两只警惕的眼睛眨巴了几下，神秘兮兮地说，姑娘，你是他什么人啊？

"我脸一红，说同学。

"哪的同学啊？

"哈尔滨工业大学。

"你叫什么名字啊？

"艾丁，艾蒿的艾，丁香的丁。

"你来晚了，大爷一板一眼地说，这个名叫依放的年轻人，走了都一个多月了，你瞧，本上都记着呢。

"我接过本子一看，脑袋'轰'的一声，就有些晕眩，大太阳里骑了一个来小时的车，又热又累，口干舌燥，浑身都被汗水湿透了，好不容易找到了地方，人却走了，这不成心捉弄人，成心和我过不去嘛。

"我说大爷，您知道他去哪儿了吗？我努力镇定，恭敬地问。

"我哪知道啊！大爷扯高嗓门说。

"我说您这不是九院的招待所嘛，依放是九院的工作人员，我也是，您能不能帮忙打问一下呀？

"大爷摇头摆手，说姑娘，你还是到别处去打听打听吧，我们这只管人从哪儿来，不管人到哪儿去。

"正说着，有个剪发头的大个儿女人进来，问大爷了解了下情况，用怀疑的目光盯着我说，不是已经告诉你了嘛，你要查找的人已经走了。我们不是派出所，查找人员不属于我们的工作范畴。

"我的倔劲儿上来了，说对不起，大家都是九院的，我只是想打听一下依放去了哪里，没别的意思。

"女人不客气地说，我哪知道你是哪的，这儿不是对外单位，没别的事的话，请你离开。说着，从口袋里掏出个红袖章，戴在了左臂上。"

奶奶说：

"那天真是个黑暗的日子,我都不记得是咋离开招待所的。原先脑子里想的,全是见着依放时的开心,哪有这憋气场面啊。

"我真被意外给打蒙了。

"更糟糕的是,心烦气躁间,竟然忘记了回返的路,朝着相反方向骑出老远,才觉着不对劲儿,一路打问着往回骑,别提多恼人,多泄气了。就觉着自己的处事方式有问题。试着从依放的角度想了下。结果全是我的错。如果我将九院招录我的消息,第一时间写信告诉他,或者接到他的信立刻回信,再或者给哈尔滨的朋友打好招呼,收好我的信件,所有问题就不会发生。即使发生,也会迎刃而解。现在好了,我离开哈尔滨已经一个多月了,即使他给我写信,很可能会无人查收而退回。

"我不死心啊,回去以后,赶紧给哈尔滨的朋友写信,尝试各种办法,试图找到依放的下落,结果全都不了了之。

"我不知道他家的地址,没问过他父母的详细情况,也没见过依家的任何人。

"而且……而且我俩并没确定恋爱关系,就算心里有,俩人都没说出来,那在别人眼里,哪怕家人眼里,也还是普通朋友。这种情况下,就是有其他办法,也不好声张。培训章程明确规定,除了极其严格的保密制度、学习制度、作息制度,培训期间还有明确的行为准则,其中就有不准谈恋爱。

"室友劝我,说算了吧,不就一个朋友嘛,又不是正式对象,要是你们真有缘,不定哪天就联系上了。要是没缘,不就天意嘛。九院单位遍布各地,多得数不过来,你不知道他在哪儿,到哪儿去找呀。不如顺其自然,没准他也在找你,不定哪天就找上门了。

"说是说,劝是劝,依放始终没消息。

"一个偶然的机会,我甚至到数学研究所去找过他。看我的都是奇怪的目光,没人知道谁叫依放。

"难道这真是天意?

"可我绝不甘心,不想认命!

"又一个多月后,我的心情在紧张的日程里不能不平静,偶尔惆怅可以,但不允许失落,还必须扩展胸怀,坚强意志。但无论怎样刻意调节,自我安慰,内心深处,总是有个顽强的声音在说,艾丁啊艾丁,你不能气馁,不能放弃,要有信心!事已至此,不是他的错,也不是你的错。既然俩人都没错,你没必要折磨自己,你要是仍然相信直觉,相信你的心,那么做好该做的事,是你的终将还会属于你。就像诗里说的,握紧你的志向,守住你的信念,相信吧,相逢的日子就在路上!

"如此这般,我在著名导师指导下,将全部精力投入到培训和集训中。

"所谓集训,是强化学习,上午理论,下午实验。

"日子飞快地过去。

"一个清风送爽的早上,我突然听到大雁的叫声,循声而望,湛蓝的天空,一群大雁大声地鸣叫着,穿过洁白的云团,变换成'人'字的阵型,由北向南悠然而去。猛然意识到,几个月时间倏然而过,时令已是深秋了,不由得有点儿想家,随即想到的就是依放。

"一百多天的日子里,没有他的任何音信,但他仿佛时刻在我身边,只要离开课堂、离开实验室、离开集体、离开书本,就会自然而然想起。而且梦见的时候越来越多。冬泳场的奇遇,雪夜里的浪漫,松花江畔的畅想,跨江大桥上的美好,还有泰戈尔的诗情,他离去的背影,缠绵悱恻,历历在目……

"十一月初的一天,我们领到了全套的个人装备,皮大衣、棉袄、棉裤、棉帽、手套,还有部队上专用的大头皮鞋。我立刻意识到,我们在北京的培训结束了,要前往真正的工作单位了,不是东北,就是西北,很有可能是西北,只有那样的地区,需要如此厚重的冬装,我有点紧张,但更多的是渴望。

"出发时间紧张得难以置信,当天晚上十点整,我们有集中而来的四十多人坐车去往火车站,在极其神秘的氛围里,登上了西去的旅客列车。

"那晚的情景,我记得清清楚楚,大家都像军人一样,穿着刚发的冬装,棉衣上都是统一的蓝色皮大衣,一个比一个臃肿,六七个女生尤其显眼,像是笨重的企鹅。进了卧铺车厢,找到各自的铺位,第一件事就是脱大衣卸包袱,大家都很安静,培训效果已深入人心。领队咋说就咋做。没人议论,没人说话。根据保密原则,你无须知道你要去的目的地,也无须知道去做什么,不能打问,不能猜想,更不能妄议。"

12

奶奶无论如何没想到,要去的地方是草原。

沙漠,森林,荒原,戈壁滩,甚至神秘的大山深处,她都一而再地想到了,就是没想过大草原。常识判断,她的专业,她的特长,以及保密单位,与草原没有任何关系。

可偏偏命运就把她带到了草原上。

她说:

"我们那批人是凌晨两点多到达基地的,基地代号是二二一厂。

"下了火车，寒风扑面，呛得我喘不上气。不知是坐车坐的，还是过度疲劳，我有点儿胸闷，有点儿心慌，还有点儿头痛，能感觉到太阳穴上血管的跳动，走路两腿发飘，像是踩在棉花上。

"车站没有站台，没有路灯，几个瓦数不大的灯泡，吊在电线杆上，在黑魆魆的夜空下，散发着微弱的光亮。铁路对面有两排平房和简易仓库。怎么看，都像是荒野里临时停靠的小站点。

"这是基地的需要，只不过我们不知道。

"迎接我们的人，稀稀拉拉站在那儿，手电筒照着名单，高声喊叫着大伙儿的名字，喊到谁谁过去。短暂混乱后，大伙儿被拆分成四个组，被各自的领队带上等候的几辆小客车，朝着灯火的方向开了过去。

"我看着窗外，看着隐隐约约的大山的剪影，看着满天灿烂的星光，感觉是个荒凉的地方。没有遗憾，没有失落，没有好奇。就想赶紧赶到基地，有个宿舍，倒头就睡。"

"第二天醒来，已是上午十一点了，我眼皮沉重，身体沉重，胸闷心慌，头疼得更厉害了。一位像是领导的大姐，带着一名小护士来看我，量了血压，摸了脉搏，测了体温，亲切地对我说，放心好了，你没事儿，既不发烧，也没感冒，只是高原反应。咱们这儿海拔三千二百多米，内地人初来乍到，有点儿反应实属正常。吃点药，好好休息，不要剧烈运动，适应几天就没事了。

"知道是高原反应，喝了水吃了药，我的心理负担烟消云散，虽说还有点儿胸闷气短，但心慌头疼明显减轻。

"站在窗前，极目四周。

"天空湛蓝，蓝得那么空透，那么明亮。白如积雪的云，有如绽裂的棉桃，一丝尘土都没有。蜿蜒的山脉环绕着基地，是那种气势通贯一目了然的山，上面没有森林，没有灌木，只有岩石，只有荒草。而在那空旷舒缓的山脚下，是冬日里的连绵的草原。强烈的阳光照耀着大地，金黄的草色反射着温暖。洁白的冰河，犁开坚硬的冻土，弯弯曲曲伸向东南。没有村庄，没有牛羊，远处或更远处的看似孤零零的建筑，都是基地的地标，都有隐蔽的厂房。偶尔看到车辆在草滩间穿行，令人恍惚，令人畅想。

"这就是高原，怪不得整个基地看不见一棵树。

"而这就是我人生将要开始的地方。

"看着想着，不由得就想出去转转。

"走在整齐规划的街道上，望着一栋栋漂亮的楼房，成片的宅院，独立的单位，行驶的车辆，健壮的行人，以及大礼堂、图书馆、资料室，品位不错的饭馆，商品齐全的商店，感觉好极了。打问到了个食品店，不大的店面里，各式水果罐头肉类罐头北京果脯南京糕点上海奶糖应有尽有，一些即使在大城市也很难见到的稀缺烟酒也能见到，还有品相极佳的新鲜水果，而我们仅凭票券就能购买，还能邮寄。走过主街，正碰上下班，年轻的人群穿着工装有说有笑，广播里传出欢快的音乐，一切都井然有序，充满着希望的力量和蓬勃的节奏。

"而这是神秘工厂，我对它的前世今生一无所知，而且只能适应，不能打问；只可热爱，不可深究，包括自己未来的工作。

"培训课上，老师说得很清楚，时候到了，该知道的自然会知道。即便知道，也只能在自己心里。因为它是机密，是法规的一部分，不属于任何团队和个人，而你的权力，就是维护神圣，就是恪守原则。

"起风了，是那种来无踪去无影的风，迅疾短促，寒凛尖利，直透肌骨。"

"匆匆忙忙,恍恍惚惚,几十天日子眨眼就过。

"一天早上,我一如既往赶到实验室,岗长老耿给我一包糖果、一包麻花,乐呵呵地说,小老乡,新年快乐!我愣了,看到大伙儿的表情反应过来,才知道时间已是一九六四年元旦。

"那段日子,我们项目组全体成员,因艰巨的实验项目和测试任务,以及必需的工作进度,天天处在忘我拼搏的状态里,不但没了星期天,中午吃喝休息只有一个小时,所有人的神经都绷得紧了又紧。

"我一头扎在工作里,没了生活意识,没了时间概念。好在身体结实,精力充沛,不论多累,一觉醒来就能恢复。我的特长,是喜欢难题,对直觉有着正确的理解和把握。大学期间,就敢于对复杂实验大胆推测,果断上手,且专注自信,做事严谨。这使我很快引起领导和老师们的注意,不断得到关键的指点,重要的帮助和实践的机遇。而大伙儿的热情,认可和信任,更增强了我的心劲和动力。有我是自然,忘我是常态,一进实验室,满脑子都是项目的成因,可能的结果和变化的数据。稍有时间,就一头扎进资料室,在英文和俄文的原版论文里,吸纳最新的理论成果,激发关键的技术灵感。

"当时,整个基地都在总动员,所有的分厂车间都在总决战。

"重要部门街道礼堂车间工段甚至食堂商店,到处都是奋进的标语、战斗的口号,广播喇叭更是比学赶帮超,到哪儿都是激情四射。

"如此紧张的氛围里,突然得到新年祝福,难以表述的惊喜和愉悦,不可抑制地汹涌起来。本能苏醒了。精神松弛了。大伙儿全都放下手里的活儿，吃着糖果，嚼着麻花，七嘴八舌，聊起天来。

"岗长老耿灵机一动，请示主任，将势就势，将现场变成了年终总结会。

"再然后，会议变聚会，大伙儿一起动手在实验室外的套间里拼起长桌，尽情欢乐，就连平时相对矜持的徐大姐，都在众人吆喝下，唱了个《红梅赞》。中午，老耿派人打来丰盛的午餐，红烧狮子头、香酥虾仁、大鱼大肉，应有尽有。有人买来了茅台酒、竹叶青，还有五加皮。十几个人围在一起，欢声笑语，酒香扑鼻，真是热闹和刺激。

"我是第一次喝白酒，老耿来敬，不喝不行。他是老东北，五十年代初莫斯科大学化学系的高才生。打知道我从哈尔滨来，他就叫我小老乡，对我格外关照。杯子是50毫升的量杯，整整半杯酒，也就是半两，不干不行。瞅着他一口喝干，冲着我不停抖动空杯的样子，我脑子一热心一横，不就这点儿酒嘛，咋地啦？学着他的样子一口吞了下去。欢呼声中我没感觉有多辣，也没觉着多难喝，只是觉着胃里烧，身上热，像要出汗的样子。可一两分钟后，酒劲儿上来了，心跳加剧，热血沸腾，莫名地兴奋和冲动，一浪一浪往上涌。不知不觉，就加入到了狂欢的行列里。

"那天不知喝了多少，好像有五六个半杯，记忆里一个劲儿地晕，腿有点儿软，心有些慌，但意识清楚，绝不迷糊。

"我和徐大姐是最先离场的。

"徐大姐是多面手，上海交大毕业，皮肤白皙，长相娇美，一口柔软的'上普'话特别好听。她对我好极了，怕我喝多，招呼我走。

"没想到我俩刚一出门，严涛就跟了上来。"

"严涛是业务骨干,老耿夸他是潜质极好的青年科学家,一米七八的个子,鹰钩鼻,国字脸,身板结实,目光有神,帅气十足。

"他是二二一厂第一个追我的男生。

"二二一厂不同于其他行业,每年从全国重点高校挑选的大学毕业生,几乎都是理科生。那会儿,大学生是稀缺人才,能考入重点高校学习理工科的女生本来就不多。不多的女生中,能达到优异成绩,被二机部九院选中的更少。我们项目组二十来个人,女性只有三个,除了徐大姐和我,还有彭萍。她比我早一年进厂,负责外事联络和部门协调,不到半年就结婚了,丈夫郭宏是项目组的工程师,俩人工作之余,啥会儿都成双成对,形影不离。有人就开郭宏的玩笑,说你成天守着媳妇,是怕人给拐走啊?他就呵呵,半真半假地说,拐是拐不走的,怕的是小叔子多了麻烦多。这话有意思,二二一厂各类保障啥都有,科技人员的工资待遇十分优厚,地方企事业单位无法相比,后勤供应绝对一流,唯一稀缺的是大姑娘。由于行业特殊,上岗任职的大多是男性,时间一长,性别矛盾日益凸显,男女比例越拉越大,好些三十多岁的科技人员,不光是单身,恋爱都没谈过的有的是。为了解决大龄男的婚姻问题,由国家相关部门特别计划和批准,每年都有大中专院校毕业的文科类女生,经有关部委抽调或招收来二二一厂,从事服务行业的工作,并鼓励男性职工到家乡或地方上找对象,但远水不解近渴,大龄男的问题还是格外显眼。

"严涛一跟上来,我心里就突突。

"他这人心直口快,敢说敢干,第一次和我照面,迎上来就说,艾丁你好!我是严涛,严肃的严,浪涛的涛。我吃了一惊,第一天上班,从没见过此人,他咋知道我名字的?见我满脸诧异,他老熟人似的说,你是哈工大毕业的吧?我更纳闷,说你咋知道的啊?他得意地说,你学的是化学没错吧?我心说废话,这还要问嘛。结果三说两说,其他人都误以为我俩是熟人。

"而这就是他的鬼把戏,目的是释放明确信息,我和艾丁是熟人,关系不一般,他人离远点儿。

"可要说真是鬼把戏吧,他又憨得可爱。不论你反感不反感,喜欢不喜欢,啥事对你都实话实说。就当天,下班他故意和我走一起,我啥都没说呢,他就主动坦白了,说我给你说实话,你可别生气。我是真心想要认识你。你们上培训班的第二天,我就打问到了你的情况。为啥打问你呢,因为他们说刚分来的大学生中,有个名叫艾丁的姑娘,特有气质特漂亮。这可是大事。我没忍住,刁空到培训班外等着,就想看看到底长啥样。你们几个女孩一出来,我一眼就认出你是艾丁。知道吗?你不仅特有气质,特漂亮,简直就是厂花呀!你分我们这儿来,差点没乐死我!实话说吧,前些日子,每次食堂打饭什么的,我来来回回看的就是你。

"他说得眉飞色舞,毫不遮掩。

"我听得心里发慌,好不自在,夸人奉承的我见过,可像他这样没边没沿的,还是第一次。

"但并不反感,只是觉着这人好特殊,好奇怪。

"而他干脆得寸进尺。

"有一次,其他男生讨好我,搭讪聊天,被他碰上了,他竟然黑着脸,毫不客气地把人家叫到一边比比画画,说了些啥,我不知道,结果是把人给气走了,或者说是赶走了。

"还有一次,我去食堂打饭,那天是吃包子,有纯肉馅的,还有蘑菇肉丁粉条馅的,排队的人很多。我进食堂正要排队,他不知从哪儿冒了出来,一脸正经冲我说,你咋才来啊,我早就排到跟前,等你半天了!说着,不容我回话,把我拽到窗口,将等候在跟前的他的朋友老万一把拉开,让我插了进去。这一切他做得光明正大,自然而然,我虽说心里硌硬,却身不由己,只好顺水推舟,如愿以偿买到了最爱吃的蘑菇肉丁粉条包,还有蛋花醪糟汤。结果你猜怎么着,晚饭一结束,他就去找我,约我一起看电影。我没答应,问他排队打饭咋回事儿。他实实在在说,不就为了让你吃上包子嘛,每次打饭你都磨叽,我见有你特爱吃的蘑菇肉丁粉条包,晚了肯定吃不上,就叫老万帮了个忙,提前排队等在窗口。我呢,就在大厅里瞎转悠,就等你来。他说得两眼放光,得意极了。我说好奇怪啊,你咋知道我爱吃蘑菇粉条肉丁包的?他神秘地笑笑,说我是严涛啊。

"可我毫不感动。

"不但不感动,还有了强烈的不满和反感。

"毫无疑问,他的行为已越过了我能忍受的底线。

"且不说他的做法低级无聊,事实本身,就是对我心理和自尊的双重伤害。从小到大,由于严格的家庭教育,我从不损人利己贪占便宜,从不自以为是破坏规矩。没想到刚刚工作没多久,为一份晚餐,就背弃了操守。虽说我是无辜的,他也是诚心诚意为我好,但只要想想这行为这因果,就如芒在背,真是令人蒙羞,令人难受,浑身上下不自在,说不出地忐忑和痛苦。

"我越想越来气,一怒之下,就毫不客气毫不留情地爆发了,说你凭啥管我的事啊,咸吃萝卜淡操心,你能不能离我远点儿,别再烦我行不行啊!我是真发火,横眉瞪眼,面红耳赤。他却像没事似的,嘿嘿两声,故作正经地说,行行行,我知道了,不就想讨好你嘛,你不愿意,我以后改正行不?别生气了,都是我不好,我说到做到,以后绝对注意!接着就又漏气了,说都是老万的馊主意,他说女孩子都喜欢这样,他有经验,看我回头收拾他。我不听则已,一听更是火冒三丈。老万是他好朋友,在二分厂上班,我见过两面,印象挺好,没想到竟和他一起算计我。随即想到,既然俩人设计蒙我,不定在一起咋议论我呢,天晓得以后还会发生啥事儿!

"其实,打从严涛追我,我就一直别扭难受,一直想离他远点儿,想告诉他,我有朋友,有对象。可就事到临头没勇气,总觉着他又没正式和我谈朋友,咋说都有点儿不合适。再说了,他毕竟多我几年工龄,工作经验丰富,理论实践都过硬,完全可以做我老师,他心里咋想不关我事,我能把住自己就成,就顺其自然拖了下来,结果养痈遗患。想要改变已经晚了。严涛已经无可救药地爱上了我。在我面前,他绝对言行一致,完全透明,公开宣示,我是他心目中完美的女神。但凡做了与我有关的事,无论我喜欢或不喜欢,他都主动坦白,绝不隐瞒。你怎么说他怪他都成,他永远是他,要么傻笑,让你板不起脸,发不出火,要么就给你说笑话,死皮赖脸逗你笑。

"可这次,我无论如何笑不出来了。

"他的肆无忌惮,已不是一般的过分,不仅公然在众人面前,宣示和我的莫须有的关系,而且让我感到了胁迫,感到了恐惧。太可怕了,简直就是情感绑架。联想到他平时的言行,似乎每个靠近我的男生,都是他的敌人。尤其可气的是,他我行我素,已不考虑不在乎我的情感和感受。

"我知道问题的严重,任何暗示或明示,对他都没用,必须开诚布公。

"我做出怒不可遏的样子,说严涛老师,实在对不起,有几句话我得给你说明白。我们不能再这样继续下去了!我和你的关系，就是普通的同志关系！我说清楚了吧！我有朋友，不是一般朋友，是对象，请你尊重我的选择和权利。

"对我来说，这是很重很重的话，我惊讶自己怎么可以这样伤人。

"但我又错了。

"我以为，他听到我明确宣告有对象，一定会吃惊。

"没想到他竟平静地说，我不都为你好嘛，就算有啥不合适，说说不就行了，干吗发这么大的火呀。我也实实在在对你说，你有没有对象，与我没关系。我没见过那个人，他是否存在我没兴趣。我就是喜欢你，打从第一眼看见就喜欢。我没谈过对象，以前有过喜欢的，就是喜欢而已，啥都藏在心里，连上前搭讪都不敢。你别笑话，我就这么没出息，打小就不知道咋和女孩子打交道，而且有执拗的毛病，做事随感觉，说话不会拐弯儿。为这事儿，在家没少挨骂，还挨过打呢，可就没改了。实话实说吧，因为心里没谱，我把看上你的事儿给我师娘说了，也给我的好哥们老万说了。见我这次铁了心，他们就都给我出主意。不瞒你说，我师娘是咱岗长的媳妇，人可好了，在行政楼里当科长，她鼓励我大胆追你，说再傲气的姑娘也搁不住男人追。食堂这事嘛，是老万一手策划的。他说像你这么漂亮的姑娘，太惹眼了，不赶紧追到手，很快就会被抢走。不光得先下手为强，还得让红眼狼们彻底死心。说他当初找对象，就是这么干的,再好的招法不试白搭，还得穷追不懈，才能灵光。

"听他这么一说，再瞅瞅他愧疚的德性，我的气不能不消，真是哭笑不得，我说好你个严涛，弄了半天，你是傀儡啊，连这事都得要人教啊！

"他说对啊！以前听说鲜花要养，姑娘得追。可我天生迟钝，咋养咋追真不懂。不懂不就得请教嘛。

"我没好气道,你现在懂了?

"他说懂了,行事在人,成事在天;人不行事,天不开眼。就像元素符号,土里水里空气里,所见之处,到处都有,属于整个人类,但最终找到它获得它的就是一个人。如同伟大的季米特里·门捷列夫,为了那些元素,他吃尽了苦头,即使在迷宫里,在睡梦中,也要找,所有元素都是他痴迷的宝贝,最终获得了上天的青睐。而你就是我要找的那个人。我向你保证,此生此世只对你好,绝不让你辛苦,绝不让你受累,你的幸福,就是我的追求!我言出必行,从不说谎!还有,能配得上你的男人,只有一个,就是我!

"我蒙了,真的蒙了,大脑里空白一片。

"难道这就是一个男人的表白吗?

"是的,这就是他的表白!

"然而,世上怎么会有这么自信,这么怪异,这么狂妄的表白呢?毫不浪漫,傲慢霸道,一点儿情趣都没有,哪像是科学家呀!可奇怪的是,就他这几句话,我满腔的火气,竟然不可思议地消失了,甚至,甚至有热流涌上心头。

"再看他,满眼都是恳切和真诚,还有那种热烈的清澈和明朗,或者说单纯,像做了错事想要悔过的可爱的孩子。

"我有点儿晕,有点儿眩,确切地说是感动,坚信如果有人给他一枝花,他会毫不犹豫地跪在我跟前,向我求婚⋯⋯

"后来,我无数次想起当时的场面,如果没有依放,如此直率如此大胆如此热烈的男人,我能抵挡得住他满腔的真诚、强力的个性、澎湃的激情和疯狂的表白吗?

"回答是否定的。

"岁月的留言告诉我,缘分其实不复杂,顺遂自然,人人都能遇到。真正可遇而不可求的,是男人的真诚、坦荡和直白。

"因为那就是爱!

"迷人而又魔幻,幸福而又致命。

"可我回绝了他!

"坚定地回绝了他!

"之所以回绝,就因为依放。

"因为依放,我心里有爱!

"我坦率地说,谢谢你的厚爱,非常抱歉,我心里早就有人了,绝对不会答应你的,请你以后不要再打扰我,对不起!

"说完,我毅然转身,头也不回地走了。

"我茫然,我失落,我焦虑,我痛苦,却又说不出的轻松和坦然。

"我在心里一遍遍地喊着依放的名字,止不住的泪水淌了又淌。

"依放啊依放,他不知道我在哪里,我不知道他在何方,难道就这样无休无止地牵扯,就这样毫无作为地挂念,就这样漫无边际地疼痛下去吗?"

"有过这样的经历,我想严涛有自知之明,不会再来缠我了。

"没想到,我还是错了,而且错得更厉害!"

13

"那天,我和徐大姐提前告别聚会,严涛一跟上来,我顿时紧张。

"聚餐的时候,他一到我跟前,我就心慌,一直躲着他,可他一直黏着我,没话找话。我心里阵阵发虚,没想到此人如此无赖。徐大姐叫我,我立马就答应了。我想去她家,彻底甩开他。大姐说,干吗去我家呀?我说去看看呗,他们说你家是厂里的家庭典范,有个传说中的好男人,让我见识见识呗。我之所以这么说,是不少人都和大姐开玩笑,说她'那口子'是三辈子才能修来的好男人,属于传说中的宝。

"令人沮丧的是,大姐不知是误会还是有意,在和严涛聊了几句后,突然想起什么似的,急惶惶地对我说,不行啊小艾,我有点儿急事给忘了,得和岗长去商量,你和严涛先回吧。说完,还故意对严涛叮嘱一声,小严啊,你把小艾送回去吧,记得好好照顾哦。

"徐大姐把我扔给严涛,快步走了。

"我失望极了。

"严涛也很尴尬,他犹豫了下,没话找话说,天挺好的,一点儿都不冷,回去也没事,咱们到那边走走?他说的那边,是北面的草滩。放眼望去,湛蓝湛蓝的天空下,山上的冰雪寒光闪闪,而山脚下,草滩上,寒风卷走了积雪,露出大片大片金黄的草色,阳光照耀下,蓝白黄对比强烈,令人欣悦,令人神往。

"但我不想单独和他去。

"实验室离驻地不到三公里,平时都是通勤车,偶尔走走也不错。

"他洞察到我的心思,说算了,还是送你回宿舍吧。

"我说谢谢,我没问题,可以回去。

"他说怕啥呀,不就送你回宿舍吗?

"我瞅着他的眼睛,犀利地说,不会又是老万的主意吧?

"他立马严肃,说不不不,你别误会,人家老万可是好心,再三告诫我少喝酒,尤其见你的时候,最好别碰酒。为啥呢?就怕我酒后失态,说话没分寸,惹你反感。

"我语带讥讽,说你今儿不是喝了嘛,还喝了不少吧。

"他嘿嘿两声,不无得意地说,这你就错了,我今儿就喝了头两杯,后面喝的都是水。

"我吃了一惊,不由得另眼相看,说真的呀?

"当然是真的,骗你是小狗!他得意地说,老万说得有理,当然得听,我把他们都给糊弄了。

"又是老万,你离了他不能活啊!我做出不满的样子。

"他是成心为我好!

"为你好?

"对啊!他真是想让我俩成,一心一意替我想,让我千万别泄气,说伟大的成功和胜利,往往是在最后一分钟!他媳妇志红也为我着急,都说几次了,让我想方设法带你去她家,她亲手给你包饺子,给你团汤圆,晚上把老万赶走,好好和你聊聊天,做对好姐妹,不信说服不了你。

"我惊讶地望着他,没想到啊没想到,他果然还在算计我。

"咋样?今儿元旦,咱俩直接去他家吧!

"他信心满满地说。

"我是又好气又好笑。你说这哪跟哪呀,我和他八字没一撇,已经明确拒绝了他,话说得那么重,他竟然还一厢情愿做美梦,痴迷到了这般田地。这要是刹不住车,不定会咋样呢。不过话又说回来,他就这么个人!学习起来有拧劲儿。工作起来有拼劲儿。同事之间有忙必帮,有求必应,敢于担当不说,一些危险测试,每次都奋不顾身,很受大家的尊重和爱戴。只要提起严涛,没有不说好的。就说徐大姐吧,见他追我,表露出的不是一般的赞成和支持,在我面前,净说严涛的好。而岗长老耿和同事们,也都默认他对我特殊的关心和热情,经常制造我和他单独相处的机会。

"想到这儿,我突然警惕起来,天下哪有这么巧的事,没准让他送我,就是徐大姐的主意和安排。大姐对我的个人问题最为关心,动不动就开我和严涛的玩笑,恨不能立马把我俩撮合在一起。

"反应过来,我的心绪顿时复杂。

"自从明确拒绝他之后,我认真反省过自己,也认真分析过他,甚至想过和他好的各种可能。结果都是否定。我感激他,我敬重他,甚至有内疚,可就是爱不上他。即便依放和我断绝关系,我答应了他,也都不是真心,因为那不是爱。

"当然,我也冒出过一些连自己都吃惊的傻念头。

"尤其夜深人静的时候,想起依放,会不由自主地骂他,恨他,想象有朝一日重逢的可能和情景,直到他形象模糊,直到我泪流满面。我不知道心里对他有过的那个数,还算不算数。时不时地,就有恼人的念头往外冒。他在北京待的时间可不短,除了科学院、数学研究所,还在大学深造学习,好姑娘多得很,机会有的是,他会不会移情别恋,和别的姑娘好上了?我俩直到分离,也没把关系挑明,我这样等他,是不是盲目,是不是太傻……

"想到这,我说不出懊恼和折磨,简直无法忍受。

"可这是谁的错呢?

"如果俩人都没错,或俩人都有错,干吗要烦躁,干吗要痛苦呢?

"可就是烦躁,就是痛苦,尤其遇上男生异样的目光,总觉着不自在,有双眼睛在盯着我,有个声音在呼唤着我。

"好在严涛公开追我,其他男生就都和我有了距离。

"这使我烦恼之余,能相对冷静,有独自思考,想的多了,一些困境就能解开,一些道理就会明白。比如说,谁都知道爱情是爱情,感情是感情。可说来容易,做来难。难就难在原本不是一回事儿,却你中有我,我中有你,远不是两条道上跑的车那么简单。比如说我和高凡,再比如说我和严涛,无论怎么比较,都是阴差阳错。而这辈子适合我的,真正属于爱情的,只能是一个。

"既然忘不了的是依放,这就是命运。

"既然是命运,干吗要烦恼?

"问题是,命运之外还有现实,现实之内还有命运。

"有句话说,感情里的自我都是孤儿,越是明白,就越是折磨。

"能不郁闷,能不闹心嘛。"

说到这儿,奶奶露出笑容,是那种沉浸在往事里的悟透了的笑。

她乐呵呵地抿口茶,咬口点心,舔着嘴唇,展开皱纹,额头上眉宇间颧骨上满是感慨,却又极满足极向往的样子。

"现在想想,我们那会儿真是太单纯了,都像是惰性元素!"

奶奶说着,拉起依楠的手,极其慈祥极其疼爱地说:"不像现在,你们年轻人大多拥有个性的空间,时兴的活法,开心的花样太多了。我们那时普遍拒绝化学反应,我指的恋爱哦,一旦动了真心,就死心塌地,就绝不回头。别人咋样我不知道,反正我是死心眼,照现在的说法,就是一根筋,就是糊涂蛋。"

依楠聚精会神地望着奶奶,她知道,奶奶的心扉正在打开,像是天文望远镜打开了镜头,里面星河灿烂,琳琅满目,她得扶好船舵，可不能轻易改变航向。

"奶奶，您的故事还没讲完呢，那天您和严涛到底怎么啦？"依楠紧紧揪住话题，满怀期待地说。

"那天嘛……"奶奶想了下，干脆地说，"那天严涛让我去老万家，我拒绝了他呀！其实呢，拒绝是拒绝，当时，我满脑子酒劲儿，如果他能策略点儿，柔韧点儿，没准我会身不由己，不就是去老万家嘛，我还真想会会他那个臭参谋，见见他那个好嫂子。可他比我还迟钝，哪懂姑娘的心哦。

"我们一路聊着往回走，空旷的视野里，极好的阳光已然偏西，天空比湖水还蓝，草滩上，冰河边，到处都有鸟儿的叫声。

"他给我聊小时候的事儿，都是男孩子的调皮捣蛋，没啥意思。

"我就给他聊。给他讲我奶奶在莫斯科领着我去买面包，是怎么被德国飞机给炸死的，讲我姐姐是怎么死在保卫莫斯科的战壕里的，哥哥又是怎么在攻克柏林的战役中成为战斗英雄的。然后就给他讲爷爷怎么千难万险把我带回了国，一路经历了怎样的惊险和劫难。

"再然后就讲我人生的第一个誓言。

"因为永远地失去了一儿一女，我妈悲痛欲绝，经常以泪洗面。有天晚上，我又听见妈妈压抑的哭声，心里特难受，不由得扑到她怀里，突然就变成了小大人，瞪大眼睛郑重其事地说，妈呀，你别再哭了，等我长大了，一定把哥哥、姐姐、还有奶奶给你找回来，我发誓！

"没想到，就这孩子的话，孩子的誓言，竟然就把我妈给打动了，她使劲把我搂在怀里，抹了把泪，努力做出笑脸说，好啊好啊，那妈就不哭了，就等着我的小丁丁快点儿长大，把奶奶、姐姐和哥哥给我找回来。

"那年我八岁，死亡的含义就像做梦，哪里知道找回去世的奶奶、姐姐和哥哥意味着什么。然而，我这人的特别就在这儿，自从对母亲正儿八经发了誓，竟然就记住了，再也没有忘记过。当我最终明白，我那所谓的誓言，在大人眼里，不过是小孩子的天真，没有任何意义，大家都是一笑了之，没有任何人会记得。就连母亲很快就忘记了，几年后提起，没了任何印象。可我反而更加执着，在心里暗下决心，等我真正成了大人，有了能力，一定做给他们看。随着岁数的增长，我渐渐明白了死亡意味着的是什么，明白了我有过的那个誓言，只能不了了之。可还是不死心，总觉着有那么一天，各种条件成熟了，没准我真能把他们的遗骨找回来，安葬在自己的家乡，我就是这么想的，就这么执拗。

"我的故事深深打动了他。

"他突然就对我有了不一样的全新的认识和感觉。

"是的，我从他的神态，从他的眼睛，从他的肢体语言里，觉察到的是明显的敬意和尊重，而不是先前一味的追求，逢迎和讨好。

"而我自己也被自己的故事所感染，有了突如其来的自信和骄傲，还有了莫名的果断和坚强。

"困扰我多日的不安和虚荣，不经意间烟消云散。

"感觉和他在一起，就是和同事朋友在一起，就是和君子在一起，你只要坦荡，只要真诚，就已足够。

"他沉默良久，突然爽朗起来，又变成了本来的严涛，乐呵呵地说，你放心，我明白你的意思，也知道认理认命的道理。我就这么个人，说话做事过于随性，哪怕再真诚，给人的也是玩笑的感觉，事后往往追悔莫及。往后，如有不合适的地方，还请你多多担待，对我该咋就咋。我呢，肯定也会长记性。在家的时候，我妈老说我心眼实,一辈子娶不上媳妇。以前我不服,总想娶给她看。现在嘛,我得向左右看齐,脚踏实地,在乡言乡,没准哪天老天开眼,让我也变回牛郎,也能偷到仙女的衣服呢!

"那一刻,我第一次觉着他的实诚特可爱,不由得挽住了他的臂膀。"

14

一九六四年,绝对是奶奶一生中最最重要最最难忘最最灿烂的一年。

照她自己的话说,人不是天上的星星,但注定有闪光的时刻。

元月二日一上班,他们项目组一半人都出差了,就连徐大姐也走了。

老耿说,任务下达得很突然,主任亲自带着严涛连夜去北京了,其他人今儿动身,有的去兰州,有的去西安,还有的去上海。新年新任务,都是硬性指标。二二一厂摊子大,部门多,上下分工明确,里外协调严谨,分厂之间、部门之间,既相对独立,又绝对统一。

而对奶奶来说,最大的体会,就是任务繁重,工作艰巨。

二二一厂是九院保密级别最高最重要的研制基地之一,全国重点院校、研究所、实验室,以及重点企业,对来自二二一厂的考察合作及产品制造,不但要满足要求,还得绝对配合,全力支持。因此,二二一厂立项的许多项目,都根据实际情况和项目需要,由统筹部门,分解到全国各地的科研机构,专业工厂,分别试验或制造，一些特殊部件的研制和生产，得具体到某某企业某某车间甚至某个"大神"的头上。

技术人员频繁出差就成了最平常的事儿。

由于保密原则的严格执行和监管，无论工作期间或业余时间，同事之间亲友之间书信之间甚至父子之间夫妻之间，任何时间任何地点任何场合，不能谈论彼此的工作场所，不得涉及工作内容，不准过问他人的工作事项。对自己所从事的工作内容和研究项目，必须做到绝对保密，是每个人必须遵守的誓言。车间里，厂房内，娱乐场所，宿舍食堂，到处都有保密警示。环境使然，你自然而然就融入其中。工作中，你需要做的，就是严格执行技术标准，完成主任或岗长下达给你的工作任务。至于工作的性质和最终的目的，与你无关。也就是说，你的工作能力，聪明才智，思维方式，科研潜质，是与你的悟性联系在一起的。换句话说，即使没有任何人告诉你干的是什么活儿，你也能感悟到前行的方向，把握住工作的性质，预测到可能的结果，并贴近项目的核心。

奶奶说：

"我进厂没多久，就敏感到工作与放射性核子有关。

"随着参与的数据分析与相关测试越来越多，工作范围不断扩大，不仅包含纯粹化学，与物理特性相关的测试不断增加，涉及爆轰实验相关数据后，我对所从事的工作有了清晰的理解和判断。也就是说，所有的猜测都找到了相应的证据，种子已在心里发芽，而且生根，而且开花，但对可能的果实，却不敢断言。

"即便如此，止不住的激情，还是像涨潮的海水，一浪高过一浪，却无法与人分享。

"我打小就喜欢无中生有千变万化,对趣味科学尤其化学情有独钟,每当看到金属的燃烧,气体的结晶,炽烈的火焰由红变紫由紫变白由白变蓝,就说不出地激动。到了大学,对前沿的核子化学及放射化学,更是着迷,有过无数勇往直前的梦想,就想做一名居里夫人那样的科学家,揭示自然奥秘,造福全人类。

"可到了二二一厂,似乎一切的一切都变了。

"这儿地理偏僻,大师云集,项目神秘,人才济济。而你只是一个普通的技术人员,要做的只是服从,无条件高质量完成接受的任务,是你神圣的天职,其他一切与你无关。

"现实与梦想有了距离,但并不矛盾。

"我明白,科学战线上,我只是一名新兵,要学的要懂的要想的要做的,还有很多很多。化学是求新求变的科学,一个合格的化学家,既是科学规律的践行者,还应该是科学领域的长跑者和创新者。正如居里夫人所说,科学上重要的是发现,是研究出来的'东西',而不是研究者的'个人'。

"问题是,我的心里还没有'东西',自然也谈不上'个人'。"

"就这天晚上,一九六四年元月二日深夜,我做了个梦。"

  我独自走在一片高大茂密的森林里,沿着林间小路,去往一个神往的地方。

  是哪里,我不知道。

  时间像是初秋,树叶儿隐约现出斑斓的色相,灌木丛中,蜂蝶在飞舞,鸟儿在歌唱,路旁的花草气味浓郁,成熟的浆果鲜亮诱人。

  走进开阔的草地,一栋雄伟建筑耸立在山脚,而那就是我的目的地。

我推开一扇大门，一扇古老而沉重的大门，最初的感觉像是教堂，但很快反应过来是教室，是一个我从未见过的高大美观、气势非凡的空旷的教室。正面讲台上，一位风度卓然的女教授正注视着我，她有一头棕黄色又像是金黄色的美发，宽展的额头，明亮的眼睛，高挺的鼻梁，微微抿着的嘴角充满善意，黑色的衣着美观庄重。感觉她正在等我，要给我上课。

可偌大的教室里，听课的只有我一个人。

我孤零零坐在那儿，看她写板书，感觉就像看电影。

巨大的黑板上，写满了元素符号和计算公式。

主讲的内容是原子核，还有中子和质子的变化，以及放射化学的未来。

我努力做着笔记。

待她回头，我们彼此相望，我惊呆了——

天哪！

这……这不是居里夫人嘛！

是的，就是她，跟我熟悉的收藏的真实图像一模一样。

但这怎么可能呢？

这不是真的！

就在我强烈震惊、强烈疑惑的时候，她微笑着说，你是艾丁，来自中国，我在这儿等你好久了。

我激动得说不出话来，自从喜欢上趣味科学，喜欢上化学，居里夫人就是我崇拜的偶像，聆听偶像的授课，而且是给我一个人，这是多么大的幸运和荣耀啊！强大的幸福感,大浪似的汹涌着,将我卷入温暖的海洋。真的温暖,但不是在湛蓝的海水里,而是在居里夫人的课堂上。我好冲动,好兴奋,不停地提问题,具体是什么,记不得了,感觉一直行走在科学的长廊里。她耐心地倾听,认真地解答。后来不知怎么一个恍惚,话题就由化学转到了生活。她和蔼地说,科学家的天职是发现科学规律,揭示自然奥秘,目的是解放人类的思想,升华人类的智慧,开创美好的生活。但科学之所以是科学,不仅仅只是为了研究自然物质的规律和现象,它还包括人类社会。我曾经说过,我们的生活都不容易,但是那有什么关系?我们必须有恒心,尤其要有自信力!必须相信我们的天赋,是用来做某种事情的。当你认识到这一点,无论代价多么大,该做到的都能做到,该做到的,必须做到。

我想了会儿,站起来,极其恭敬地说,请问导师,我只是一个普通的科技工作者,在普通的工作岗位上,怎样才能获得应有的光荣,实现人生的梦想。

她果断地说,在工作中思考,在思考中求新,在求新中进步。

我说怎样才能做到呢?

她说,你要试着把生活变成幻想,再把幻想化为现实。

这是非常难做的事,需要强大的恒心和毅力。如果一个人,把生活兴趣,全都建立在爱情,或者暴风雨般的冲动上,结果只能令人失望。我还告诉过你们,人在每一个时期,都可以过上有趣且有用的生活。但无论如何,不应虚度生命。除非他能够说,我已经做了我能做的事,那么他才能够安心。因为只有这样,我们才能有点儿真正的欢乐……

"我惊醒过来,意识清楚,居里夫人似乎仍在眼前,目光炯炯,神情肃然,言犹在耳。

"好不容易平复下来,回到梦境里,一个来回恍然大悟——

"天哪!居里夫人的那些话,不都是她的名言嘛!是的,那些名言教诲,我中学时代就读过抄过,还作为座右铭,专心致志背诵过。

"我没读过弗洛伊德,没读过荣格,也没看过周公解梦,对梦的含义兴趣不大,科学需要梦想,但与睡梦是两回事。

"到了班上,我和彭萍瞎聊,不由得想起昨晚的梦,就删繁就简说给她听。她立马叫好,说她小时候经常听大人说梦,她奶奶总爱唠叨,说梦见天神、菩萨、大人物,或者奇人异象,都是好梦,能想啥来啥,你梦见居里夫人给你单独授课,这还了得,十有八九有好事啊。

"她说得信誓旦旦,而我只觉得不可思议。

"正唠着,送信的来了,有我一封。

"看着熟悉的字迹,我的脸忽地一热,紧接着就是一愣。

"不对啊,信件的收信地址是:青海国营综合机械厂六分厂,这是二二一厂对外的地址,可发信人的地址竟然也是青海国营综合机械厂,详细到了第一生产部一〇八室。

"也就是说这封信是从本厂寄来的。

"二二一厂的核心部门有四大部,四个部门既是有机整体,又是独立分厂。各厂之间的生产工艺,产品名目,研究项目严格保密，人员互不往来。我只知道四大部都很大，不仅有重要的生产部门，还有众多的研究部门，信封上的一零八室，一看就是研究室。我与第一生产部从未有过任何接触，连部门在哪儿都不知道，怎可能有人给我来信啊！

"一定是有人搞错了！

"可看着熟悉的字迹，熟悉的统一信封，感觉着很厚的信瓤，我诧异，我恍惚，尤其是大而工整的艾丁两个字，让人心口一个劲儿扑腾。

"会不会有人和我重名呢？

"不会！

"收信人是我的地址，一个字都没错，而且笔迹越看越熟悉。

"难道是他？

"我满腹狐疑满怀好奇撕开信封，展开信瓤的刹那，心怦地一跳，蹦出胸膛，满天都是灿烂的太阳，满天都是绽放的花瓣……

15

亲爱的丁丁：

你好！

我是依放。今天是我俩失联整整四百二十天的日子。

记不得给你写过多少封信，也记不得打问过你多少次。虽说每次都是退信，每次都是查无此人，每次都是石沉大海，我还是情不自禁地要写要问。坚信总有那么一天，会云开日出，你的消息会从天而降。无论这消息对我意味着什么，只要你平安快乐，只要你美满幸福，我都会欣然接受。

　　这是真话，自从没了你的音信，我食不甘味，如坐针毡，几次请假，要回哈尔滨找你，但这是不可能的。我给学校数个部门写信，打问你的情况，给我的同学好友写信，请他们帮忙。他们被我的真心感动，实实在在尽了心出了力，但都没有结果。只知道你被国家保密部门招走了，可能人在北京，什么单位什么部门从事什么工作没人知道。

　　我明白，不是没人知道，而是人家不说，不能说。

　　我因此想象了各种原因和可能，把你给我的最后一封信看了又看，没看出任何异常，确信你和我一样，事发突然，分到了涉密单位。我想打问寻找。可北京涉密单位多的是，仅我所在的九院就大得不可估量。在没有具体单位没有具体地址的情况下，找人无异于大海捞针。

　　可我不死心啊，只要逮住机会，就跑招待所，看有没有你的信。

　　失望之下，每次都给值班大爷再三交代，只要有我的信，一定给我留着，千万不要退回。怕人家忘了，还专门留了字条。

　　不知道是不是我的诚心感动了天地，一次我又去招待所，值班大爷突然想起什么似的对我说，小伙子，你的信倒是没有，不过前两天有个姑娘来找过你。我急忙问，姑娘是哪儿的，到哪儿去了？他说这我哪儿知道啊，好像是哪个研究所的。我问他姑娘长啥样？他吭吭巴巴说不清楚，只记得人挺漂亮，是东北口音。

离开招待所,我激动极了,心里满是阳光。

我知道找我的姑娘就是你!

我没忘记你!

你没忘记我!

我们彼此牵挂,相互思念,相互寻找!

可随即就是焦虑和折磨。

几天后,就在我为如何找到你而苦恼的时候,突然接到领导通知,要我立刻做好准备,去大西北的某个研究所,接受新任务。

就这样,凌晨一点,我乘坐火车离开了北京。

一段时间来,我在导师指导下,深入研究半解析函数特性的重要定理和理论。例如《半解析函数》《半解析函数开拓》《与半解析函数定义等价的几个定理》《复变函数分解定理》等重要论文和理论,以及复变函数与几何函数的前沿学说。我的意识我的思想及全部脑力,都聚集在复杂函数方程的解析和思考上。

我不知道这段时间过了多久,可能几十天,也可能几个月,工作最紧张的时候,我没有时间概念,像一个孤独的水手,吃力地划着独木舟,行进在浩瀚的星河里,目的地就在前方,就在那儿神秘地诱惑,可幽邃的河底深不可测,你永远不知道接下来等待着你的是什么,你有可能翻船,也有可能迷航。

而每当想到迷航,莫名的不安就会出现,我就会想你,一想起你柔美的眼睛,动听的声音,甜蜜的微笑,我就有安慰,就会平静,就这么神奇。

可有时难免悲伤,很深很痛的悲伤。

你不知道我在哪里，我不知道你在何方，甚至，甚至时不时地产生错觉，质疑自我，质疑命运，质疑今生今世还能不能再见到你，哪怕就一面。

而悲伤过后，月儿西沉，初阳升起，我又在数字的长河里划桨启程，对未来充满了信心。

不知你遇上的是啥情景。

我承受的现实就这么无情，似乎有某种神秘的力量，在左右着我俩的未来，而我注定是不屈的抗争者，我就是这么想的。

接下来的日子，我在西安，在兰州的研究所，全力以赴投入到复变函数的实用研究中。随着思路的不断扩展，解析能力持续提高，我没有了分神的欲望，没有了休息的心思，没时没刻没日没夜沉浸在数字的奥秘里。

不瞒你说，就连想你也成了人生的奢侈。

突然明白，干吗要想你呢，你就是我早上的阳光，是我呼吸的空气，是我生命的一个部分，一个特殊的组成，一个函数的记忆，一个方程的等式，时刻和我在一起啊！……

知道我省略的是什么吗？

是的，你知道！

亲爱的丁丁，我是在接受新任务后，到达二二一厂的。

适应期，我有了相对宽松的时间，想起你，又一次回忆起你我有过的那个晚上。我们从松花江铁路大桥上下来，我送你回家，一路上我们说了那么多的话，放任心扉，畅想未来，像江水的波浪，变化无穷，没完没了。

　　想着想着蓝光划过，脑瓜开窍，我有两次送你回家，还去你家找过你。我记得你望着我背影的泪水，是的，一定是泪水，因为我的泪水也在汹涌，那是爱情的泪，那是幸福的泪。我记得你家的地址，你家的房号，记得你妈的模样啊。我立刻拿起笔，想要写信。

　　可悲哀的是，我不知道你父母的姓名。

　　考虑再三，不可冒昧，以免犯错。不过没关系，请好朋友找到你家，面对你父母，说明我俩的情况，问题肯定迎刃而解。

　　我激动得捶胸顿足，又不由得懊悔生气，生自己的气，你说我多蠢啊，这么简单的路径，咋就才想到呢？！

　　亲爱的丁丁，我就是这样找到你的，此时此刻我就在二二一厂，也许就在离你很近很近的地方，深情地凝望着你。

　　好了，我只能说这么多。

　　此时此刻起——

　　我的期待，是黎明的曙光，是星光的守望，是新年的祝福！

依 放
1963 年 12 月 28 日

16

"我拿着信,跑到没人的地方,边看边哭,清鼻眼泪往下淌,只把自己哭成了泪人儿。待到有所理智,已不知看了多少遍,泪水把信纸都打湿了,可信里的内容还是恍惚。

"我激动啊!

"意识混乱!

"情绪失控!

"继续上班是不可能的。

"同事们以为出了事儿,都让我回去休息。

"回到宿舍,我立刻给依放写信。但怎么也静不下心,我不知道该写什么,也不知道该说什么,因为什么都想写,什么都想说,一提起笔,脑子里就过电影,从冬泳场他如何救我,到我如何满世界找他;从图书馆他神奇地冒出,到松花江大铁桥上俩人的甜蜜……

"结果是写了撕,撕了写,忘了吃饭,忘了时间,一直折腾到了下午,脑子才算清醒下来。"

依放:

  我说你笨,你就是笨!说你死心眼,你就一根筋!

  既然能得到我的地址,连我父母都想到了,就不能找到我本人啊?

  不错,我们的厂子是很大,可你不懂筛选法,不会动脑筋啊!

  你不是数字玩家,不是函数高手嘛,判断你我之间,也就是 A、B 之间的距离和关系,咋就这么难呢?

不知道利用数学手段啊!

即便你不能用解析的方式得到答案,难道不能考虑图表或其他方式嘛!如果你我之间的 X,不能因 Y 的变化而变化,那么你我之间能出现想要的和谐或完美的方程吗?

老实说,你这会儿看到了什么?

好吧,我来告诉你,你什么也没看到,因为我在微笑。

不是微笑,是欢笑!

我真的高兴,开心极了!

因为我和你一样笨,甚至比你还糟。

实话实说,在北京的时候,我就应该找到你的。可我的心眼比你还死,人家说哪家的大门不能进,我就不进;人家说哪家的机构绝对保密,不能打听,我就不打听;人家说九院的大门都朝西,我还就真信。没有一丝一毫的怀疑。言行举止绝对听话,生怕一不小心违反纪律受处分。

其实,和我一起到北京的,还有几个同学,其中一个男生是数学系的,大家都住招待所,抬头不见低头见,我只要请他帮帮忙,就算打问不到你本人,肯定能知道你在信上大致说过的机构和地址,那么我就能找到你。

可我就那么木,就那么傻。

愣是守株待兔,想轻而易举获得奇迹,结果只能自讨苦吃。

到了二二一厂,我的榆木脑袋才渐渐开窍,知道我的化学白学了,成天跟变化设想打交道,连自己的位置都求证不了,真是丢人!

不过，话说回来，虽说化学的趣味白学了，但化学的根本可没丢。

纪律条令是死的，人是活的；既然人是活的，就没有什么是绝对的。一切都在发展着，一切都在变化中。这符合辩证法。既是自然规律，也是社会规律，与制度性的条令规章并不冲突。

再说了，不管啥样的规章制度，都有具体的针对性。你得把范畴的概念搞清楚。

比如说吧，有白昼就有夜晚；工作再忙，总得休息。

既然有夜晚，就得休息，下班之后，吃饭散步看书走路观球赛看电影，总是少不了的吧。

其他人咋样不好说，就说我个人，工作之余，最注重的就是星期天。我这两个月有了新爱好，就是爬山，懒觉睡到九点多，准时爬窗前正对的西山，来回两三个小时。晚饭过后，要么到灯光球场看球赛，要么去大礼堂看电影。整个下午基本上是在图书馆。还有，我妈给我寄了条围巾，是她亲手织的哦，纯羊毛桃红色，暖和极了，漂亮极了，你见了肯定喜欢！

好了，不啰唆了，要不又要犯毛病，又要认死理了。

记着，我说的是你！

不过呢，说归说，死理有时未必是错。

尤其是对数学迷。

我对死理的态度是两分法。

因为男女都是一根筋，注定没有好主意。

对了，我记得在哈尔滨咱俩看过一部电影，里面有个面壁和尚，忘了叫啥名字了，你想起来的话，别忘了见面告诉我！

想你的丁丁
1964 年 1 月 3 日

这封信是奶奶从她神秘的箱子里找出来，连同依放给她的信，一起给依楠看的。她盯着依楠看完，小心翼翼收起来，装回信封，放进一个比饭盒还大的塑料盒里，仔细用金黄色的缎带十字花扎好，然后锁进皮箱，意犹未尽地说：

"我的这封信可不简单哦，你看出门道了没。"

依楠说："没，有啥门道啊？"

奶奶舒展眉头，绽出神秘，两只眼睛神采奕奕，兴奋地说："我就知道你看不出来！别看这么多年过去了，就这封信，啥会儿想起来都让我得意。给你说吧，就这封信，我把我该说的不该说的所有的机密都泄露了。明白了没？"

依楠说："不明白。"

"咋还不明白？不就是约会嘛！"

"约会，奶奶跟谁约会？"

"当然是依放啦！我信上给他说得清清楚楚，我星期天上午爬的山，是正对着我窗户的西山；整个下午是在图书馆；晚饭后，要么在灯光球场看球赛，要么在大礼堂看电影。怕他认不出来，还告诉他我围着一条桃红色的围巾。"

依楠咋能不明白呢，她觉着奶奶太可爱了，可爱得令人感动。

"我这可不是犯错误哦！"奶奶突然想起什么，急迫地补充道，"我这一辈子，工作上从没犯过错误！你不知道我们那会儿的保密法规有多严。部门与部门之间，单位与单位之间，车间与车间之间，领导与领导之间，领导与下属之间，个人与个人之间，都有严格的保密制度和相关程序。即使是父子之间，母女之间，夫妻之间，也必须严格遵守保密制度。否则一旦查出，是否有泄密不说，轻者纪律处分，调离岗位，重者开除公职，接受严惩。而且我们的信件，会以我们不知道的方式，由监管部门分级抽检。明白了吧？即便我俩彼此知道都在二二一厂，也不能在信中违反纪律。他不能告诉我他所工作的具体部门和工作内容，我也不能告诉他我的具体情况。否则就是违纪，就是明知故犯。无奈之下，他采取的是被动接受，而我采取的是假装糊涂。"

依楠说："知道了奶奶，这些个条条框框，您不是早就对我说过了嘛。"

奶奶乐呵道："说过是说过，生活就这么有意思，像草原上曲曲弯弯的河，时而清澈，时而浑浊，时而沉静，时而暴躁，不论怎么曲折，怎么回环，怎么变换，总是要往前流，这人生似乎也是这样。"

依楠感兴趣的不是她的哲理，生怕跑题拐不回来，紧盯着她说："知道了奶奶，您的约会咋样了？"

奶奶留住笑容，闪烁目光，无声地叹口气，努力平静地说："你听说过牛郎织女的故事没？"

"听说过呀，不就是您给我们讲的嘛，我是说，您的约会咋样了？"

"那你还认得天上的牛郎星和织女星吗？"

"认得呀。"

奶奶的神情有了忧伤，收敛目光说："我和依放就像牛郎和织女。两颗星星离得那么近，那么明亮，可只能彼此遥望。天上的牛郎和织女，是因为茫茫的银河，挡住了俩人的去路。我和依放则是因为工作的原因，被阻隔在了无形的墙外。我之所以说墙，是因为我们就在一个厂内，很可能相距只有几百米，有时候可能就隔着一堵墙，甚至有擦肩而过，在一个礼堂里同看一部电影，但就因为严格的纪律，无法相见。

"好在我们终于联系上了，牛郎织女就要七夕相见了。

"就在我发出给他的回信，满怀喜悦期待着重逢的幸福时，又收到了他的信，是元月四日，也就是我发出回信的第二天。"

亲爱的丁丁：

你好！

收到我的信件了吧？就在我每时每刻盼望着你的回信，望眼欲穿，心急如焚时，命运又一次和我开起了玩笑——

我们团队顺利完成了这儿的工作任务，要立刻赶往四〇一，而后可能是四〇四，接受新任务，解决新课题。

我不知道这两个厂的具体情况，连厂址都不清楚，只知道隶属于九院，很可能是在大西北。

给你写这封信的时候，我们领导和导师还在开会，散会后我们立刻去赶火车。

我是利用收拾行囊的空当，给你写信。

时间紧迫，千言万语一句话，不管身在何处，我只想你！

另：你给我的信，就按我信封上的地址发，他们会转寄给我。

依 放

1963 年 12 月 29 日

"接到这封信,我的手指在颤抖,我的心在颤抖,我浑身的每一个细胞都在颤抖。信纸是从日记本上撕下来的,字迹潦草,可见当时他多么紧张。

"这封信彻底击碎了我期待的浪漫,梦想的激情,随着情绪的崩塌,难言的失落瞬间弥漫,排山倒海。整整两天,我慵懒倦怠,萎靡不振。

"可我必须调整心态。

"我很清楚数学在科学领域里的母体地位,但没想到,依放所从事的函数方程的研究,在前沿科学上会有那么广泛的运用。也不知道,其巨大的理论及使用价值,或将直接左右重大科研的前景和进程。

"但我明白,在九院,在二二一厂这样大师云集,人才济济的地方,一个不到三十岁的年轻人,能脱颖而出,跟随导师,很可能是大师,在科研一线聆听教诲,从事研究,该是多么荣幸的事啊!

"这充分说明,他不仅有过人的天分和才华,出色的思维能力和创新精神,而且得到了导师的赏识和认可。

"想到这,我的胸怀骤然开阔,情绪像是中秋的云雀,开心啊,欢畅啊,继而联想如潮,激情振奋,泄气的痛苦,失落的阴影烟消云散,直至冒出吃惊的念头,感觉这一次次的意外,都是天意,是上苍对我俩感情的历练,品质的考验!"

说到这儿,奶奶情不自禁,大发感慨。

"我的小楠楠哦,奶奶说的没错,绝对没错!

"人生就是草原上的河,弯弯曲曲,幽深莫测。既有甘泉的浇灌,又有洪水的冲刷;既有雨露的滋润,又有不屈的倔强;无论多么曲折,总是要往前走。让人想起脚下的坎坷,想起有过的泪水。是的,就是泪水,总是又咸又涩,又总是滋味无穷。就是这样,用不着到我这把年纪,你就会明白,人生能真正留作回味的,称得上美好和甜蜜的只有泪水,它是心上的明月,无论多么厚重的阴云,都能照亮,都能穿透。

"可惜,当时我没想那么多,我只是强烈冲动,立刻拿笔给他回信!"

依放:

我最最亲爱最最想念的人啊!

当你接到这封信的时候,千万别把我上封信里的"随意"和"死理"当回事儿。因为想你,想见你,想见我心里的那个活生生的你!我才有了那一大串儿既不理智又自以为是的小脾气,还有小聪明。

不过呢,我所有的"过失"(如果算是过失的话)都怪你!

知道吗,自从你在我家门前匆匆离去,我就一直跟在你的背影里,或者说一直影子似的随着你。当然了,我说的影子,有时是太阳,有时是月亮,有时呢会是轻风,还会是难舍难离的梦境。

而此时此刻,我就在你看得见摸得着的地方,真真切切地看着你。

知道我指的是什么吗?

是的,你当然知道——

有我味道的地方

就有我意念的存在

这可是你写给我的诗哦!

到了这会儿,我才算是懂了,懂了啥叫你的味道,啥叫你的意念。

而此刻,我在乎的,我给你的——

是我的味道

是我的意念

如果你是圆

它就是圆上的点

如果你是线

它就是前方的圆

我好兴奋,好开心啊!

如此有趣的"心理几何""随机概念",竟然和爱异曲同工?

可随即就是伤感,因为圆上的点,意味着切线,切线的方向是未知,是无限。

不要在乎我的比喻。

自我也好,拙劣也好,狭隘也好,还是怪你!

尽管这毫无道理,太不公平。

别的不说,就我身边,东奔西走忘我工作,几个月才见一面的情侣、夫妻就不止一个,可他们总能见面啊!

哪像你我,即使到了跟前,硬是竖墙相隔,像是风里的影子……

遗憾吗?

当然!

可我并不怨恨。

我还记得,你给我讲过核子科学之父欧内斯特·卢瑟福的故事，而且特别强调他的那段名言：科学家不是依赖个人的思想，而是综合了几千人的智慧，所有的人想一个问题，并且做它的部分工作，添加到建立起来的伟大知识大厦之中。

是的，卢瑟福说得太好了！

也许你的方程式就诞生在我的测试结果里。

不许嘲笑！

不许较真！

对了，我们项目组有位徐大姐，她对我可好了！

怎么个好法，你自己想，你自己猜。

可以告诉你的是，她有超强的记忆力，过人的信心和洞见的天赋，我们岗长老耿说她无人能敌。比如说，她凝神的时候，能把工作或实验的完整过程详细地记下来，就像摄影机一样，没有任何遗漏和差错。老耿最看重的就是她的能力，说她是活着的百科全书。还说因为她的存在，也许我们正在书写和诞生另一个"卢瑟福"的故事。不过，此"卢瑟福"可不是彼"卢瑟福"哦。

一次，大姐舌战群儒，和几个人争论科技人员和科学家的差别。

大家一致认为，只有在科学领域内取得重大成就、做出重要贡献，并得到权威机构认可的，才能称为科学家。而行业里的其他科技人员，包括业务骨干，只能是科技工作者，不能算作科学家。徐大姐就拿出卢瑟福的名言坚决反对，她的理由是，既然绝对独立的科学发现是不存在的。那么，为攻克同一科学难题，甘苦相应，同心同德，贡献全部智慧，并最终获得成功的人，无论贡献多少，无论成就大小，都是名副其实的科学家。根据她的说法，我们大伙儿无一例外。

为了寻求支持，她直接问我同不同意她的观点。

我哪好意思啊，又不能不回答，干脆直截了当，说我算啥科学家呀？

她生气了，大声说，当然算！合唱团里的团员可以是歌唱家，在报刊上发表作品的可以是作家，会拍照的可以是摄影家，你在科研一线，从事重要的科研工作，怎么能不算科学家呢！小艾啊小艾，你年纪轻轻，脑瓜里的观念，得改改了。要我说，你不但是青年科学家，将来还是大有希望大有作为的了不起的女科学家，不信咱们走着瞧！

那天大姐批得我面红耳赤，可我心悦诚服，打心眼里感谢她。

因为她说到了我的心坎里。

我随即想到的就是你。

你是数学家吗？

当然是！

既然你是数学家，我自然也是化学家！

我被心里的念头吓了一跳。

随即更加坚定，我们不但是科学家，还要做货真价实的有贡献的科学家！

事实上，我正在做的，正要实现或已经实现了的，不就是儿时的梦想，不就是人生的宏愿嘛！

我好冲动，热血澎湃，遗憾的是不会写诗。可我真的想写，想用亲笔写的诗歌告诉你，我以前只是知道数学和化学的关系，明白数学对于人类对于科学的意义；而现在，我遥感数字的灵魂，我理解数字的记忆。是的，数字是有记忆，是有灵魂的。不仅对你来说是活的，对我来说也是生命的一部分。我们亲近它，感知它，解析它，触摸它，不仅是为了洞悉数字的奥秘，而是为了明白自然的根源。

这根源就在数字的迷宫里。

我们共处其中。

那么你就是我，我就是你！

记得有位不讨人喜欢的哲学家，还有位绝对讨人喜欢的剧作家都在他们的大作里说过，女人善变！他们说的没错，我知道自己在变，眼睁睁地看着熟悉的自我趋向陌生，最终会变成啥样尚不明确，也许是你"方程式里的根"，也许是你"情感函数里的嬗变的值"，但无论怎样，永远在你的视野里，永远在你的念想里，就像此刻的你，无论天涯海角，永远在我的生命里！

不要告诉我你没时间写诗，除非爱因斯坦爱拉小提琴是假的。

也不要告诉我你更恰当的解释，在我千变万化的意识里，你的诗句，不仅是数字化的情感，还是你我爱情的专利！

明白了吧？

我要享受专利的美好和福利！

好了，我得去参加史勇的婚礼了。他是我们的实验员，在大伙儿谁都不知道的情况下，突然宣布今儿结婚。对象是徐大姐的丈夫章师傅的大徒弟的小表妹。哎呀，不知我说清楚了没有，这关系就这么复杂，我自己是糊涂了半天才明白。小姑娘初中毕业，当地人，是二二一厂的临时工，人很漂亮，史勇一眼就看上了。据说俩人从见面到今天还不到一个月。本来婚礼定在元旦，但因婚房出了问题，就拖到了今天。你不会不知道吧，咱二二一厂啥都好办，就年轻人的婚房难解决，排队等，猴年马月没定数，好多人都是自己想法子。史勇的办法才叫绝，他死皮赖脸软缠硬磨绝不妥协，硬是逼得领导想办法，给他腾出了半间房。领导说，主要看他工作表现好，成绩突出，都三十六七了，再不结婚恐怕得打光棍了，所以大牙根子咬了又咬，才算是解决了。婚礼很简单，就在他们的新房里，我要去热闹了。

对了，你没忘我长啥样吧？

不许笑！

你个大傻瓜，我现在还没你的相片呢！

再要见不着，万一哪天我认错人，可别怪我没记性！

想你的丁丁
1964 年 1 月 4 日

"看着写好的信，我的脸红了，心跳又欢又快，惊讶自己怎么能写出如此热烈如此自负如此烧脸的话来，他看了会怎么想，心里的泉眼一翻腾，涌上来的却是莫名的伤感，泪水一个劲儿地往下淌，明明是思念的泪，是向往的泪，是深爱着的幸福的泪，可就莫名地委屈和心酸！"

17

"十个多月后，我和史勇从兰州实验室出差回来。

"他媳妇刚给他生了个胖小子，人还在医院，他激动得不行，急着往回赶。一路上不知过于亢奋，还是想家心切，叨叨起来没个完。

"他和严涛是好朋友，对严涛个人的事儿格外关心。出差期间，处心积虑为严涛抬轿，可以说费尽心机。在他看来，我和严涛简直就是天造地设的一对儿，俩人拥有共同专业，同在一个科室工作，兴趣相投，性格互补，而且严涛是大家公认的好男人，优点一装一箩筐，对我更是真心诚意，死心塌地，有这样的对象，绝对是福报，是造化，不信打着灯笼找找看！

"他和徐大姐一样，不但自己当说客，还恨不能让所有人都给我当红娘，对象只能是严涛。

"而严涛说变就变，小把戏之类的玩意儿没了，也不有事没事黏着我了，但绝不拉开距离。给人的感觉是，不但不气馁，不放弃，反而更执着。面上的表现不必说，实际行动无懈可击，无论是工作场合，还是其他时间，给人的印象都是尊重，是耐心，既有以往的真情，又有全新的诚意，连处事方式和说话口气都变了。比如说，在我面前，他不再假装，不再自以为是，也不故作彬彬有礼，彻底恢复他原有的性格，本来的样子，给人的感觉，倒是大方坦荡，自信满满。

"我不能不感受到他释放的信号。

"就在我左右为难，心烦意乱的时候，令人意外的事情发生了。

"一天下班，他突然来到我跟前，用我绝对陌生的语气绝对诚恳绝对温和地说，小艾同志，你这会儿方便吧，我有几句话想跟你说，就一分钟，我必须得说！我惊讶地望着他，不由自主跟他到了没人的地方。他强作镇定，鼓足勇气说，对不起，请你一定听我把话说完。

"如果不当面对你说出来，我会憋死的！

"实话说吧，自从上次咱俩开诚布公后，我在你面前所有的表现都是装的，我真想就这样装下去，一直到我梦想实现的那一天。

"可我做不到。

"我不但没从现实里走出来，反而更加执着，更爱你了！

"就是爱！

"我必须要说出来！

"但我不会违背自己的诺言！

"首先呢，我百分百尊重你的意志和选择。另一方面，也请你原谅我的固执，今生今世我就喜欢你，哪怕你再嫌弃我，再看不起我，这辈子我是改不了了。我知道你有对象，有心上人，但我不在乎，我是心甘情愿给你当替补，就像汽车屁股上挂备胎，随时随地准备着，用与不用你说了算！我说的都是心里话，掏的都是心窝子，求你千万别介意，千万别误会，说那个点儿，哪怕你已经嫁给了你说的那个数学家，我也不会放弃对你的爱。不信走着瞧。有朝一日，我要见了他，还是这话。

"他说完了，我整个傻了。"

"你说闹心不闹心，真不知他哪来那么大的自信和勇气。

"这对我不能不是压力。

"你想啊,打从我和依放分离,眨眼就是两年多,没见过面不说,其中一年多杳无音信,好不容易有了联系,又天各一方。

"这期间,我和徐大姐出了两次差,都是去北京,住在依放曾住过的那个招待所里。我们的任务简单明了,就是请国家某实验室完成一个只有他们能做的实验,我们参与整个实验过程,拿到数据后,返回二二一厂。在北京,我打听好地址去找依放。你猜怎么着,他竟然回二二一厂了。我完成任务赶回去,他又奉命去了四〇四。之后又是行踪不定,永远不知道他在哪里,在干什么。而我自己也不知道什么时候会出差,去往哪里,何时回来。所有这一切,随时随地都会发生。想对自己的时间安排或规划,是不可能的。即使你心里啥都明白,知道某种努力可以有所改变,至少能达到见面的目的,也无法告知对方。信上说不清楚,因为你不知道对方何时何地收到你的信;没有电话可打,不许拍电报,不能违规相互打听,等等啦。而俩人所用的地址,都是厂里的原址。也就是说,俩人在同一个厂里,相隔可能只有几百米或几公里,只能相互写信,不能彼此见面。我判断他的行踪,是靠邮戳。这是偶然的发现。邮戳暴露的不仅他的行踪,而且有准确的时间,北京的,西安的,兰州的,上海的,还有乌鲁木齐的,而最近的邮戳来自酒泉。拿他邮戳上的时间,和我出差的时间比较,我发现每次都阴差阳错,似乎老天爷一直在和我俩开玩笑。

"在北京期间,徐大姐对我格外贴心,比亲姊妹还亲。

"面对无微不至的关怀和体贴,我把和依放的事儿都对她说了,但凡她问的,都是竹筒倒豆子。

"她是实在人,父母都是大学教授,读过很多书,又是过来人,就恋爱的话题，结合我的实际情况，从各个角度判断分析，语重心长对我说，小艾呀，大姐今儿对你实话实说，你说的那个依放我没见过，连张照片也没看到，不好多说什么。但从他救过你的命，又是你的真爱这点上来说，你对他的感情我能理解。你看过歌德的小说《少年维特的烦恼》吗？没看过，那有点儿遗憾，我没法给你讲维特和绿蒂悲剧的必然性了。只能说，男生和女生的差异，不仅是生理上的，更是心理上的。女孩子对恋人的执着，既是她生命里最美艳的花朵，也是她命运多舛或者说屡屡不幸的缘由。这话不太好懂，但绝不过分。要知道，女孩子的青春极其宝贵。因为宝贵，所以短暂。

"你听明白了吧？

"如果真的明白，你就应该知道，你和依放的感情，是挺难得，也蛮宝贵，但离一个年轻姑娘现实的处境和需要，距离还蛮大。你们已经两年多没见面了，彼此的联系也是断断续续。如果这种情况继续下去，就算你们最终见面，结果又能如何呢？也许第二天早上又是分离。再说了，你俩的关系并不确定，不要说海誓山盟，谈婚论嫁，连见面都如此之难，这不能不是你面对的现实和考验吧。人最容易改变的是什么？不是思想，也不是身体，而是情感。你或许能保证自己相对稳定，但你能保证人家吗？保证得了两年三年，能保证五年八年吗？

"情感可以浪漫，工作和生活必须现实。

"你的岁数在女孩子来说，可是不小了，现在需要的，不仅是勇敢地面对现实，还要果断地做出抉择。

"你知道我说的是严涛。

"作为大姐，不是让你怎么着，而是从旁观者的客观的角度，给你冷静的建议，让你在犹豫不决，看不清现实和前景的时候，清醒头脑，做出正确的选择。别的不敢保证，可以预见的是，你选择严涛，立刻就能获得快乐和幸福。

"当然了，大姐只是说说，缘分是你俩的事儿。

"话到这儿，大姐话题一拐，就说开了自己。

"小艾呀，你知道我们家'大神'是咋把我娶到手的吗？

"我说不知道。

"她说的'大神'，就是她的丈夫章师傅，也就是章鸣，听严涛说，章鸣是上海机械厂的八级钳工，外号'大神'，名气大得很。

"大姐目光炯炯，说我告诉你，男人若是真的爱上一个女人，我说的是真爱，那他谋的一定是全心全意把相中的姑娘娶到手。他寻求的是伴侣，他的目的是结婚，而不是单纯的恋爱，得到或占有。

"我们家'大神'能把我娶到手，凭的可是真本事。

"我说都啥真本事啊，大姐讲讲呗。

"她犹豫了下，说好吧，那我就讲讲我俩的事儿。"

18

"大姐说：

"和他的缘分可不一般，说是传奇绝不为过。

"他比我大整整九岁。我大四实习那年，他已经三十三了，还没结婚。为啥不结婚呢？据人讲，是因为把所有的时间和精力，都投入到了工作上，整天跟着师父们搞创新，当标兵，没时间谈情说爱。

"更充分的理由是，早先在军工厂、造船厂干过多年，那些厂子里基本上没女工，行政、后勤部门倒是有，但早让人给抢光了，很难轮到一线。而他又不想要农村的，一来二去就拖了下来。

"那会儿大学生实习有明确要求，即理论知识要与生产劳动相结合，不论什么专业，实习阶段都要有几个月的时间，是在生产第一线。我呢，正好分配到了机械厂的钳工车间，而我们家'大神'正好就是我师傅。

"我很快发现，他这人不光激情如火魅力四射，还有神通。

"你或许不信，他能洞察你的心理，知道你想的是什么，喜欢的是什么，需要的是什么，当然也知道你反感的是什么。

"这太厉害了，不知不觉我就处在了他的掌控之中，我敬重他，佩服他，而后就是崇拜，无条件地崇拜。一切都身不由己，充满了好奇与渴望。短短三个月，他就像电影里的男主角，牢牢地占据了我少女的心。说实话，当时追我的男生可不少，也都很优秀，才貌双全没的说，但没有一个能让我崇拜。感觉他的行为，他的能力，甚至他的语言，他的眼神，他的风度，全都有如神助。

"你以为我吹牛是吧，那我给你说说他的绝活儿。

"作为厂里最年轻的八级工，他对榔头的使用可以说出神入化，从做精细活儿的小铜锤，到钳工手里的各式榔头，不论什么环境，不论干什么活儿，挥动榔头眼不看，心不想。也就是说，榔头在他心里并不存在，只要抡起来，想打哪儿打哪儿，想敲哪儿敲哪儿，百分百精准不说，落点力度还都恰到好处。在全厂技术绝活大比武中，他蒙着眼睛钉木板，蒙着眼睛铆铝钉，做出来的活儿，可以让老师父鸡蛋里头挑骨头。他玩锯弓和锉刀那才叫绝，无论什么材质，到了他手里，都可以按照严苛的图纸要求，加工出完美的几何样品。也就是说，只要给他一张图纸，一把榔头一把锯弓一把锉刀，以及钳工必需的基本工具，他就可以加工制造你要的任何部件或机件。一些他从没见过的机器,时髦的洋玩意儿,只要让他看见,琢磨一会儿,就能记在心里,就能照猫画虎,就敢大胆仿制。似乎普天之下,就没什么能难得倒他。而所有这些功夫,全是技术大比武中,力压众人比出来、拼出来的。然后上报纸,上广播,上讲台,当标兵,做榜样,再然后就破格提级,破格晋升。那是太不容易了,强手如林啊,他一个高小毕业的人,硬要脱颖而出,要和工程师和师父和大牌能人比功夫上级别,一般人做梦都不敢想。可他不仅敢想,还敢干,而且全都做到了。

"当时,不少人把他当超人,也有人非要逼他说说,如此高超的技术能力是咋练出来的,领导动不动就让他谈心得、献诀窍。他的回答就五个字:

"专注加感觉。

"他说的是实话,他不仅具有瞬间专注聚集心智的能力,而且感觉神奇,捕捉到的感知到的,全都是关键,全都是要害,而且具有对细节超强的判断力和把控力。但人们并不买账,都说他保守,甚至说他心胸狭隘,领导也不满意。

"真正理解他的还是当了副厂长的他师父。

"师父说,章鸣说的是真话,他优秀,他杰出,凭的是过人的天分,而不是勤奋。说像章鸣这样的人,当一名出色的八级工,实在是可惜了,他是人才里的人才,应该上名牌大学,当高级工程师,一流的研究员和大科学家。遗憾的是,没人把他的话当真,都认为他能评上八级工,已经是祖坟开花的事情了。

"话说我当了章鸣的徒弟,学钳工显然是假的,三个月,就算你豁出命来,也学不出啥名堂,而且没动力。人人都知道基层实习是走过场。

"钳工玩的是基本功。榔头、锉刀、锯弓被称为头三关。榔头就不说了。给你一块铁疙瘩,用锉刀锉出一个正方体,不说六面都是水平面,能有一个水平面,不下两年功夫,想都别想。一把锯弓,甭管啥样的金属疙瘩,想要啥样锯啥样,出来的面儿就像刀切一样,锯直一条线,锯弧半个圆,你试试看,多少人一辈子都干不好。成功的都是牛人里的牛功夫。头三关过不了,其他就别想了。过了头三关,得过时间关。所谓时间关,就一个熬字,吃大苦流大汗,干中学,学中干,经得住时间的煎熬,才有可能在师父的指导和实干中掌握看图、划线、计算、剔槽、配件、锯割、钻孔、攻丝、套丝、研磨、刮削等技艺。再然后,还得学习掌握机械制图、机械原理、钳工工艺学、金属工艺学等理论知识。真正成为名副其实的'万能工',能精益求精出大活儿,才能称得上炉火纯青,无所不能。

"你想想吧,如此数关攻下来,得费多少力,得用多少年。而让我们这些还没出校门的大学生,三个月内,既要转变思想,接受工人阶级的培养教育,还要学会劳动,掌握一定的生产技能,不是天方夜谭吗?

"章鸣是钳工车间破格提拔的主任,技术上的一把手,啥能不明白。

"大学生下基层,给他们添的是负担,招的是麻烦。

"然而无奈之下,突然来了个漂亮的女徒弟,可把他给乐坏了。这不就是天赐良机嘛。既然是天意,他怎能错过呀!

"而我哪知道这些呀,感觉和他一照面,心里就是乱扑腾。觉着这人特霸气。真的啊,那眼光就是我从未见过的,热烈逼人,瞬间犀利,直抵心灵。给我的感觉分明是警告,你是我的人,必须听我的。奇怪的是,我并不害怕,事先我已经知道他的名气和事迹，很好奇，就想见识一下庐山真面目。

"令人泄气的是，他一点儿也不像工人阶级里的好榜样，不但仗着过人的本事和权力，当众宣布单独带我，还直截了当给我说，徐慧同学，本来嘛，我应该叫你小徐，但我师父姓徐，我就叫你小慧了。听着，你要是不喜欢虚情假意的话，我实实在在告诉你，你们大学生下基层实习，是谁下的指示我不知道，目的是什么我也不清楚，只知道是政治任务。但在我个人看来，三个月学钳工没啥意义。明说了吧，你不但啥也学不会，倒影响我们的工作，让我瞎操心。听懂了吧？要是真懂了，你给我记住，从现在开始，你的主要工作是打扫卫生，早上打水烧水抹桌子擦机器，给师傅们沏茶跑腿领材料，下午下班前，打扫车间，清除垃圾。其他时间嘛，你要不想浪费，就干点儿别的。我既然当你师傅，就教你几样活儿。活儿很轻松，一看就会。只要学会其中一种，就可以回家。实习成绩是满分。明早学会，明早走人。我说话算话！

"说完，他从架子上拿起两罐五百克装的满罐胶，让我看清是没开封的新罐，然后瞪大眼睛，凝神静气，把一个罐子斜斜地立在平滑的钢板台面上，用左手扶住，然后慢慢拿起另一个，轻轻地轻轻地放在立起的罐子上，然后两手同时缓缓地缓缓地移开。不可思议的情景出现了，两只满灌的胶罐居然在斜立着的状态下，底部一点着地，稳稳地摞在了一起。我异常惊讶，难以置信地望着他。他微微一笑，打开铁皮柜，拿出两个鹅蛋大小的钢球，用同样的手法，竟然又将钢球摞在了一起。更不可思议的是，他将一个口径如茶缸的铁罐，用台虎钳稳稳夹住，拿起一块厚钢板放在两米大小的台面上，抓起一个光滑的钢球，凝神片刻，将钢球使劲砸在钢板上，弹起的钢球居然精准地落在了台虎钳上的铁罐里。这还不算，他紧接着拿起第二个钢球，用更大的力量砸在钢板上。高高弹起的钢球,划起一道亮眼的弧,竟然又不偏不倚地落在了铁罐里。

"我惊呆了,简直不敢相信自己的眼睛。

"他回过神来,满意地笑笑,说都看清楚了吧,这可不是游戏,作为你实习的师傅,既然不打算让你学钳工,总得教你点什么,三个活儿随你选,喜欢什么练什么,胶罐不好使,你可以用茶杯,也可以用瓷碗,只要学会一个,你的成绩就是优秀。再给你说一遍,这不是游戏,不是魔术,是活儿。

"看着他一本正经的样,我心里佩服是佩服,却又觉着好玩儿,还有点儿来气。明明不想带徒弟,玩儿个游戏糊弄人,还编个名字叫活儿。哪有这样给人当师傅的,还生产标兵,还全厂劳模呢,也太看不起人,太过分了吧!就想故意调皮一下。我说师傅,可以提个问题吗?他说当然可以,请讲!我说对不起啊,万一这三个活儿我一种都学不会,那怎么办啊?这当然是话里有话,我是名牌大学生,是来见识顶尖钳工技术的,不是来玩游戏的。他很意外很有意思地看我一眼,一本正经地说,好办啊!学不会,你就嫁给我!

"说完脸一拉,掉头就走。

"我浑身上下顿时火烧,心里是莫名的刺激和恼怒,长这么大,还从没见过这么无礼这么可恶的人。而这人竟然是我师傅。我竟然要和他待三个月。想到这,我恨不得立刻走了,去找领导,坚决要求调换工种!这么大的厂,能学的技术多的是,凭啥受他摆弄啊!却又死不服气。他明显是看不起我,确切地说,是歧视。这可是从未受过的,心里恨得直痒痒,却又无处发泄,就在烦躁不安手足无措时,不经意间又看见了那两个他要把戏的胶罐,不由得拿起来,本能地想要试一试。结果不试不知道,这一试才知道究竟有多难。偏偏我是个死不服气的人,结果可想而知,越不服气越要干,两个小时过去了,车间里的工人们早就忙得不亦乐乎,而我还在傻乎乎地擦罐子,不信擦不好。有个老师傅看不下去了,笑眯眯地对我说,姑娘,干这活儿可不敢怄气。你越是不服,它就越是任性。首先呢,你得爱上这活儿,然后呢爱上你自己,再然后呢,心气就会越来越平和。心气平和了,精神专一了,眼力就准了,手里就稳了,就有可能眼到、心到、感觉到。待到感觉通神了,这活儿就揉成了面团儿,想怎么玩就怎么玩。我赶紧请教,询问窍门。老师傅和蔼地说,这是个功夫活,最大的窍门就是功夫。我问多久可以练会?老师傅神秘地笑笑,说这没定数,因人而异吧,像你师傅那样的能人,可能天生就会,多数人得下苦功,有些人练死也学不会。不说咱们车间,算上周边的八大厂,能随心所欲玩这活儿的,还就你师傅。

"一个多月后,我早已和师傅们打成了一片,大家都喜欢我。

"任何事情,只要我张口,都是有求必应。只有章鸣除外。上班时间我们几乎不说话。他要求我做的那点儿活儿,不等他看见,都由讨好我的小伙子们抢完了。而实实在在的钳工活儿,绝不是想学就能学的。车间里加工的机件,都有严格的质量要求,别说我这样的实习生,就连正式学徒工都很难上手。你就是千方百计真想干,人家也不放心,生怕出了差错担责任,能给你块废料,讲讲基本方法,让你装模作样试一试,就已经很给面子了。至于章鸣让我学的三样活儿,我是越练越泄气,越练越烦躁,感觉这辈子想练成,都是不可能的。气人的是,章鸣时不时地就会提起。

"随着实习结束的临近,我的压力越来越大,就在我担心会不会实习不及格,拿不到我想要的鉴定书时,章鸣突然找我谈话,地点是在车间的休息室。说是休息室,也就一个二十来平的小房间，三角铁焊接的架子上，堆满了工具、配件和杂物，几个汽车坐垫拼装的沙发都已破损，加固后的材料箱就是坐凳。简陋是简陋，抽支烟、喝杯茶，偶尔聚在一起吹吹牛，还是难得的好地方。

"他端着黑不溜秋的大号搪瓷茶缸，坐在一个废弃的铁砧子上，让我坐在沙发上，居高临下说，小慧同志，你的实习期就要结束了，你的工作任务完成得很好，实习期间的政治表现、思想表现、劳动表现都很完美。至于我额外给你的那几样活儿，也在工作范畴，做得也不错。

"我不知是他说错了，还是自己听错了，惊讶地望着他说不出话。

"他说你没听错，我知道你练得很刻苦，这相当不容易。

"我不是为难你，是为了激发你的专注力和感觉力。

"是的，你没听错，我说的就是专注力和感觉力。专注力好懂，感觉力有点儿怪。可在我看来，感觉不仅是神奇的力量，而且是能量。一个人如果能把自己的专注力和感觉力全都调动起来，聚集起来，将会产生惊人的效能。这不是耸人听闻。如果你能将两个抛光的钢球，凭借感觉摞起来，记住，不是运气，而是感觉，你将无所不能。你可以不信，但如果有那么一天，你真的做到了，不是一次，而是想做就做，你就具有了超人的能力，就没有学不会的东西，你可以成为极其优秀的艺术家、杂技演员、运动员或工程师，可以进入你想进入的任何领域，成为你想成为的人。你还可以在学术领域科学领域如鱼得水，成就大事业。至于做一个像我这样的好技师，那就太简单了。实话告诉你，我就是读书太少，只上了五年学，高小都没毕业。要是像你一样能读大学，不是吹牛，就现在，绝对是一流的工程师，绝对是著名科学家！

"说着，他顺手从窗台上拎起一个空酒瓶，在手里掂了掂，像是感觉分量,紧接着双目凝神,将酒瓶抛起。瓶子在空中翻了个跟头,高点下落,'啪'的一声,稳稳落在我跟前的实木茶几上。就在我惊叹之下,他又抓起一个酒瓶,眉头一紧,俩眼一眯,手里的酒瓶顺势抛起,在空中完美地翻着跟头,'啪'的一声,稳稳落在刚才那个酒瓶的瓶口上,而两个瓶子只是轻微晃动。

"我惊呆了。

"他的脸也涨红了。

"他红着脸说,看出毛病没?

"我说没,太神奇了,简直不可思议!

"他咧嘴笑笑,率直地说,刚才我不够专注。

"我惊呼,还不够专注啊?

"他说是的,我说的专注,是指除了桌上的瓶口,头脑里没有任何杂念,是那种瞬间产生的什么都消失了都不存在的绝对的安静。而我刚才有过犹豫,虽说只是一刹那,但很危险,好在我克服了它。现在你知道,我让你做的不是游戏了吧?不但不是游戏,而是高端的精神训练。不过,对你来说,可以权当游戏,能在玩儿的心态里练练,受益就好。

"他说完了,我却来精神了,而且对他的感觉突然复杂,有点儿心神忐忑,想继续听他说教,继续看他表演,又想赶紧告退,还有点儿莫名的期待。

"就在手足无措时,他突然用凝神的眼睛盯住我,压低嗓门说,咱俩可是有约在先,你没忘记吧?我可是认真的,我的感觉不会错,你就是我期待中的好姑娘,不用质疑,我俩会结婚,会是好夫妻,你一定会嫁给我!还有,今晚七点半,东江体育馆灯光球场进行八大厂区篮球联赛的总决赛,我是主力队员,我们厂绝对是冠军!说完,他吹了声口哨,拿起一个擦着的酒瓶,略一凝神,顺势抛起,瓶子长眼似的在空中翻了几翻,一声闷响,稳稳落在了窗台上。

"我回过神,他已经走了。

"他走了,我惶惑,我迷离,强烈不安中,感觉他不是开玩笑,是真要把我娶到手,让我心甘情愿嫁给他。

"可我干吗要听他的,干吗要嫁给他呀!

"不可思议的是,没吃晚饭呢,我就开始坐卧不安,满脑子都是他的腔调和模样,越是抗拒,就越是强烈。混混沌沌到了七点,意识里就只剩下了东江体育馆的灯光球场,这可是以前从未有过的事儿。

"我决定去看球。

"球场上人山人海。还好,这种场合年轻姑娘总受照顾,脸皮厚点,优势多多。我刚挤到前面,一声哨响,决赛开始。我一眼就看到了他,一米七一的小个子,在八九个身材魁梧的大个儿中间尤其显眼。而且身体不强壮,穿的是4号球衣,刚一触球就被人撞翻在地,惹得观众嘘声一片。但他却是左前锋,别看个儿小,穿透力极强,哪有空档哪有他。球到他手里,怎么投怎么有,仿佛身上到处是眼睛。对方场地只要有他,至少得俩人来防守。那粉丝可叫一个多。球一给他,满场都是小4号小4号的吼叫声;他一得分,欢声雷动;我大声喊叫,大声欢呼,感觉嗓子都喊哑了。比赛结束,机械厂蝉联冠军。

"就这,章鸣竟然就真的走进了我心里。

"后来,我想了又想,始终想不明白,我咋会对他那样毫无诗情画意毫无浪漫可言的人轻而易举就动心,就心甘情愿走进他的'魔帐'呢?

"结论只有一个,那就是他用魔力诱惑了我!

"实习的日子终于结束。

"我突然对工厂对车间对机器对师傅对工友对工作有了一种从未有过的感激和亲切,对充满了汽油味机油味铁锈味,还有男人汗味儿烟味儿的满是钢铁疙瘩机器零件和油污的地方,充满了留恋。

"这难道就是下基层的价值和意义?

"而且还收获了爱情。

"糟糕的是,我妈死活看不上章鸣,嫌他念书少,连高小都没毕业,岁数又大,相貌平平,个子那么矮,还不是地道的上海人。她毫不客气地训斥我,直截了当说,你给我听着,我绝不同意你嫁给他!他当过市里的劳动能手,生产标兵,是年轻人里的八级钳工,又怎么样?再能干也是个小学生,而你是大学生!他是不容易,是个人才,算得上尖子里的尖子。可再能干,也是学徒工出身;再有天分,也就是个到顶了的八级工,不可能有大出息。他若真算是年轻人里的好榜样,就应该有自知之明,而不应该借着当师傅的便利,来骗人家小姑娘。

"在和我妈严重对立后,我把我妈的话毫无保留地告诉了他。

"他沉默良久,面色凝重,说你知道我真心实意要和你结婚,你也答应了我,这就够了。婚姻自由是国家法律,只要你还愿意,谁也挡不住。你妈对我有偏见,我不介意,因为她不了解我。实在不同意呢,我还是不介意。因为在我看来,她的那些说法,似乎很聪明。

"我问他啥意思?

"他表情怪异地笑笑,说这不明摆着嘛,你是徐家大小姐,要娶你,当然得门当户对。如果门不当户不对,就得看我的大本事和大能耐。就我目前来说,要满足你妈的愿望,是不可能的。

可有一样她不知道,我虽然不是被巫婆为难的王子,但我有一颗比王子还要坚定的心,绝不会轻易低头,更不会轻易放手。

"我问他啥打算?

"他说我是铁了心的,这辈子非你不娶。事到如今,我还是这句话,但我不会为难你,只求你给我点儿时间。我太忙了。十个月不行,就六个月吧。六个月之内,我会用我的实际行动和努力回答你父母,如果到时还不能取得他们的认可,我就认命。请你把我的决定告诉你妈,毫无保留地告诉她。

"我答应了他,不是勉强,是支持,我知道他有主意,他不气馁说明他有感觉,他的感觉就是信心,就是希望,我喜欢他的拗劲儿,喜欢他挫折面前绝不放弃的男人的魅力,喜欢他遇事淡定有主见的个性,他说咋办就咋办。

"六个月时间恍然而过。

"我俩的关系似乎更加吃紧,以前节假日什么的,他还请我看电影,专找我喜欢的零食讨我好。可这半年里,感觉他时时处处躲着我,想方设法玩孤独。他的眼睛里,已经没有了原先的激情和热烈,似乎连话都懒得和我说。而且皮肤粗糙,明显消瘦,眼睛里永远网满了可疑的红丝。

"就在我胡思乱想,对他以牙还牙,想着怎么结束冷战时,他突然满面春风,骑着辆崭新的自行车来找我。我见他理了发,修了面,连指甲都是刚剪的,穿的是崭新的工装裤和白衬衣,还真有点儿恍惚,以为认错了人。

"他兴高采烈地说,小慧啊,你看我骑的是什么?

"我无声地笑笑,瞥他一眼。

"他明白我的意思,更加开心地说,我就知道你是这表情。告诉你,这是我个人制造的章鸣牌自行车。见我反应不过来,他拍拍自行车的座套,愈加得意地说,本人花费六个月业余时间,用纯粹手工,在自己家中独立制造,全世界独一无二。今天是出厂日,特此献给我亲爱的小慧,并同时请岳父岳母大人过目,敬请笑纳。

"这玩笑开得太大了,近乎魔幻。

"想不到是真的,他竟然靠着一张饭桌大小的工作台,一个铁匠铺子淘汰的铁砧子,一个老旧不堪的台虎钳,几把铁锤,几把锉刀,一个锯弓,一个被称为万宝箱的手提工具箱,完全利用下班时间和节假日,在自家小屋里,全凭手工做出了一辆真正的自行车。

"这可不是一般的自行车,全部零件除了橡胶外胎和内胎是买的,其他全都手工制作,尺寸大小和永久牌自行车一模一样,链条、辐条、车轮、铃铛,包括坐垫、弹簧及轴承,一律手工打造,严丝合缝,堪称完美。所用材料,没有一丁一点来自车间或厂区,全都是从废品收购站自己花钱买来的。他把自行车油漆打扮收拾好,所有的部位都漂漂亮亮,就像是从商店刚买的。

"他让我坐在后座上,带我遛弯儿,然后让我坐在他胸前的横杆上,得意扬扬骑到我家去求婚。

"我妈当然不买账,骑来一辆自行车,就想把我独生女儿给领走,天下哪有这么便宜的事儿。可当她听我说,这辆自行车,是这个名叫章鸣的人,独自花了整整六个月的业余时间,在自己家里,全凭手工打造出来的,其间没有一天休息,她以为是瞎扯。但当她仔细查验商标,看到"章鸣牌"下面"天长地久"的小字,她还是难以置信。仔细再看,漂亮的商标严丝合缝焊接在前轴上,上面的装饰是用汉语拼音刻成的女儿的名字,而竣工日期就是当日。

"她惊呆了,继而就是震撼和感动。

"他送给我父亲的,也是一件特殊的礼物。

"他自己炼了两块黄铜疙瘩,只用锉刀,花了十来个晚上,锉了两个金光闪闪的铜球。两个铜球,不仅材质一样,大小一样,抛光度圆润度完全一样。为了显示自己的能耐,他拿出事先准备好的游标卡尺,让我亲手验证,看看合格不合格。我爸以为是他从哪买来或加工来的铜球,供他把玩健身。当听说铜是自己拿废料炼出来的,铜球是仅凭一把锉刀锉出来的,他不能不另眼相看,拿游标卡尺量了又量,愣是没找出毛病,那就只能赞赏,由衷地赞赏。

"三个月后,我嫁给了他。"

19

"大姐的故事讲完了,我还真就被感动了,是从半信半疑到真感动。

"出差回来,我就想看看她家'大神'究竟长啥样。

"到了大姐家,进门我就被镇住了。

"一间半的把头平房,进门的半间是厨房兼餐厅。十五平米的空间,收拾得像是展览室,墙壁除了临窗的一面,其他三面要么镂空利用,要么悬挂墙柜。灶台橱具餐桌椅子全是手工制作,木纹本色,桐油漆面,锅碗瓢盆全套家当各归其所。灶头是用红砖砌成的,上面是块黑亮的钢板,一大一小两个灶口,烟道用红砖砌在墙角,白灰勾缝,既充分利用空间,又能取暖。灶口的上方,开了个小窗,窗口嵌着抽油烟的三页风扇。如此设计,齐整利落,洁净美观。套间里的大间,更是精心布置,三十平米的空间利用得极其充分,大床、沙发、衣柜、写字桌一应俱全,样式小巧新颖,色彩温馨。最令人意外的是,竟然有个精致玲珑的梳妆台。毫不夸张地说,就当时那屋子,和城里的工薪家庭比,至少超前二十年。

"真是令人大开眼界,而且奢侈得难以想象。

"我震惊极了,两年多的时间里,我参加过好几个婚礼,也多次到同事朋友家做客。坦率说,房子不论楼房平房好坏大小,里面的东西都大同小异。确切地说,都是凑合。年轻人的床大多都是床板搭,俩人的铺盖一合拢,就是婚床。所谓家具,除了吃喝拉撒的必需品,其他都是对凑着来,有本事有心思的,能从省城买点儿,其他人就是有钱也没处买。

"大姐骄傲地告诉我,这屋子,知道的人都来参观过,羡慕得不得了,连厂长都赞不绝口,说'大神'是自力更生的好榜样。这所有的家具用具,几乎都是'大神'抽空自己打制的,材料来源,要么是废品站,要么是自己买。当初他不住楼房,要平房,就是为了空间大点儿好整治。他是个闲不住的人,不管到哪儿,看到什么都来灵感。

"说这话的时候,'大神'正围着围裙在电炉子上做晚饭,米饭已经做好,锅里炖的排骨土豆正在收汁。

"对我的到来,他毫不意外,变戏法似的从碗柜里取出一盘清炒菜花,一盘粉丝豆芽,撬开一个沙丁鱼罐头,又迅速烧了个西红柿蛋花汤。四菜一汤的晚餐,是待客的规格,我一小徒弟,哪里敢受用。

"'大神'眼毒,见我局促,故意大大咧咧地说,你叫艾丁没错吧,我们家小慧经常说你,我就叫你丁丁吧。我说丁丁,你这人不是一般的有福气,知道今儿啥日子吗?不知道吧!那我告诉你,但凡小姑娘不知道的日子,都是男人们的好日子。既然第一次见面,就赶上了我的好日子,你可得陪我喝一杯哦。说着,顺手从餐桌下的柜子里捞出一瓶杏花村酒厂的竹叶青,在三只玻璃杯里依次倒上,兴冲冲地说,来啊,为这么漂亮的小姑娘,咱们喝上一口。

"绝了,就这几句话,让人心里说不出的轻松,气氛顿时热烈,我没了最初的拘谨,连常有的腼腆也烟消云散。

"三只杯子叮当一碰,'大神'实实在在就是一口,瞅着他畅快惬意的样子,我不由得也来了一口。我没喝过竹叶青,看着那金黄透亮的色泽,闻着那异香扑鼻的味儿,还有那甜蜜深远的感觉,是的,那就是感觉,虽未入口,其味甚浓,很是向往和诱惑。不大不小一口下去,先是回味满满的甜,而后就有热乎乎的劲儿,暖流似的从胃里直贯腹部,继而弥散开来,浑身舒坦。

"'大神'对我的表现很满意。

"我呢,气氛一放松,原有的好奇就敏锐起来。

"我发现'大神'不是一般的老气,他脸上的肌肉明显缺乏弹性,皮肤暗黄粗糙,皱纹又深又显,犹如刀刻,谢顶谢得很艺术,猛然看上去像是故意理出的,鬓角已是白发苍苍。而他的手,同样引人注目,十根手指,又粗又壮,指甲凹陷,手型难看,和老迈的樵夫没啥两样。

"这就是大姐引以为傲的传说中的'大神'?

"是的!

"后来老耿他们告诉我,二二一厂,说起章鸣没几个人知道,提起'大神',各大分厂重要车间无人不晓。他是第一批随基建大军来基地的技术人员。上马之初,施工条件相当困难和艰苦,机器设备、技术人员、生活物资没有不缺的,许多重要设施,机械附件都得自己动手就地解决。巨大的秘密工地，成了他的用武之地。从发电厂各分厂的建设到大机件的组装，从简单的机械装备维修，到复杂的仪器设备调试，哪里需要他就出现在哪里。

"一次，几个工程师安装一台刚进口的最先进的德国数控机床，出现障碍，无论怎么研究图纸，面对拆解开来的一堆精密部件，就是无能为力。本来德国方面配有安装调试工程师，但由于保密等原因，没让人家来。无奈之下，有人就给领导提议，是不是请机械车间的章鸣师傅来看看啊？领导知道章鸣是谁，并不相信数名懂外语的工程师都解决不了的问题，他一个连说明书都看不了的特级钳工就能解决。但救急如救火，管他行不行，叫来缓冲一下气氛，让工程师们换换脑子，没准刺激之下，会有所突破。实在不行，再向上级求援，再请专家。章鸣来了，独自一人，默默看了两小时安装图纸，又用数小时，将所有零部件反反复复核对琢磨，然后问领导要了把车间钥匙，说吃完晚饭带两个徒弟再来看看。结果这一看，就看了整整一夜。

"第二天一早，他让徒弟叫来主管领导，部门主任，还有那几个安装调试的工程师。大家猛然看见一台安装停当的崭新的机床，稳稳坐在机架上，朝阳照着擦拭得锃光瓦亮的机体，打开来的工作灯放射着耀眼的亮光，一个个惊得目瞪口呆。怎可能啊，昨晚下班还是一堆大大小小的包装箱和七零八落的零部件，一夜之间竟然变成了完整的机床。

"但无论他是咋做到的，组装起来并不等于调试成功，这可是世界上最先进的数控机床，是用极其宝贵的外汇，花费巨大代价才买来的，万一出了事故，责任谁也承担不起。就在大伙儿思绪飞扬，议论纷纷时，'大神'果断按下启动电钮，机床微微一颤，立刻发出欢快的轰鸣。

"接下来，经工程师们反复测试，严格鉴定，宣布组装测试获得成功。

"章鸣就此一鸣惊人，成了真正的'大神'。

"面对宣传部门的专访，他大大咧咧地说，不就装了个床子嘛，没啥了不起的，我也没啥好说的，也不会说。再问，他就只是嘿嘿。

"难能可贵的是，就这样一个一年四季忙到头，几乎天天满负荷超负荷工作的人，还能在鱼和熊掌之间做出平衡，把自己的家整治得如此美满如此温馨，这不能不说是奇迹，难怪提起'大神'人人佩服，无人不晓。

"此时若再看他的脸，再看他的手，就知道他经受了怎样的沧桑和煎熬，高原坚硬的风刀，凛冽的冰雪，与他的工作和付出相比，不过是春花秋月。几年时间，单是他带出的高徒，就有十好几个。

"那天，酒足饭饱，大姐拿出瓜子儿招呼'大神'和我聊天。

"'大神'突然想起什么似的对大姐说，你不是说小严晚饭后要到家里来吗，咋还没来呀？他说的小严，就是严涛。

"大姐立马接话说，小艾呀，你和小严咋样了？见我尴尬，话题一转说，你说的那个数学家还没回来吧？我就知道。小艾呀，事到这会儿，得听大姐的了，你今年多大了？再这么耗着可是耗不起哦！

"出乎意料的是，'大神'与大姐的观点大相径庭，他直截了当说，有啥耗不起的，人家丁丁要的是爱情！只要俩人感情深，见面多少并不重要！

"大姐立刻反击，连面都见不着，还谈什么感情啊！

"'大神'说，你没调来那会儿，我们不也一两年才见一面嘛。

"大姐说，那可不一样，我们是结了婚的，有孩子，人家小艾可是大姑娘，青春宝贵，能跟你我相比嘛。

"'大神'不想跟大姐争巴，乐呵呵地说，好好好，咱俩老夫老妻的，不说这些了，今儿初次见丁丁，既然扯到了婚恋的事儿，我就多说几句。丁丁啊，我这话可能有点儿主观，但主观和预见并不矛盾。

"大姐插话说，怎么不矛盾啊？

"'大神'友好地笑笑，故作谦卑地说，我的意思是，有把握的事儿，就可以武断。说着迅速扭转话题，冲我说，你那个数学家叫什么来着，依放，好啊，你要是感觉好的话，就听我一句，与依放见面之前，不要和任何人谈恋爱！记住，我说的是任何人，包括严涛。可要和他见面之后，我指的是依放，你的感觉如果不如从前，不开心，那么就和他把话挑明，知道挑明的意思吗？对，就是分手，果断选择严涛。依放我不了解。严涛是真心爱你！听懂了吧？

"我身不由己地点了点头，他的话在情在理，诚恳受听，像是我的长辈。而且我喜欢他的犀利，他的直率，他的豪爽，他的武断，还有他的魅力，似乎男人就该这样。

"严涛来了，带来一兜又大又红的烟台苹果。

"吃着苹果，瞎聊了会儿，天色越来越暗，得告别了。

"严涛送我回宿舍，我俩走在大街上，明亮的路灯下，他一面极力矜持，一面抑制不住得意和激动，似乎他正在恋爱，我就是他对象。快到宿舍楼时，他突然说，你瞧那儿。我顺着他的目光一看，嘿，真是漂亮，东山顶上一轮赤金溜圆的大月亮，正在山尖上冉冉升起。月亮的辉光暗淡了满天的星辰，远处的草原沐浴着天光，说不出的诱惑和梦幻。

"咱俩去外面走走？他的语气里充满了真切和恳求。

"我知道他说的外面是河边和草滩,心里突突直跳,犹豫,不安,真想去走走,脚却不由自主地站住了,孤男寡女,在河岸边,在草滩上相伴赏月,我知道意味着的是什么。那一瞬间,我突然想起了哈尔滨,想起了松花江,想起了依放,他似乎就在附近,在某个神秘的地方,默默地看着我,接着就想起了'大神'武断而又真诚的话:

　　……与依放见面之前,不要和任何人谈恋爱!记住,我说的是任何人,包括严涛。

"我望了会儿月亮,心境平缓,尽量和气地望着他,说还是算了吧,我今天有点儿累。他并不勉强,把我送到楼梯口,还要往里送。我挡住了他,说谢谢啦,明儿见。他并不走,上前一步拉住我的手,暗黑的阴影里,反射的月光朦胧而又刺激,我看着他眼睛里的亮点儿,感受到他热乎乎的喘息,还有迫近的力度,恍然间,猛地抽回自己的手,快速转身,小跑而去。

"进了宿舍,我没开灯,站在窗前向下望,没见他离去的身影,我的心怦怦直跳,凭着女孩的第六感觉,我知道就在刚刚,哪怕我再迟疑两秒钟,是的,就两秒,凭着他眼睛里闪烁的坚定和逼人的气息,他十有八九会把我拉入怀里,毫不迟疑地亲我,搂我!

"我不敢再往下想,只是一动不动站在窗前,坚信他还在楼道里。果然,令人窒息的数十秒后,他出来了,吹着不知名的熟悉的口哨,沐浴着渐渐皎洁起来的月光,朝着空旷起来的大街上走去。

"看着他渐渐模糊渐渐远去的背影,一丝莫名的歉疚突如其来,觉着自己的行为是不是过分了,一而再再而三地打击他,是不是有点儿对不起他……古怪的念头随即汹涌，令人愈加烦恼，愈加不安，也愈加警醒。

"是的，是警醒，躺在床上，我的脑子越来越敏锐，今儿的晚餐，和严涛的巧遇，都不是偶然，十有八九是大姐刻意的安排。但严谨的大姐有疏忽，她没咨询'大神'，没和'大神'达成一致，想当然地自作主张，结果事与愿违，'大神'站在了我这边，坏了他们的好事儿……还好，一切都过去了，没出什么差错。

"就觉着眼下的状况，再也不能继续下去了！

"'大神'是对的，如果我爱依放，如果是真爱，就必须和他见面！

"只有和依放见面，才能做出正确的判断，对得起所有的人，包括我自己。

"可眼看又到年底了，还要等多久呢？

"应该设期限，那就一月十一日吧，也就是依放把我从冰水中救出的日子。

"掐指一算，还有整整一百天。

"百天之后，如果还见不到他，那就是天意。

"想到这儿，我猛然一惊——

"突然发现，我对依放的心并不坚定，是的，就在几天前，只要想起他，我会忧伤、会痛苦，而现在，却在动心。

"是的，是动心！

"我真的动心了！

"依放，你在哪里？

"你到底在哪里啊！"

20

"一九六四年十一月中旬的一天,清晨飘了点儿雪花,太阳出来,阵风一吹,天开了,云散了,山上的冰雪在阳光照耀下,闪耀着夺目的银光。而枯黄了的草原,在瓦蓝色的天空下,像金色的地毯,铺展在静谧的盆地里。雪白晃眼的,是河沿上的冰,要不了多久,整个河面都将封冻,气温直线下降,零下二三十度是常有的事儿。

"冷是冷,对来自南方和内地的人,是严峻考验。对我们这些东北长大的人,则是小意思。

"由于刚从兰州实验室出差回来,大量数据需要深入分析和计算,我作为重要项目的助理研究员,每天都以最好的状态,扎在资料室和工作室,除了吃饭和睡觉,从早忙到黑,不知道日月年轮,也无所谓个人生活,只要做梦,必定是工作,必定是数据。

"这天下午,刚一上班,我正整理资料,项目部副主任满面笑容来找我,说小艾呀,这一阵子大家都很辛苦,今天下午早点儿回去,洗洗澡,轻松轻松,晚上七点半去看电影。说着给我一张电影票。我说谢谢主任,电影我就不看了。我说的是实话,好不容易有点儿时间,不光是洗洗澡,我还得洗洗衣服,写写回信什么的,哪有时间看电影啊。副主任说,那可不行,今晚的电影必须得看。我说啥片子啊?他说当然是新片子啦,而且不是一般的新片,能看第一场的都是一线的科技人员,这是厂里对大伙儿的关心和照顾!记住了,必须是你本人去看啊!

"我心说好吧,不就看场电影嘛,值得这么神神道道嘛。

"时间一到,能容纳千余人的大礼堂座无虚席,所有人都静静坐着,等候影片的开始,没有笑语,没有喧哗,更没有吵闹,气氛肃穆得像听报告,一点儿也不像看电影。这是二二一厂特有的现象,由于严格的纪律制度和近乎苛刻的保密原则,所有工作人员,尤其科技人员,早已习惯。

"影片准点放映,我说啥也没想到,竟然是我国第一颗原子弹试爆成功的纪录片。原子弹试爆成功的新闻,一个月前,我们就已经在报纸上广播里反复看过听过了,单位里还开了特别的学习会。但这么快就看到了纪录片,实在是出人意料。那一刻,我的神经高度凝聚,视觉听觉知觉心灵意识,全都贯注到了影片的内容和细节上。整个大礼堂,除了片中解说员的解说和背景音乐,没有任何异响,像是空无一人。

"是的,五十多年过去了,当时的情景还历历在目。

"难怪观看第一场的,全都是一线的科技人员。事实上,由于严格的保密措施,第一颗原子弹试爆成功后,除了一些重要的部门和重要的人员,知道原子弹是在二二一厂组装成功的人并不多,即便是总装厂的工作人员,对核心机密也并不知情,不少人只是猜想,即便知道,也只能装在心里。

"可是,当情景再现,大伙儿在逼真的纪录电影里,看到他们熟悉的环境、熟悉的厂房、熟悉的工作、熟悉的人员,以及巨大的成功,辉煌的荣耀,震惊之下,竟然没有一个人欢呼,没有一个人喧哗,没有一个人冲动,所有的情感都埋在心中,不得不令人惊叹。后来广播上说,严格律己,勇于担当,这就是二二一厂人的素质,这就是二二一厂人的胸怀,这就是二二一厂人的境界。

"他们说的都对,但就我个人而言,素质也好,胸怀也好,境界也好,都因人而异。特殊的事业,自然得有特殊的要求,如果没有可执行的严厉的纪律制度作保障,再好的道德体系,也是不行的。

"说到这儿，我想起个事儿。

"大约一个月前，也就是十月十七日，上午刚一上班，岗长老耿兴冲冲地抱来个半导体收音机，让人从送货的车上搬下一箱分装好的糖果，每人一袋，打开一看，还都是大白兔奶糖。大家就都愣了。他满脸是笑，啥话不说，走到工作台跟前，拿起一把实验用的大号橡胶榔头，抡圆膀子，对着桌面狠狠砸了下去，'砰'的一声巨响，大伙儿全吓傻了，瞅着神情诡异，显然失态的岗长，全都丈二和尚摸不着头脑，不知他葫芦里卖的什么药。他呢，几次像要宣布什么，几次又将到了嘴边的话硬生生咽了回去。最令人费解的是，他从包里拿出一包奶粉，一块茯茶，在电炉子上亲自给大伙儿烧奶茶，大声宣布，上午就地休息，喝奶茶，吃奶糖。九点之前，他迫不及待打开收音机，调好频道，调大音量，招呼大家收听九点的新闻。结果大伙儿就在绝对安静绝对肃穆的氛围里，听到了我国第一颗原子弹十月十六日十五时在罗布泊试爆成功的重大新闻。听完新闻，回过味儿来，我才明白，怪不得老耿又是分奶糖，又是烧奶茶，还用榔头狠砸桌子，他是不敢违反纪律抖搂真相，又实在忍不住，才借着狠砸桌子告诉大家，那个大伙都能猜得到，但绝对不能说的秘密，终于'响了'！可他的表演实在拙劣，大伙都当他神经质，以为他昨晚喝醉没醒酒。那天，据说全厂职工都有'福利'，即便临时工都分到一斤白砂糖。

"电影结束，灯光明亮，离场的人们似乎还沉浸在影片里，比平时更加矜持和肃穆，听不到任何议论和低语。

"出了礼堂，观看第二场的人，已聚集在大门口。

"天空深蓝，钻石般晶莹的星斗愈加璀璨，白茫茫的银河横亘在头上，皎洁的月亮银光闪闪。

"我大口呼吸冰冷的空气,本能地裹紧脖子上的围巾。

"突然,我的手被人紧紧捏住。

"我吓了一跳,回头一看——

"不光人傻了,腿子都软了……

"……这……这人不就是依放嘛!

"不!

"不是他,他不戴眼镜……

"可不是他又是谁呢?熟悉的面庞,熟悉的身材,熟悉的气味,熟悉的目光,熟悉的手掌……

"……是的,就是他!

"路灯的侧影里,依放脚穿军用大头鞋,身穿蓝色皮大衣,没戴帽子,嫌长的头发有点儿刺棱,他右手紧紧握着我的左手,左手食指轻轻压了下嘴唇。我没听见他的口哨,没听见他的嘘声,也没听见他低语。但我知道,他不让我吱声,只是让我跟他走。周围都是散场的人,大伙儿无声地穿过礼堂前的小广场,左右散开,行走在夜色中的大街上。

"我紧挨着他,整个手被他拽在袖筒里。

"我不知道他要把我带到哪里,空白的大脑一片混沌,幻境十足的感觉里,思维停滞了,意识休眠了,若不是俩人的手指紧紧相扣,若不是激跳的心令人慌促,真有点儿梦游的味道。

"我就那样跟着他,经过了我住的宿舍楼,前往几百米外的黄楼。

"黄楼是二二一厂大人物们集聚的地方,很神秘的。我不知道他干吗要把我往那儿拉。只是麻木地跟着他。他拉我到哪儿,我就跟到哪儿。

"进了院子,到了第二栋的一个单元口,他迅速把我拉进楼梯间,使劲搂住我亲了一口,然后拽着我一溜小跑上到三楼,利索地打开一间房,直接将我拽进屋,灯也不开,甩掉大衣,抱紧我疯狂地亲着吻着,我由着他,顺着他,直到俩人的温度俩人的血脉俩人的心跳全都融在一起,汇往一处……

"不记得抱了多久,亲了多久,当屋里电灯大放光明,他为我脱去棉袄,为我烧水沏茶,为我开水果罐头,把我公主似的抱起来放在床上。我的大脑这才有了反应,听见他说,想死我了,想死我了!我知道你工作的地方,知道你离我不远,但就是没法去找你。为了这一天,我的头发都要愁白了。知道吗?我一有空就会在电影院、在商店、在大街上、在图书馆或资料室到处找你,明知道是守株待兔,盲目得可笑,可就是想碰运气,像在哈工大图书馆那样碰上你,结果一直是失望。不怕你笑话,二二一厂戴红围巾的姑娘,几乎都被我误认过。今儿晚上,我猜你十有八九会去看电影,抛了三次硬币,三次都是正面。我兴奋极了,提前二十分钟进场,在里面一排一排地找,直到开演的铃声响了,也没找到。可功夫不负有心人,就在我垂头丧气跟着散场的人往外走时,无意中一抬头,就看见你在我前面,耷拉着个脑袋,想什么心事似的出了门。我激动的心直往外跳,生怕晃眼认错了,赶紧挤出人群,紧紧盯住了你,然后在离你很近的侧面再三确认无误,这才果断地把你抓到了手。

"我吃着酸甜可口的橘子罐头,看他手舞足蹈,听他滔滔不绝,感觉还像是做梦。

"是的,当幸福来得过于突然,像面对疾风闪电,你不可能理性应对,你心神散乱,你恍然失措,简直不敢相信是真的。

"就在几小时前,我还以为再也见不到他了。

"怎么也没想到,几小时后,竟然在他房间里,被他孩子似的抱到床上。俩人面对面,毫无顾忌地亲热,说笑,唠叨,仿佛这就是我们的家,世界上就只有我们俩。没有担心,没有忧虑,没有牵挂。像故事,像传说,像神话,却真实得令人恍惚。我甚至都没问,你怎么会一个人住在这里,这么大的单间,办公桌、办公椅,文件柜,台灯,暖瓶,茶具,还有一个小圆桌,两把椅子,简直是首长待遇啊。但当真正回过神,看见满桌子摞着的稿纸、算式,摊开来的资料,英文原版的大部头,还有一部电话机,这才有点儿明白。

"他知道我心里想的是什么,说这是我办公、睡觉和生活的地方。来二二一厂接受任务,解决问题,研究课题,每次都住在这里。

"我来到窗前,借着星光和街灯突然发现,北边二三百米远的地方,不就是我居住的宿舍楼嘛!是的,千真万确,我就住在三楼,彼此站在窗前就可以望见!心里一酸,顿时疼痛,泪水不由得涌了上来。原来我俩相距如此之近,近得令人不可思议,相向而行也就几分钟,却又咫尺天涯,远得难以想象,几百个日日夜夜,相互之间别说见面,一封书信得往来一周,还不知道彼此身在何处。如此天各一方,怎叫人能不感慨万千,能不伤怀断肠!

"突然想起徐大姐给我说过的一件事。

"说他们家'大神'来二二一厂工作,失踪了两三个月才有音信。可那信件更是令她疑惑不堪,怎么看'国营综合机械厂'都不像是她心目中的重点保密厂,倒像是传说中的劳改农场。她不相信她家'大神'会犯法,会劳改,也不相信他信里的花言巧语。怎么琢磨怎么可疑,直把她折磨得寝食难安,说啥也放心不下。结果,她不听家人劝阻,也不顾'大神'来信反对,牙一咬,心一横,上了火车跑来看他。到了终点站,来接她的不是'大神',

而是一男一女两个工作人员，把她安排在一个名叫西宁大厦的饭店里，心慌意乱住了三天，俩人才见了面，还是他家'大神'来看她。那之后，她受了强烈刺激，认定不能这样做夫妻，又不能把'大神'调回上海，痛苦之下，硬熬了两年，只好自己做牺牲，下定决心，从研究所优越的岗位上，调到了二二一厂。

"现在好了，老天开眼，让我俩彼此相逢，再也没有任何事情任何理由能将我们分开，不光今晚这样，以后永远这样！

"我俩就那样搂着抱着，说不完的话，嗓子哑了，眼睛红了，还是说个没完。

"我给他讲俩人间的音信是咋断的，我在北京如何千辛万苦找他，如何培训，如何进修，如何到的二二一厂。说好不容易盼到他的信，回信中给了他那么多暗示，期待着俩人能见面，没想到等来的是更大的失落和折磨。

"然后就给他讲徐大姐，讲老耿，讲'大神'，再然后就原模原样讲严涛，咋看上的我，咋追的我，我是怎么应对的，都发生了些啥事儿，等等等等，总之就是诉苦，就是甜蜜，就是幸福。

"他由着我抱怨，由着我倾诉。

"末了，突然转移话题说，今儿的电影上你看到我了没？

"我说没！我的确瞪大眼睛仔细在看，看到了发电厂高大的烟囱，认出了火车站熟悉的站台，看到了周围亲切的环境，还看到了两三个相貌熟悉但不相识的重要人物，但就是没见到身边的人。

"他说我见到我自己了！

"我惊喜道，真的啊？

"他说真的，镜头主要是拍重量级，但我就在重量级的后面，虽然镜头一晃而过，还不是正面，但我认出了我自己，绝对没错！

"黎明到来了。

"他拉灭电灯,拽开窗帘,把我拉到窗前——

"东面的天空正在泛白,黑魆魆的山梁上,带状的微光在云絮的边缘,朦朦胧胧地弥散着,像是冰雪反射的光晕,明亮的星辰依旧灿烂,无垠的穹隆愈加神秘,愈加幽美,也愈加深邃。

"我说银河像是转了个圈儿,牛郎织女不见了。

"他像没听见我的话,把我拉到怀里,热乎乎的双手捧着我的脸,两只炯炯有神的眼睛一动不动盯着我,极其珍重,极其郑重地说,丁丁啊,我的宝贝儿,我差点儿就失去你了。都是我的错。我向你保证,从今往后,我不会再犯同样的错误,不会再离开你了!无论你在天涯,还是我在海角,我们的心将永远永远在一起!瞧啊,灿烂的星辰即将隐退,浩瀚的天空正在变蓝,再待一会儿,红日东升,晴空万里,天地澄净,只有祥云在游走,只有百灵鸟儿在歌唱,多么美妙,多么难得的好日子啊!这是苍天大地的馈赠,是人生最好的礼物和见证!

"他越说越激动,使劲亲我一口,大声说——

"我俩结婚吧!

"他的声音磁感抖颤,有点儿沙哑,有点儿急促。

"我说结婚?

"他说是的,结婚!紧接着语气更加坚定,就今天!

"今天?

"对,就现在,立刻!……

"……

"我脑袋里轰轰隆隆,脚底有点儿发飘,眼前有点儿晕眩,还有点儿无法表述的遥远的懵懂,类似童话的魔幻……

"是的,就是魔幻!

"如烟如梦,很不真实,又刻骨铭心!

"像春水里的鱼儿,像微风里的花香,像雪山下的圣湖,在身不由己的自在里喜悦,在充满向往的呓语里冲动,在妙不可言的蓝光里期待……

"这就是爱吗?

"是的!

"他越是潮涌,我越是亲柔;他越是澎湃,我越是甜蜜;他越是狂烈,我越是渴望……

"直到黎明熔化了激情!

"直到激情催生了曙光!"

21

"整整一上午,我俩办完了本该一周才能办完的事儿。

"我容光焕发,我精力充沛,我激情四射。

"他也一样,只是比我更加急迫,更加周到,似乎所有的事儿早就想好了,早就在路上,像按时按点赶火车。开心的是,请假,打报告,找领导,批申请,办手续,到哪儿都是一路绿灯,顺得不能再顺。

"十二点之前,我们办好了结婚手续,拿到了没有结婚照的结婚证书。

"是依放的本事,他跟人家办证人员死缠烂磨,又是发喜糖,又是递喜烟,嘴里说的脸上挂的全是好话。可人家坚持原则,没有照片,坚决不办。无奈之下,他拿出取相片的发票硬给人家看,说你瞧,这是我俩今儿早上照相的发票,见了没,001号,第一个,可取相片得三天以后。我后天就出差了，去北京，回来肯定到明年了。今儿我要是拿不到证，那就结不成婚了，所有的准备，还有领导的审批，各部门的手续，全都白办了，这一误就是一年啊！求您抬抬手，先把证给我们发了吧。相片我保证三天后由我媳妇连同证书一块拿来，麻烦您给补个公章不就妥了嘛。结婚是人生大事，一辈子就一次，求您了！办事的是个通情达理的大叔，缠磨之下，于心不忍，反复查验了我俩的手续，特别是工作证上的照片，确认我们说的是真话，这才网开一面。还不放心，给我再三交代，三天后一定要把照片拿来补盖公章。我再三保证后，才把证书给了我们。

"现在想想，简直太不可思议，太疯狂了！

"我就这样结婚了？

"是的！

"没有戒指，没有亲人，没有新衣，没有鲜花，连个属于自己的能够容身的'小窝'都没有。我住单身宿舍，二十五平米三张床，三个人。他连属于自己的宿舍都没有，经常外出，一旦回来，住的是专供科研人员使用的'办公室'。这是二二一厂的特殊待遇，领导部门考虑到科研人员要出差流动，工作时间没有规律，很多人都是夜深人静的时候在工作，所以特殊的'办公室'享有特殊的条件和待遇，比如安静的环境，相对宽大的房间，舒适的床铺，等等。但都不属于你自己。也就是说，我和依放昨晚的所作所为，都是严重的违规违纪。

"我有点儿茫然，他却兴致勃勃。

"下午两点一上班，他就带我去找领导要房子。

"不找不知道，一找才明白，二二一厂什么都好，就是缺房，尤其缺少年轻人急需的婚房。近几年来，基地科技人员迅速扩张，每年都有大量的工科大学毕业生应招而来。为了切实解决大龄科技人员的婚姻及年轻人性别失调的问题，有关部门加大力度，从全国各地大专院校特意招收文科类和服务类的女生，同时鼓励大龄青年到地方上找对象，无论农村还是城市，只要政审合格，有一定的文化基础，能招工的招工，能录用的录用。为此，基地每年都新建住宅。不但在基地建，还在省城周边建设家属区。但新建的住房，远远不能满足现实的需要。供需矛盾愈加突出。前面的排队在等候，后面的无望干着急。一些性急能干的人，干脆剑走偏锋，合伙找领导，坚决要求划拨土地，批给建房材料，自己给自己盖房子。还别说，这招真管用。基地周边是大草原，有的是地皮，只要集中规划就行。二二一厂有的是建材，厂里一支持，水泥、砖坯、木料都没问题。于是乎，很短时间，基地北边就冒出了一排排别样的平房。有本事的是自己盖。自己盖不了的请示领导后，可以到周边县城请会盖房的人来盖。

"如此形势下，你早上结婚，下午要房，不就是天方夜谭嘛。

"可就这猴子捞月的事儿，依放愣是不死心。

"他拿了包糖果拿了包花生米，还有一瓶酒，带我去见老邓。

"他没说老邓是著名核物理学家，是二二一厂理论部主任，核心项目最重要的核心人物之一，只说是他的专业导师，顶头上司，叫他老邓就是了。我也没多问，二二一厂最重要的规矩，就是不打问不谈论不暴露他人及自己的工作、岗位和职务，谨言慎行已是习惯。

"老邓并不老，四十来岁的样子，目光深远，笑容和蔼，神态可亲。

"依放恭敬地叫了声老师，尴尬地嘿嘿两声，手里拎着东西，有些不知所措地说，老师，我……我今儿结婚了，上午刚领的证，这……这是我媳妇儿……她叫艾丁,哈工大毕业,是学化学的,助理研究员。

"老邓显得十分惊讶,疑惑的目光扫了眼我俩,客气地给我们让座,拿出杯子要泡茶。

"依放慌不择机地说,不了不了,我们不喝茶,也不坐了,我们来找老师,是遇到困难了,想请老师帮个忙……不好意思,我们结婚了,没房子,她住单身宿舍,我的情况您知道。我们找了所有能找的部门和领导,但就是没房子,连一个平方都没有……所以……所以我无奈之下,冒昧来打扰,看能不能劳您大驾,想想办法,给我们找个落脚的地儿……我们没有别的要求,只要能放下一张床就行……说完,搓着手狼狈地看我一眼,像是抱歉的意思。然后就老老实实交代我俩的恋爱经过,还有昨晚发生的事情,以及仓促结婚的事实。再然后,就满脸憨态满眼期待地望着老邓。

"老邓显然听懂了,难题面前他神态依旧,镇定地想了几秒钟,温和地说,你说你俩昨天晚上是在办公室度的蜜月?

"我一听此话,心跳如鼓,赶紧红脸背过身去。

"依放坦荡地说,是的老师,我知道这样做是违规行为,是要受纪律处分的。可我俩都快三年没见面了,多少次不是我走,就是她去,即便都在二二一厂,也是咫尺天涯,春来秋去,我的头发都快白了。所以……所以我宁可犯错误,也不愿人生有错过。我向您保证,从今往后,我绝对不会明知故犯!这次错误,我愿意接受任何处分!

"他一气说完,人也痛快了,瞅着老邓一副等着挨训的架势。

"本来嘛,不说昨晚的事,就结婚本身,这么大的事儿,也应该提前恭告导师才对。哪能如此鲁莽,事到临头抱佛脚,还毫无顾忌地抖搂自己的隐私，还眼巴巴地来要现房。即便老邓是你爹，也不能这么做啊！

"可他偏就这么干。

"然而，话是他说的，羞愧可是我来承受的。

"太丢人了，我浑身发烧，心口跳得难受，后背额头都是汗，两只手都不知往哪儿放。早知如此尴尬，说啥也不跟他来。

"怎么也没想到，老邓不但没有批评和训斥，反而笑了，他开心地笑着，乐呵呵地说，好啊，好你个依放，看你平时老实巴交，见了姑娘不吭不哈绕道走，弄了半天，你比金屋藏娇还厉害！这么漂亮的姑娘，神不知鬼不觉就叫你给娶到手了。好，干得漂亮！就凭你这行为，是得受处分！你给我听清楚了，从明儿算起，我罚你七天专陪媳妇，不许看书，不许写字，不许想工作，可以去西宁，也可以去你们想去的地方，痛痛快快放松玩儿！至于房子嘛，不归我管，我既没分配权，也没建议权。不过，既然你们来找我，说明黔驴技穷，已经没有任何办法了。既然有病乱投医，那我也死马当作活马医，给你们试试看！

"说完，拿起外套，笑容瞬间严肃，不容置疑地说，你们不要谢我！记住，我啥都没为你们做，只是说试试。成功也好，失败也好，都是你们自己的事儿，该咋承受做好准备，明白啦？

"依放大声说，明白啦！

"好！你俩就待在这儿，开水在暖瓶里，茶叶在这儿，依放泡茶，好好招呼小艾，我去去就来。

"结果这一去就是一个多小时。

"就在我俩等得心急如焚坐立不安时，老邓带着个精干的小老头来了，说是罗主任。罗主任满面愁容，爱理不理地瞥了我俩一眼，用很重的川腔冲依放不耐烦地说，哪个是依放，跟我走！

"老邓冲依放挤了下眼,依放会意,啥话不说,抬腿就跟罗主任走。

"出了院子,罗主任带我俩转了个弯儿,来到院外的一栋楼房前,打开二楼把头的一间,一边解钥匙串上的钥匙,一边很不满意地对依放说,你小子岁数不大,本事不小,头头脑脑都搬得动。这间房是给器材处的,会议研究定下的,昨天刚刚收拾出来,人家等着搬家呢,可突然就成你们的了。

"依放赶紧点头哈腰,一连串地道谢。

"我急忙从挎包里拿出一包奶糖,两包牡丹烟,双手捧着,千恩万谢递给他。

"他也不客气,把糖塞进棉衣上的大口袋,拆开一包烟,点燃一支深深地吸着,毫不领情地说,你们倒是高兴了,接下来遭殃的可是我们,器材处的老郭不扒我的皮才怪呢。

"说完,嘴里嘟嘟囔囔、唠唠叨叨、头也不抬地走了。

"瞅着罗主任死活不情愿的背影,我俩相互一笑,他突然下蹲,将我抱进屋里,使劲转着圈子哈哈大笑!

"刚才愁云密布,转眼晴空万里,这就是人生吗?

"是的!

"看着突然到手了的至少二十五平米的房子,我有点儿恍惚,简直不敢相信是真的。喜从天降也太快了吧!刚才跟着罗主任出来,我心里直犯嘀咕,一是不知他带我们去干吗,二是这位罗主任显然对我们不友好,很有可能没好事儿。哪能想到,是给我们交房子,而且是楼房,整整一大间,还是二楼,而且粉刷得雪白,打扫得干干净净……天哪,人世间怎可能有这样的好事儿?

"我恍惚,我真的恍惚,恍惚了好久。

"后来才知道,为了这间房,老邓亲自去找主管领导,还亲自去找了主管科研的副厂长，高调强调依放的研究成果，说如果厂里不给我们解决问题，他就把黄楼里的那间办公室给我们做婚房。结果，经现场协商，主管领导拍板，房管部临时变通，才算是腾出了一间房。

"接下来就是喜庆啦！

"两张床板一并，两套铺盖一铺，几个好友鞍前马后拼凑了些必需的家当，锅碗瓢盆缺啥买啥，大姐给我们拿来了崭新的毛毯和床单，被子换上了新被面，枕头换上了新枕巾，床边钉上了漂亮的床围子，还给剪了大喜的红窗花。

"傍晚后，一个简陋温馨的婚房，竟然就收拾好了。"

奶奶说到这儿，两只眼睛亮光闪烁，充满了向往的神采和由衷的喜悦，继而就有泪花一闪一闪冒出来，接着就笑，含着泪水，美好纯粹的笑，绽开容颜，满足幸福的笑。

"高原的天黑得晚，到了七点来钟，碧蓝的天空渐渐深蓝，听到消息的朋友们同事们，带着各式各样的礼物来到我们的新房，到处放的都是食物，各式糖果、打开的罐头、糕点干果、名特小吃。大家挤在一起，高声说笑，分享快乐。进不了屋的，干脆就站在楼道里，里面的出来了，外面的再进去。严涛也来了，是和老耿一起来的，给我们带来茅台酒和桂花肉。

"严涛和依放使劲握手，时间好长哦。我不知他俩在说什么，眼神上看，俩人都有点儿复杂，是我们女人无法理解的复杂，但不硌硬。

"老耿一个劲地请大家品尝他老婆亲手做的桂花肉，说是茅台酒的绝配。他一口一个小老乡，非让我和依放喝交杯酒。然后借着酒劲儿,大声宣布他是我干舅舅,敬他三杯不够,还非要和依放再碰三杯。

"浓郁的酒香与欢快的笑声,荡漾在星空下,荡漾在天地间,也荡漾在我的心田里,那是纯粹的情义,纯粹的快乐,纯粹的美好,纯粹的幸福,纯粹的爱!

"……

"可也有隐隐的不安困扰着我,彭萍来了,无意中说了句令我难堪的话,说小艾啊小艾,真没看出,你这么厉害,藏着对象不说,当天结婚就有这么好的房子。我孩子都要两岁了,还住在半间窝棚里。我去过她家。她说的半间窝棚,是指平房区的半间房。由于房子太紧张,一些一间半的房子就被隔成了两间,结婚之后没房的,只能分半间。分到了,就只能凑合,想调大的,只能排队,换句话说,遥遥无期。这令人心里不能不忐忑,不能不别扭。将心比心,如果换在我头上,注定也是不平衡,可事已至此,还能说啥呢……

"客人们散去的时候,我头有点儿晕,却依旧兴奋,两天一夜没睡觉,毫无睡意。依放恰恰相反,他明显喝多了,把最后一个客人送到门口,回屋倒在床上,眼睛就睁不开了。

"我听着他的鼾声,这一天一夜的经历,就像神话。

"我不敢上床,不敢闭上眼睛,生怕一觉醒来,眼前的一切就会消失。

"我想起徐大姐,想起老耿,尤其那个温文尔雅的老邓。

"感觉他绝对是个重量级的大人物,既像是大科学家,更像是大权威,否则哪来那么大本事,能在绝对意外的情况下,仅用一个多小时,就把绝对不可能的事儿,变成了现实。依放在绝望之下想到的是他。而他在万难之下帮助了依放。这可不是一般的师生感情所能解释的。

"那就是说,依放很有可能是他的重要下属,最起码是助手级的人才,这也就解释了这两年来依放忙碌不堪四处奔走的原因。更确切地说,在老邓的眼里,依放应该是优秀人才,很可能正担当重任,否则不可能常年带在身边,更不可能亲自找厂领导给他解决难上加难的婚房。

"那么,依放究竟在研究什么呢?

"夜渐渐深了。

"依放的鼾声渐渐深沉,奇怪的是,我的脑子越来越清醒,就是兴奋,兴奋得一点睡意也没有。

"突然,依放醒了,他两只眼里网满红丝,惊讶而又深情地望着我,啥话不说,手臂一伸,把我紧紧搂在了怀里。"

22

奶奶的故事又到了火候上。

到了火候,她的记忆就更加清晰,脑子就更加好使,思路也更加活跃,没有她想不起的不想说不愿说的事儿。

她曾给依楠讲,心理学不是纯粹的理科。

依楠并不辩解,她知道,奶奶有奶奶的道理,在她的意识里,所有自然科学都离不开数学和逻辑的支撑。依楠考上大学,没读理工科,奶奶很不高兴。在她眼里,一名优秀的理科生,可以轻而易举拿下心理学。因为数学和逻辑,绝对是沟通万物的媒介。依楠自然不能当真。在饱经沧桑的科学家面前,思维和意识必须开放，没有什么是一成不变的。

她记得，大学刚毕业那会儿，奶奶曾一本正经地和她讨论过心灵问题。

奶奶对心灵的理解，可以引申到未知领域，深奥莫测。她说过，如果她是画家，她可以画出心灵的模样。还说，如果心灵是现实的存在，就能有完美的数学表达。最初，依楠以为，这是奶奶的思维习惯。后来才知道，她所说的完美的数学表达的背后，有着深刻的心理动机，那就是对爷爷的无所不在的永远的怀念。

奶奶是讲故事的高手。

如果没有那个无处不在的束缚了她一辈子的保密原则，时不时地还起作用，她的故事早就传遍天下了。

是的，即便时间已经过去了五六十年，那会儿的科研机密，搁在眼下就是概念，就是常识，上网就能查得到，早已失去了保密的价值和意义。可对她来说，真正的价值和意义，是不能拿时间的长短来衡量的。判断价值和意义的，只能是价值和意义本身。谁敢说两千多年前的阿基米德原理失去了价值和意义？即使有那么一天，牛顿、爱因斯坦、拉马努金、居里夫人、门捷列夫，这些伟大的科学巨匠们的学说和定理，被更加严谨更加深刻更加绝对的科学理论所刷新，他们也依旧是人类的恒星，永远闪耀在智慧的星空。

然而，若是本着认真观察深入探究的态度，仔细听听她的故事。就会发现，她对自己的人生经历，对那个时代的思考和判断，对价值和意义的把握，绝非往事那么简单。也就是说，在几十年的时间里，她对外界一直坚守的那个所谓的原则，是刻意为之，所有的借口和托词背后，另有玄机。

不，玄机并不准确，应该是难言之隐！

正因为如此,她对自己的言行自己的故事格外慎重。

面对众多的好奇和求教,她总是一而再地说,她的经历只是个人的经历,与那个时代和社会有着很大的差异。特别是二二一厂的工作和生活,无论是个人的,社会的,科学的,还是国家的,由于特殊的时代背景,由于个体和整体的巨大差异,价值和意义的内涵是不同的。

因为不同,她拒绝开口。

她曾对依楠说,我是不会投人所好的。对我这样有过经历的人来说,历史就是历史,如同面对真理,无论是否牵扯到个人,你都是社会,都是历史的一部分,容不得半点儿虚假,绝不能瞎扯,更不能歪曲。

可如果她对她自己选择的方式和道理,也就是借口和托词背后的难言之隐,有了和以往不一样的客观深入的反省和认识,继而有了清晰的思考和感悟,那么,个人的经历,无论是怎样的颜色,都不再是心理的负担,也不再是人生的包袱,自我和理性就会分道扬镳,曾经的绳索,就会成为舞者的道具。

依楠由此知道,此刻的奶奶,正走在秋阳的路上,她的故事已进入华彩乐章,犹如清澈的山泉,在自由地奔淌。

奶奶说:

"那天晚上,依放在酣睡中醒来,我对他说,我想好了,明儿一早就写信把我俩结婚的事儿告诉父母亲。

"他说不,书信太慢了,应该发电报!

"我说太好了,我咋就没想到发电报呢?

"他说还应该去看看老邓,没有他,我俩还不知在哪儿流浪呢?

"我心里一动,就想问问老邓的身份,还想知道他这两年研究的究竟是什么。以前不便打问,也不能打问,现在我是他的妻子,有权知道可以知道的东西。我拐弯抹角吭哧了几句,让他明白我的意思。

"他显然明白,可并不回答。这我理解,搁我头上,十有八九也会像他一样,可心里就是不舒服。好在他是聪明人,知道拐弯儿。

"他先是把话题巧妙地引到了数学上,给我讲费米悖论,也就是尺度和概率的论点,与极端稀缺的证据之间的矛盾。怕我不明白,问我是否相信外星人。我不置可否。他说他相信,通过宇宙显著的尺度和年龄,他坚定认为高等地外文明应该存在的假设是正确的,而且对他有着无穷的魅力,说这就是他爱上数学的理由之一。他曾发誓,要用准确的数学方式,为费米悖论找到充分的证据及理论支持。而他之所以痴迷函数方程,就与此有关。

"然后就给我讲复数的概念,由概念引述到多次代数方程,再引出负数开平方的有趣的例证,之后就具体到'达朗贝尔—欧拉方程'。

"他讲的这些我都熟悉。

"我很清楚,'达朗贝尔—欧拉方程',是指一七七四年大数学家欧拉在一篇论文中,由复变函数的积分导出的两个方程。而比欧拉更早的法国数学家达朗贝尔,在他的关于流体力学的论文中,就已经得到了它们。因此,这两个方程,就叫'达朗贝尔—欧拉方程'。到了十九世纪,复变函数,有了更加全面深入的发展。这其中,研究流体力学的柯西和黎曼,对'达朗贝尔—欧拉方程'的应用和研究起到了巨大的推动作用。此后,复变函数成了数学新的分支,并不断扩展,统治了整个十九世纪的数学。二十世纪初,复变函数论又有了很大的进展，德国著名数学家维尔斯特拉斯的学生，瑞典数学家列夫勒，法国数学家庞加莱、阿达玛等都有过大量的研究和贡献，为复变函数论开拓了更加广阔的领域，极大地推动了这门学科的发展。当时的数学家公认复变函数论是最丰饶的数学，称之为抽象科学中和谐的典范，数学的盛宴，世纪的享受。

"但我对复变函数论的理论发展和实际应用并不了解，只知道它的涉及面相当广泛，有很多极其复杂的计算都是用它来解决的。

"我不知道他为何要给我讲这些，但隐约感知到了他的用意。

"感知到了，那就倾听。

"他知觉到我的反应，兴致盎然地说，你知道的，物理学上有很多不同的场，我指的是稳定平面场。而所谓的场，就是每点对应有物理量的一个区域。这需要精确的计算。而对它们的计算，就是通过复变函数来解决的。明白了吧？比如说，俄罗斯航空之父茹柯夫斯基，他在设计飞机的时候，面对机翼的结构问题，以及流体力学和航空力学等方面的问题，就是用复变函数论来解决的。不仅解决了飞机设计方面的实际问题，而且为流体力学和航空力学方面的深入研究，做出了巨大的贡献。换言之，复变函数论不但在众多学科上，得到了广泛的应用，而且它的理论，及众多分支，已经深入到了微分方程、积分方程、概率论和数论等学科，对它们的发展产生了十分重要的影响。主要包括单值解析函数理论、黎曼曲面理论、几何函数论、留数理论、广义解析函数等等方面。

"如果当函数的变量取某一定值的时候，函数就有一个唯一确定的值，那么这个函数解就叫作单值解析函数，多项式就是这样的函数。

"同时，复变函数也研究多值函数。而黎曼曲面理论，是研究多值函数的主要工具。明白地讲，对于某一个多值函数，如果能做出它的黎曼曲面，那么，函数在黎曼曲面上就变成单值函数。而这个函数，就像与几何之间的一座桥梁，能够使我们把比较深奥的函数的解析性质和几何联系起来。这对数学中的拓扑学有重要影响。而复变函数论中用几何方法来说明、解决问题的内容，叫作几何函数论。复变函数可以通过共形映象理论，为它的性质提供几何说明。

"此外，导数处处不是零的解析函数，所实现的映象，都是共形映象。共形映象也叫作保角变换，这在流体力学、空气动力学、弹性理论、静电场、电路理论等方面都有着十分广泛的应用。

"讲到这儿，他戛然而止。

"我听懂了，不仅听懂了，而且豁然开朗，知道了他具体研究的内容，还知道了我想知道的秘密，可还不满意，我说继续啊！

"他说，复变函数论中，还有一个重要的理论，叫留数理论。留数也叫作残数。应用留数理论对于复变函数积分的计算比起线积分计算方便。就是说，把单值解析函数的一些条件适当地改变和补充，就可以满足实际研究工作的需要。而这种经过改变的解析函数就叫作广义解析函数。广义解析函数所代表的几何图形的变化就叫作拟保角变换。也就是说，解析函数的一些基本性质，只要稍加改变，就能适用于广义解析函数。

"而广义解析函数的应用范围更加广泛，比如说，流体力学的研究方面，再比如说，薄壳理论的固体力学方面，等等啦。

"说到这儿，他突然低下嗓音，说不好意思，我扯远了。

"我说没，我明白你的意思！

"我是真明白,不但知道他是变着法儿把我想知道的东西告诉了我,还有了不一样的启发和感觉。"

奶奶说到这儿,情不自禁地笑了,慈祥的眼睛望着孙女,温情地说:"你觉得我们那会儿可笑吧?不要否认,我们那时候就这么可笑。新婚之夜,夫妻俩躺床上,连彼此干的什么工作,研究的什么项目,和什么人在一起都不能讨论,不能说,也不能问。人人信守誓言,有着极强的责任感和神圣感。你们可能会这样想,说了又怎么啦,夫妻俩的事,除了天知地知,谁能知道。是的,你想的没错,可在我们那会儿,违背誓言,等同背叛。"

依楠知道她的意思,故意接着她的话说:"我没觉着可笑呀!我只是觉着不可思议,新婚之夜,用那么高深的数学知识,交流一个专业领域的秘密,得亏你们想得到,要是换成不懂的人,那不是对牛弹琴啊。可话又说回来,我觉着这又是人生的另一种趣味,远胜于一般的志同道合,甚至有种别样的情调和浪漫,或许只有你俩能够享受和体验。对了,我觉着您刚才的话还没说完,爷爷说了那么多,连我这数学不好的差生,都听出了门道,你是怎么回答他的呀?"

奶奶说:"我可没啥回答的,依放那人做事说话向来严谨,他告诉我,一百多年来,复变函数论,以它完美的理论和精湛的技巧,不仅成了数学的重要组成部分,而且有力地推动着其他学科的快速发展,其中当然包括核子物理、核子化学。而眼下,就是他手中有力的工具,不但要解决现实科研中面临的实际问题,而且要为长远着想,也就是说,为将来的科研设计、工程项目、尖端假设,提供理论的支撑和保障。

"后来,他提到了对状态方程及理论方程的深入的理解,提到了他们的团队,谈到了个人和团队的关系。

"说无论理论数学还是应用数学,只要你登上它的高地,前方都是高山,每一座,都是陌生的珠穆朗玛峰,而你必须独自攀登。你所能依仗的,只是那些伟大的前辈留下的方法和经验,以及装备和智慧。而你眼前的这座山,只属于你个人,没有路径,没有方向。也许你的队友,还有众多的攀爬者,正从不同的角度,用不同的方法,奋力攀登,或即将登顶,但都和你没有关系。你就是你,面对悬崖绝壁,冰沟深渊,严寒雪崩,只能顶着逆风,靠你自己的力量来征服。每一步前行,每一次成功,都是你潜能的爆发和智慧的积累。而最终能否登顶,不仅取决于你的意志品质,还取决于你的信念和运气。一旦误入歧途,没有任何人能帮得了你。如果你还没有摔残,就必须振作精神,调转方向,从头再来,直到踏上正确的线路,找到最优的捷径,付出巨大的也可能是毕生的心血,才有可能完成一次更加美妙的登顶。而一次完美的登顶,意味着的不是无限风光,而是前方更加险峻也更加诱惑的高峰。

"他说完了,不再吭声,就那样静静躺着。

"我一动不动看着他,感觉他像教授,像我的一个小学老师,还像父亲,像兄长,唯一不像的是丈夫。

"好一会儿,他终于感觉到了,转过身,又把我热烈地搂到怀里。

"而我就在他的怀抱里,渐渐地蒸发了意识,消失了思维,像站在高耸入云的山尖上,呼吸着甜美的空气,沐浴着金色的阳光……

"舒服极了……

"温暖极了……"

23

"我睁开眼睛,天已大亮,头还是晕,是那种如梦似幻的晕,肚子好饿,像几天几夜没吃没喝,整个人都是空的,可一点儿也不想动……

"恍恍惚惚,感觉是在家里,是少女时代的某个早晨,我赖在被窝里,等待着妈妈来叫……意识里,诱人的早餐就在餐桌上,冒着热气,散发着馋人的味道。父亲坐在桌前,大声地喊叫着什么,似乎我再不起床,他要像贪吃的狗熊那样,把所有的食物全吃光……

"妈妈终于来了,像是从电影里走出来似的,时而清晰,时而模糊,而且一直在变,在苍老,在憔悴……

"猛一激灵,真的醒了!

"我躺在床上,晃眼的阳光从窗帘的缝隙射进来,碎在墙上雪花一片,怪异的感觉里,意识警醒着,反应却愈加迟钝……

"我运攒气力,面对陌生的自我使劲呼吸,家的气息,父亲的声音渐渐远去,像森林里风的回音,像夜色中河流的歌唱……

"不!不是歌唱,是哭声,妈妈的哭声!

"我一个打挺坐起来,望着静静的房间,望着空荡荡的大床,似醒非醒的境遇里,眼前依旧是家里的情景,妈妈泪眼涟涟地望着我,嘴角似笑非笑,像是在诉说着什么,又像生气和埋怨……我的心猛然一揪,针扎似的刺痛里,鼻腔猛酸,泪水稀里哗啦奔泻而下……

"我想家了,想妈妈,想父亲,想我所有的家人和亲友。

"我就那样坐在床上,吸溜着清鼻抹着眼泪,伤感的情绪,一直在膨胀,一直在汹涌。我曾发誓,一定要考上好大学,分配到好工作，像居里夫人那样，做一个真正有价值的伟大的女科学家，为人类的文明进步做贡献，或者做一个优秀的化学老师，培养一个又一个、一批又一批化学天才，他们将来都是了不起的科学家，而我桃李满天下。同时呢，我会守着父母，关怀他们，孝敬他们，让他们的日子越过越好。是的，我就是这样想的，也是这样做的，而且的确以优异的成绩考上了哈工大，如愿进入了我热爱的化学系，并为自己的人生规划了清晰的方向和线路。然而，年轻人的梦想毕竟不是明天的太阳，青春的霞光越美，或许雷雨的力度越强。谁能料到，我人生的转折，在毫无征兆的情况下，说来就来。

"我已经两年多没回家了，妈妈来信说，她的高血压越来越厉害，已经严重影响到了日常生活，站在锅台边或窗前，就会头晕，一晕就痛，脚下就不稳当，就得卧床，全靠药物来缓解。父亲的状况也不好，风湿病影响到了心脏，变天劳累失眠就会犯病，一次比一次厉害。他们就剩了我一个孩子，非常想念，让我无论如何回家过年，而且必须带上对象，他们要亲眼看看才会放心。

"想到这儿，阵阵酸楚涌上心头。

"就在我情绪回潮难以抑制，奇怪依放怎么不在的时候，他回来了。

"他惊讶地望着我，问我怎么啦？

"我说我想我妈，我想回家，咱们请假回哈尔滨吧！

"他想了下说，是该回家看看，可是……

"可是你没时间！我冲动地说。

"他拉开窗帘，沉默了会儿，歉意地说，实在对不起，这次是回不去了。哈尔滨离这儿近五千公里，坐火车来回得十天，碰上转车不顺，买不上票，或晚点什么的，来回就得十二三天。再忍忍吧,到了明年,我们都有探亲假,一定回家过年。

"我不由得破涕而笑。事实上,刚才我一冲动就后悔了,都怪我还沉浸在梦境里,沉浸在伤感里。女人有时就这么奇怪,情绪化起来毫无理性。我问他干什么去了,这么久才回来。

"他兴奋地说,我去邮局了,给岳父岳母大人,还有我父母拍了两封电报,告诉他们我俩结婚了!

"我顿时感动,这么重要的事儿,我咋就忘了呢。

"随即就是开心,就是幸福。

"我俩煮挂面,煎鸡蛋,就着他从小卖部里买来的扬州酱菜,商量怎么度过这几天宝贵的假期。他一直在听我说。西宁我是不想去,离得远不说,大街小巷没啥转的,人民公园也没啥意思,别看是省会,稀缺商品比起二二一厂差得远。那就去兰州。出差去过几次,都是忙工作,五泉山、白塔山都没玩过,六天时间应该没问题。对,就去兰州!好好玩上两天,买上两套新衣服,床上得添三件套,被面必须得苏州绸缎,还必须是绣花的,花样我来挑。还有,我想给你买块表,上海牌的!

"听我一气唠叨,他不吭不哈,似有难言之隐。

"我问他怎么啦?

"他吭巴两声,尴尬地说,真是对不起,兰州也不行。

"我吃了一惊,脱口而出,怎么不行啊?

"他难为情地说,我后天晚上得去北京。

"我急了,说老邓不是给了你七天假嘛,今儿才是第一天啊!

"他歉疚地说,刚才我见老邓了,情况有变,本来是明天一早动身,老邓说,至少得给我三天假,延期两天,这已经是最大的面子了。

"你们一起去?

"是的。中科院有咱们厂极其重要的理论数据和测试数据,需要验证。

"我还是接受不了,说他们可以先去啊,你过几天再去不行吗?

"他为难地说,不行!

"为什么啊?

"因为最初的方案来自我们,确切地说吧,那个状态方程的运算是我完成的,其过程不是一般的复杂,需要我们的密切配合。

"我冷静了下来,工作重于一切,没啥好说的。

"时间顿时紧迫,两天时间,能干什么呢?

"咱们去青海湖吧!

"依放突然神采奕奕地说。

"我眼前顿时一亮,刚到二二一厂,就听到不少青海湖的传说,都是如何如何美丽,如何如何漂亮,令人不是一般的神往。但由于保密厂特殊的纪律制度,再加上交通不便等原因,许多人几年下来都没去过。谁都知道,青海湖就在二十公里之外,说来一点都不远,可就是去不了。

"依放说,我想好了,咱俩借自行车,备好吃喝,明天一早骑自行车去。

"我又吃了一惊,周边都是草原,骑自行车简直不敢想象。

"他兴致勃勃,说多好的天气啊,我已经打听好路线了,西边有条老旧的土路,可直达湖的东岸,有人骑车去过,一天来回宽松得很。"

24

"天蒙蒙亮,我和依放吃饱喝足,骑着两辆永久牌加重自行车穿出静静的厂区,找到西山南边那个明显的垭豁口,在空透的晨光里,沿着草滩上那条隐隐约约的车辙,朝着西边的山谷骑行而去。

"静悄悄的沟谷里,没有风,没有鸟鸣,没有牛羊,溪流的声响,清脆悠远,有如天外的歌唱。

"最后的星辰正在熄灭。

"身后传来火车的汽笛。

"冬日里的枯草,在渐渐明亮起来的晨辉里,闪耀着诱人的金黄。

"吱吱啦啦的车轮声,起伏不平的颠簸,忽上忽下的坡度,像是渴望里的美妙的探险,令人新鲜,令人兴奋。

"天空越来越亮,湛蓝湛蓝的背景上,舒卷的云絮,在灿烂的霞光里,油画似的弥散着,晕染着。空旷的前方,两只鹰在山腰处滑翔,它们忽上忽下,在银光闪闪的溪流上方转着圈儿。而在那云端的下方,晶莹剔透的雪山,在初阳的照耀下,放射着琥珀的光芒。

"太美了!

"我大声地尖叫着,惊呼着。

"依放却毫不理睬,每当我被美景震惊,他就加速骑行,像是故意跟我作对。

"待到阳光照亮北面的草坡,我累了,我俩在一块巍峨的巨石下,迎着朝阳,坐在厚实的草窝里,喝茶休息。茶是热的,第一次觉着茯茶的味道特别舒服,有股令人说不出的醇香味儿。这是依放的功劳,他把装满茶水的行军壶包裹在一个厚实的棉帽子里,用来保温。

"天气好得不能再好。

"流云不走,草尖不动,身上汗气腾腾,但绝对不能脱衣解扣。依放说,高原运动最怕的就是着凉,尤其冬天。但有一点是肯定的,我俩体质都不错,都经过冬泳的考验,都喜欢户外的挑战。

"稍事休息,继续骑行,大约一个多小时后,一路下坡,车速越来越快,视线越来越开阔,而就在那与天相接的地方,我看到一线有别于天空的奇异的蓝,像鲜亮的水彩,那就是青海湖吗?

"是的!

"天哪,我看到青海湖了!

"我大声喊叫着,用冲刺的速度超过依放,朝着那天际的诱惑,朝着那梦态的召唤使劲冲去!

"然而,最多几分钟,我就头晕眼黑,心跳如鼓,四肢乏力,别说冲劲儿,连正常的喘息都困难。毕竟是海拔三千多米的高原,即便已经适应,但高强度的耗氧运动,还是承受不了。倒是依放耐得住性子,始终不紧不慢,对我的狼狈他早有预料,且再三警告,可我就是不听,只好自食其果。

"俗话说,望山跑死马,岂止是望山,看湖也一样。

"湖水就在那儿,与天相接,越来越大,越来越蓝,无边无际,可你就是到不了跟前。即使跨越了南北的公路,越过了黄中泛白的漂亮的沙山,经过了草棵密实的草滩,还是到不了岸边。

"而此时,你脚下踩着的是名扬四方的环湖草原。

"冬日里的黄金草原上,一群群蠕动着的绵羊贪婪地啃吃着牧草,黑壮的牦牛散落其间,远处牧民们的牛毛帐篷,像一只只黑色的巨兽,静静卧在草坡上,青白色的烟气袅袅升腾,獒犬的叫声清晰可闻，似乎警告的正是我们。

"我们坚定地朝着湖边走。

"此时的自行车，早已成了累赘，只能费力地推着。

"好在夏季里的沼泽，已完全冰冻，走在上面既可放心，又可省力。

"岸边更近了。

"我们扔了车子，朝着湖岸雪白的冰线跑过去——

"站在坚硬的冰面上，望着眼前浩瀚的湖水，听着哗哗的浪声，我紧紧攥着依放的手，激动的心境难以抑制——

"这哪里是湖，分明是海啊！

"是的，这就是海！

"白色的、灰色的、黑色的、花斑的水鸟，就在头顶上鸣叫，在视线里嬉戏，在水面上翱翔；湛蓝湛蓝的天上，洁白的云絮，像是从湖里升起来的，缠绕着变迁着，堆积在既远又近的地平线上；深蓝色的、浅绿色的、碧蓝色的、灰白色的、瓦蓝色的、淡黄色的湖水，一层一层地幻化着，荡漾着；天地之间，没有喧嚣，没有嘈杂，没有雕琢，没有一丝一毫的烟尘——

"所有的只是液态的鲜活。

"所有的只是生命的感动。

"而这就是自然。

"而这就是天地。

"而这就是家园。

"而你就活在其中……

"要不了多久，寒潮席卷天地，湖面彻底封冻，坚硬的雪花，在辽阔的空间里炫目，肆虐的劲风，在凛冽的冰面上狂舞……

"……多么奇崛的畅想——

"多么迷幻的境界啊……

"……

"许久,我俩就那样拥搂着,依偎着……

"伤感涌上来,莫名的情境里,止不住的泪水,盈满了眼眶,分明是开心,却偏偏要流泪……

"而这就是我。

"……

"离开的时候,一步一回头,真是舍不得,可惜没有照相机。

"暖洋洋的太阳懒在头顶。

"山尖的冰雪银光闪闪。

"我俩沿着南北公路,骑行到形状特异的沙山脚下,坐在沙包上享用野餐。

"面包、糕饼,各式罐头,还有苹果,都是精心准备。不可思议的是,依放竟然从帆布包里掏出了两只咸鹅蛋,还有一块蒸鳗鱼。惊喜之下,我问他哪来的?他说是徐大姐送给咱们的啊,说是她妈刚从上海寄来的,一定要叫我们先尝尝,你咋就忘了呢?

"我顿时感慨,多好的大姐啊!依放没来之前,她千方百计要把我介绍给严涛,可当她真的看到了依放,知道了我俩的感情,就断然回头,安慰好严涛,又全心全意来帮我。

"表达的都是善意。

"付出的都是真心。

"人生在世,遇上这样的大姐,真好!

"周边真是安静。

"雪山,沙山;蓝天,白云;荒草,碧湖;还有遥远的炊烟,还有幸福的水鸟,还有安逸的牛羊……

"似乎整个世界都已远去。

"天荒地老。

"旷野苍茫。

"仿佛整个人世就只有我们俩。

"竟然就有恍然隔世的感叹。

"竟然就有孤独悲情的忧伤。

"依放不由得哼起歌儿,哼着哼着就唱出声来——

  在那遥远的地方
  有位好姑娘
  人们走过了她的帐房
  都要回头留恋地张望

  她那粉红的笑脸
  好像红太阳
  她那美丽动人的眼睛
  好像晚上明媚的月亮

  我愿抛弃了财产
  跟她去放羊
  每天看着她动人的眼睛
  和那美丽金边的衣裳

  我愿做一只小羊
  坐在她身旁
  我愿她拿着细细的皮鞭
  不断轻轻打在我身上……

"歌声低沉悠远,深情飘逸,似天外之音,从他那磁感浑厚的嗓子里荡漾而出……我先是惊讶,之前从未听过他唱歌;接着是吸引,从没一支歌,瞬间锁住我的情感,揪住我的心灵;继而是感动,那来自肺腑的深情,那纯粹无瑕的真心,还有那美好的期许,还有那淡淡的忧伤,直抵我震撼的心灵……

"我被深深地打动,深深地感染。

"太美了!

"他把我紧紧搂在怀里。

"我说这首歌叫什么?

"他说《在那遥远的地方》。

"我品味了一下,自语道,在那遥远的地方?

"他说是的,歌里唱的据说就是咱们厂的那片草原,也可能就是这块美丽的地方。二十多年前,有位叫王洛宾的音乐家,和一位叫郑君里的导演,为拍一部叫《民族万岁》的纪录片,到过这儿。王洛宾因此结识了一位名叫卓玛的姑娘,后来,因为怀念美丽的卓玛,王洛宾写了这首歌。

"你是怎么知道的?

"在火车的包厢里听到的。

"唱给你的?

"我哪有那面子啊,是当地的一位业务干部,唱给老邓的。老邓本人不善音律,可特别喜欢这首歌。我是沾光,感动得不行,可这歌是不能公开唱的,就悄悄缠着人家多听了几遍,也就记住了。

"想不到,你还有这本事啊!我由衷地夸赞。

"天变了,刚才还湛蓝的天空,暗淡下来,不知啥会儿升起的云层,遮蔽了西沉的太阳,陡然而起的风直刺筋骨。

"回返的路看似顺风,却是慢坡。

"一个多小时后,我感到筋疲力尽,再也骑不动了,而那个最高的大坡还在前面。风更大了,气温也更低了。我们骑骑走走。走走骑骑。不知过了多久,好不容易上到了坡顶。

"回头望去,但见云卷云舒,风吹草浪,天地苍茫,那片与天相接的神奇的蓝,在无边无际的风沙的啸鸣中,没了丝毫的印痕,之前的一切,恍如梦境。

"下雪了。

"细碎的雪渣像飞扬的沙粒,时而横扫,时而扑面。

"幸运的是,劲烈的风在山谷里由强而弱。

"雪越大,风越小。

"当天色由灰白转向灰暗,远处的视线开始模糊,眼看就要黑下来的时候,我看到了发电厂高大的烟囱,它从前方的山坡上,像是魔术师手里的神棒,喷着烟气一节一节升上来……

"到家了,终于到家了!

"然而,出乎意料的变故正等着我们。"

"当晚十一点整,依放必须跟随老邓坐火车去兰州,由兰州坐飞机去北京,任务紧迫,刻不容缓。

"我送依放去车站,车上的另外两人我不认识,但他们知道我,亲切地叫我小艾。雪越下越大,覆盖了路面和草原。白森森的雪色舒缓了我的疲劳。我紧紧挽着依放的手臂,心里酸楚得厉害。我舍不得他,一点儿也不想让他走,几次差点儿就去找老邓,你不是给七天假的嘛,七天变三天,三天又变两天,到底还有没有数啊?我们这可是婚假呀,一辈子就一次,连三天时间都不给嘛!

"可气是气,心里啥都明白。

"老邓何尝不想让我们度假呢,为了解决我俩的房子,他亲自找了这个找那个,做了从没做过的事,把房管处器材处都给得罪了,好不容易才成全了我们。再说了,紧急去北京,并不是他的决定。

"忽然就觉着依放的感觉足够神奇,他似乎知道随时有可能转场出差,从电影院出来找到我的那一刻开始,就没耽误浪费任何时间,只要不是睡着,就火烧火燎拼命做事。要不是他掐着时间仓促完婚,我俩的事究竟如何还真不好说。

"到站了,等在站台上的内燃机车只有三节车厢,其中两节是货厢。由此可见,挂在最后的那节车厢是特挂,也就是说,这是专列。

"送行的车有四辆,其中一辆是首长的车,老邓就在那辆车上,他和另外两个重量级的人物由军人护送。其他人员包括依放共有六个,其中两个上了年纪,由专人抱着氧气包护送,一看就是老科学家。

"凛冽的寒风,卷着飕飕的雪浪,扫过站台。

"我和依放匆匆告别,该说的早就说了,可就是憋得慌,似有千言万语想要倾诉,却一句也说不出来,只要张口,必定泪奔。

"依放是最后上车的,他赖在我跟前不走,盯着我,看不够似的,啥也不说,像个傻瓜。你别笑话,那会儿的我们就是这样,夫妻也好,恋人也好,亲友也好,分别的时刻,相逢的时候,什么都想做,可什么也做不了,没有拥抱,没有亲吻,最多就是简单的握别。否则,你就有可能因小资产阶级习气,受到批评或警告,没准还会上纲上线,被视为其他行为。

"有人喊他,声音很大,他挣着嗓门答应了一声,提起沉重的文件箱,头也不回地上了车。

"泪水顿时模糊了我的双眼。

"就在这时,在依放的身影消失在车门口的时候,我抹了把眼泪,突然看见有人果断地跳下车,朝我跑来。

"是老邓,他跑到我跟前,喊了声小艾,双手使劲握住我的手,清晰而又真挚地说,小艾同志,实在对不起,我把依放带走了,请你理解和原谅!等忙过这阵子,我会加倍偿还你!谢谢你!

"刺耳的汽笛声中,火车咣当一声碰响,轮子开始转动,老邓抖擞精神,紧跑几步,由车门口候着的军人拉上车去。

"泪水在汹涌,我哭得喘不上气来,突然抽风似的跟着火车猛往前跑,觉着车尾后面,趴在窗玻璃上的那人就是依放……"

25

"依放走后两个多月,我突然对一些化学试剂起了敏感,精力不集中,老爱打瞌睡,怕冷,还怕进地下室。

"徐大姐见状,悄悄问我大姨妈的情况。

"我猛然一惊,天哪,不会怀孕吧?

"去医院一查,还真就怀孕了。

"我不知怎么从医院走回家的,脑子里像是打翻的糨糊,失去了起码的意识和判断。我没打算怀孕,压根没做当母亲的任何准备,甚至,甚至连接下来的日子该怎么过都没想好。可该来的不来,不该来的,一股脑儿涌了过来,令人措手不及,难以招架。

"按原有的计划,我想先把家操持好,最起码得舒适美满,不能像现在这样瞎凑合。就算依放的工作不能安稳,我的心理准备和现实准备都得充分,然后再从从容容地怀孕。否则生孩子,就是不负责任。

"哪里想到,生活从来不以人的意志为转移。

"既然天意如此,我必须勇敢。

"可说来容易做来难。

"整整一周,我彷徨悱恻,我孤立无援,心境大乱。照老耿的话说,我突然就没了笑容,心事重重,满脸病态,一副失魂落魄的样子,像换了个人。同事们越是照顾,我心情越坏,而且身不由己。下班回家,冰锅冷灶,身心俱疲,一头躺倒,甭说做饭,连去食堂打饭的心思都没有。多亏徐大姐人好心细,一个劲儿地给我宽心,讲女人们必有的经验和故事,说她那会儿的狼狈,千方百计逗我开心。'大神'一做好吃的,她必定要叫我,还动不动就在班上给我悄悄烤土豆。她烤的土豆外表焦黄,内里酥软,香气扑鼻。最难熬的是晚上,夜深人静,辗转反侧,孤独难眠,越是自怜自弃,就越是思绪纷乱。而依放总是远在天边,甭说安慰和照顾,连个说话的人都没有,泪水再也止不住,一个劲儿地流,一个劲儿地淌……

"就这时候,严涛结婚了。对象是分厂材料科的小齐,俩人每天下班总是相互等候,一起回家,走在路上摩肩接踵,有说有笑。瞧这俩人幸福的模样,我心里的滋味怪怪的。不由得想起大姐的话,她不止一次给我说,对我们女人来说,恋爱可以浪漫,婚姻还需现实,因为结婚不仅意味着成家,还意味着你整个的人生和孩子。

"那么,我的恋爱浪漫吗?

"是的,我的恋爱足够浪漫!

"那么,我的婚姻现实吗?

"是的,我的婚姻相当现实!

"这浪漫这现实,就是我对婚姻的渴望,就是我对人生的深入。

"和依放在一起,我不后悔!

"无论怎样都不后悔!

"但又不能不遗憾。

"有意思的是,一天早上醒来,恍恍惚惚中,我突然觉着身边有个伴儿,心里一惊,手不由自主地捂住了肚子。是的,我的伴儿就是我的孩子,我和依放的孩子,他正在我的身体里一天天长大,几个月之后,一个可爱的男孩,也许是女孩,就会降生,我将成为真正的母亲,抚养孩子,关爱孩子,教育孩子,充实得像是抱窝成功的母鸡,再也不会寂寞,不会孤独。

"欣喜涌上来,泉水似的漫过心胸,漫向未来。

"我给依放写信,兴奋地告诉他这个可喜的消息。

"可写了撕,撕了写,几天时间过去了,怎么也写不好,怎么也不满意。分别后,隔三岔五我总收到他的来信,知道他的工作正处在关键时刻。在中科院,在数研所,在著名大学里,可谓人才济济,但老邓格外高看的,除了正在合作的专家教授,还有他格外关注的几个年轻人,这其中就有依放。

"依放在函数方程和状态方程方面的天分,就是老邓发现的。

"在老邓的直接指导、启发和培养下,依放的数学才得到了持续的开发,不但随时随地解决科研和实践的实际问题,而且在一些尖端项目上,取得了可喜的进展。依放正处在脱颖而出的关键时刻,他现在最需要的是安定、安心和温暖。只有在最好的状态和心态里,将全部的精力和智慧投放到工作中,才有可能完成他人生最重要也可能是最辉煌的使命。作为明白的妻子,应该成为他坚实的后盾,全力以赴支持他,理解他,鼓励他。而不是心胸狭隘,目光短浅,分他的心,卸他的力。每当想到这,我就把写好的信一次次撕碎，丢进火炉。我宁肯自己挣扎，自己坚强，也绝不懦弱，绝不拖累。不就是怀孕嘛。是女人都得经历，别人能行，我也行，干吗非得告诉他！

"怎么也没想到，六个多月过去了，他还是没回来。

"最近的一次，他人已经到兰州了，说好一定回来看看，可又紧急去了酒泉，之后是新疆，再然后又是北京。

"那段日子，我盼星星盼月亮，就盼着能见他一面，哪怕几分钟都行。不为他给我多大的安慰和帮助，只为给他一个惊喜。

"可屋漏偏逢连阴雨，在经过剧烈的妊娠反应后，我的身体出了状况，总是莫名的头晕头痛，食欲不振，还一直犯呕，血压偏低，面黄肌瘦，满脸都是妊娠斑。药吃了不少，没有任何作用，也检查不出其他毛病。因结婚前出差接触过放射物，医生怀疑我受过辐射，慎重建议我去大医院最好是北京诊断治疗，要么趁早引产，以免孩子先天性残疾，造成终生遗憾。

"这更增加了我的心理负担，只要醒着就胡思乱想。

"但我还是没把怀孕的消息和面临的抉择告诉依放。

"反复考虑反复斗争后，我把心事告诉了徐大姐，决心要把孩子生下来，所有的风险我来扛。

"这是我的第一个孩子，他是爱情的结晶，是我全部的未来和希望。作为母亲，我所能做的就是尽我所能，保证他的健康和平安。而绝不因为可能的风险，就盲目地剥夺他的存在和生命！为此，我愿承担任何责任，付出任何代价。

"大姐被我的决心和意志所感动，在好友的直接帮助下，认识了医院的妇产科主任廖强。他是北京大医院调来的，五十多岁，江浙口音，头发花白，和蔼可亲。经他反复检查，又两次会诊后，他坚定地排除了辐射说，认为我主要问题是营养不良，必须立刻纠正。

"改善的方法,简单得令人难以置信,他给我开了三盒大山楂丸,早中晚饭前各吃一丸,无须忌口,想吃什么吃什么。

"两天后,不可思议的事情发生了。

"我一觉醒来,像是好多天没吃东西,饿得两腿发软,脚底发飘,一大碗鸡蛋挂面吃下去,又吃了两个肉包子,一个大苹果,才算打住了。就此,我胃口大开,到了饭点儿就直奔食堂,逮住什么吃什么,吃啥啥香,饭量大得吓人,还没个够,还零食不断。照徐大姐话说,整个人看着看着就活转了过来。一周后再去复查,血压回升了,头不晕了、不疼了,不反胃了,什么毛病都没了。

"随着预产期的临近,我的工作由老耿分解给了他人,所有与实验与测试有关的活儿不论内外,都不许我碰。上班时间,除了整理资料,基本上没啥事儿。

"我开始为分娩操心,为自己,更为孩子。

"我父母身体欠佳,能保持平安就是好的,不可能给我带孩子。婆婆虽说身体还好,但要照料一家人的生活,带孩子也不现实。那就只能找保姆。在二二一厂,虽说有着良好的生活条件,各种福利设施基本俱全,内外环境也不错,但给婴儿找保姆却异常困难。由于保密厂特殊的地理环境和管理要求,周边空无人烟,厂内纪律制度严控严管,绝对没有闲散人员。不少人都是父母帮忙,或找老家的亲戚来做保姆。即便如此,也还要上报审批,严格政审。厂里只有幼儿园,没有托儿所。依放不必说,我一旦上班,即便正常作息,要带孩子也是不可能的,何况还要不定时地出差。

"想归想,愁归愁,随着九月的到来,草原再次金黄,预产期还剩两周,可依放还是回不来。我再也忍受不住了。抛开精神折磨不说,沉重的身子痛苦不堪,尤其晚上,瞌睡得要命,可怎么睡都难受,稍不留神,肚子就隐隐作痛,而且小家伙动不动就在里面伸拳蹬脚,像是急着要出来。小家伙捣乱,我心里没底,更是急躁,强烈情绪下,给依放一口气写了封两千多字的信,把他走后我经历的所有意外、孤独、悲伤以及怀孕带来的喜怒哀乐,当下的艰难,此刻的痛苦,明天的困惑,一股脑儿全倒给了他。

"一句话,孩子即将出生,他必须立刻回来。

"信写好了,口封上了,邮票贴好了,明儿一早寄出,几天后他就能收到。信里的消息是爆炸性的,他百分百能回来。

"倾诉后,心里一轻松,我倒头便睡,稍一迷糊,就进入了梦乡……

……我知道是梦。

奇怪的是,梦里的我,看到的是另一个我——

那个我还是小姑娘,一身过节的打扮,白衬衣蓝裙子黑布鞋,甩着两条小辫子,跟在父亲身后使劲跑啊跑,非要让他带我去玩儿……我们穿越草地,采了好多蓝莓,然后进入森林……是秋天的白桦林,树上的叶子金黄灿烂,雪白的树干上,到处都是惟妙惟肖的大眼睛,不管别人怎么说,反正在我眼里,白桦树上的大疤瘌,每个都是漂亮的大眼睛……

后来……后来我的身边都是水——

不是游泳池,不是河湾里,也不是水塘,绿莹莹的水纯净透亮,泡在里面自由自在,爽快极了,比八月的河滩还舒服……

而我在学划水,父亲温暖的手掌托着我,怎么折腾也沉不下去……

……突然，我双脚猛劲儿一蹬，奋力挥动双臂，以狂放的姿态，游向前方……没人游得过我，更没有人追得上我！

骄傲极了！

惬意极了！

可天看着看着就暗了……风卷乌云，扫过河面，一排一排的大浪迎面打来，周围寂静空旷，没有船只，也没有人，怎么挣扎都看不到堤岸……而风越来越大，浪越来越猛，天也更黑了，水也更凉了，冰冷刺骨，像冬天的江水，更像那个淹没过我的可怕的泳场……

心里猛然一惊，小腿在抽筋，大腿在撕裂——

好痛好痛！

不！不是腿，是肚子，比强烈刺激后的痛经疼多了！

而我在痉挛，而我在下沉……

我拼命击水！

我拼命挣扎！

依放呢，依放在哪里？

怎么还不来啊！

……

"无法喘息的疼痛中，我大声喊叫依放的名字，拼命一挣，醒了过来。

"更加剧烈的疼痛随即降临，似乎有股巨大的无形的力量，在腹中撕扯搅动……我抱着肚子，喊着叫着，使劲打了个滚，脑海里猛然一亮，像被雷电击中似的，彻底清醒——

"天哪，是不是要生了？

"是的!

"当这个念头闪电般将我激活,猛然激增的肾上腺素使我更加清醒,力量倍增,我翻身起来,拉亮电灯。

"雪亮的灯光下,我坐在床上大口喘息,浑身汗透。屋里静极了,一点儿声音都没有,听得到的,只是我的喘息,只是我的心跳。我本能地摸了下脉搏,跳得好快,快得令人头晕。

"不可思议的是,那令人剖腹断肠的疼痛,说止就止住了。

"看来刚才的经历都是梦境,可能是睡姿不当造成的。就在我满腹狐疑,喝了口水,松了口气,平复心态,想要重新躺下,疼痛又来了,闷闷的,沉沉的,像什么东西在里面扯了一把,刀割似的,越来越猛,越来越烈,很快就到了无法形容的极限的状态……

"可我没有惨叫,也没有慌乱。

"我确定,这是阵痛!

"睡梦里的疼痛都是真的,分娩提前了!

"我咬紧牙关,拼命忍着。之前,我咨询接受了不少有关分娩的知识,清楚地知道,分娩是一个痛苦艰难的过程,不能紧张,不能恐惧。尤其头胎,产程会更长,也更痛苦。但都不要紧,没啥大不了的,不就生孩子嘛。现在最要紧的是叫医生,去医院,家里没有电话,邻居没人,隔壁的隔壁是三个刚来的小伙子,我得向他们求助,请他们帮我叫医生。

"脑子里一边电闪雷鸣,一边自我安慰。

"沉住气,一定要沉住气啊!

"阵痛一旦过去,赶紧穿好,立刻叫人!

"然而,就在我咬着手绢,拼命忍痛时,我发现床单湿了一大片,是羊水?

"是的,我的羊水早就破了,竟然一点都不知道……紧接着,更加刺激更加可怕的情景出现了,我看见了血,看见了鲜红鲜红的刺目的血……不是一点点,我的下身全都染红了……

"刹那间,意识里翻江倒海,闪出的是难产,是大出血,是死亡……

"眼前一阵晕眩,差点呕吐。

"突如其来的惊恐,吓傻了我,也击倒了我……我所知道的那点儿可怜的妇产常识,在如此冷酷如此残忍如此可怕的变故面前,犹如风中的残叶,早已不知去向……

"好在理智还在……

"记不得我是否大声喊叫过,不知道是否有过短暂的昏厥,也不记得我是怎么穿上衣服的。

"感觉最最强烈的意识,就是叫人!

"然而,阵痛愈加强烈,间歇越来越短,出血越来越多,我心跳如鼓,四肢无力,眼前黑炫,甭说站立行走,想要挪动都极其艰难……

"致命的晕眩中,虚弱越来越沉重,越来越可怕,而意识和肉体似乎在分离,无论脑子里怎么想,都是无果,都是无奈……

"忽然明白——

"我要死了,真的要死了……"

26

"我睁开眼睛,白晃晃的亮光里,看到的是悬空的房子,悠悠忽忽,风筝似的飘着,心里好生奇怪,我不是死了嘛,怎么还像是活着？这是什么地方，房子怎么会悬在半空？心里疑惑，定睛再看，房子左摇右摆，晃着晃着就变成了厂房里的巨大的储罐，大惊之下，脑子里亮光一闪，看清楚了——

"悬挂上方的既不是房子，也不是储罐，而是挂在输液架上的一只吊瓶，不，不是一只，是两只，随即看到的，是吊瓶里的淡黄色的液体，继而是嘈杂的声音和熟悉的话语，却一句也听不清楚，耳朵里嗡嗡作响，令人着急。

"猛一挣扎，眼睛睁得更大了，周围晃动的人渐渐清晰，白衣白帽白口罩，是医生，是护士，还是实验室？心里一急，突然就闻到了消毒水的味道，看到一个熟悉的男人，胸前挂着听诊器，一边给我听诊，一边对我微笑，他不就是妇产科的廖主任嘛！

"刹那间，电光石火，天门顿开，我什么都明白了——

"我没有死！

"我躺在医院的病床上，医生们正给我诊治……

"……可我怎么进的医院……到底发生了什么……手往肚子上一摸，竟然是瘪的，顿时大惊，我的孩子呢？……

"……怎么什么也想不起来，一点儿印记都没有，使劲再想，脑子就又晕乎起来，飘忽的意识越来越远，像遗忘的梦境，消失在恍惚的混沌里……

"……

"再次睁开眼睛，意识回来了，像从多年的沉睡中清醒了过来。

"是的，这次绝对是清醒。

"感觉是晚上，日光灯亮着，窗外漆黑，房间里格外安静。

"突然，我看见床边坐着个人——

"是依放！

"我一眼就认出了他！

"他见我醒过来,用温热的手掌轻轻理了理我的头发,亮光闪闪的眼睛盯了我一会儿,努力控制情绪,轻轻地轻轻地捂着我的手,在我耳边哑哑地说,我是依放,好了,没事了,真的没事了……

"看着他眼里的泪花,我心口猛然突突,不由得看了看周围,以为又是做梦,不敢相信是真的。

"他明白我的意思,用力握了下我的手,露出微笑,轻柔地说,放心,孩子很好,很健康,是个儿子,这是监护病房,你还不能见他。

"我傻傻地看着他,回他微笑。

"多么奇妙啊,在此之前我盼他盼得望眼欲穿,见到了,却出奇地平静,没有激动,没有了委屈,没有了心酸,也没有了埋怨,仿佛什么也没发生过,那恐怖的折磨,那极度的绝望,那致命的疼痛,可怕的失血,拼死的挣扎,都已远去,都已恍惚……

"他喂我鸡汤的时候异常小心,每一勺都用嘴唇试温,生怕把我烫着,然后守着电炉子给我蒸蛋羹,给我煮挂面,忙得不亦乐乎。

"医生护士都来过了,他们让我看了孩子。

"廖主任说,小艾啊,你身体不错哦,度过了危险期,接下来主要是营养和康复,明白了吧。

"我这才知道,我是剖腹产,已在医院救治了两天两夜。

"提起两天前,我一点儿记忆都没有。

"廖主任告诉我,那天晚上我的情况极其危险,由于失血过多,身体虚弱,血压超低,心跳乏力,很可能再晚几分钟,人就没了。

"说到我怎么来医院的,廖主任更是感慨,说你得好好感谢你的邻居,是两个小伙子把你抬过来的。他们说,深夜十二点多,俩人倒班回来,听到你屋里有惨叫,吓了一跳。他们知道你单身一人，还是大肚子，感觉出了意外。屋里亮着灯，敲门敲不开，叫喊没人应。俩小伙子不顾一切撞开了门，全都吓傻了。只见你血胡里啦倒在地上，使劲伸手想朝门口爬，床上地上都是血。那个名叫刘畅的小伙子最先反应过来，想去喊人，想去叫医生，还想到哪打电话，可当他看到你隆起的肚子，身下的鲜血，气息奄奄的样子，知道你已生命垂危，得赶紧送医院。慌乱间，他拽了条毛毯将你裹住，试图把你抱起来，发现不妥。深更半夜，外面黑灯瞎火，抱是抱不住的。猛然想起，培训课上刚学到的急救常识，他跑回宿舍，迅速打掉两个铁锨头，撕了条床单，捆扎在两个锨把间，做成一个简易担架，抬起你来就往医院跑。幸亏俩人年轻力壮，医院又不是太远，一气跑到，正好赶上值班医生、护士全都在岗。情急之下需立刻输血，又是那个叫刘畅的小伙子，说他是 O 型，毫不犹豫地为你献血 600 毫升，为我们接下来的手术和抢救赢得了宝贵的时间。

"感动吗？

"当然，依放比我还感动！

"我说我不认识他们，只知道楼里住进了三个小伙子，楼道里碰到过，但没细瞅，也没说过话。

"依放说，有情后补，我一定要重重地感谢他们！

"第二天，徐大姐、彭萍、小齐她们都来了，大包小包一大堆，单是小孩的用品就好几套。徐大姐还带来了亲手包的上海小馄饨，煮好了，用保温桶拿来，一定要看着我吃，还有'光明'奶粉和亲手制作的尿布片。说来惭愧，这些东西我一样都没准备，连孩子的小衣服都没做，不是不想做，一是不会，二是撒懒，一个人下班回来，面对空房，啥都没心干。真的太傻了。就因为赌气，偏要等依放回来，愣是把自己逼到了绝境里。

"都说否极泰来，别人怎样我不知道，就我来说是真的。

"出院后，依放像换了个人，一日数餐、全部家务、哄孩子、洗尿布他全包了，一心一意伺候我，似乎要把我受的苦全都赎到他身上，几句话不对，眼睛里就满是歉疚，吃好喝好睡好之外，千方百计让我高兴。

"老邓说话算话，一次性给了他两个月假期。

"我的身体恢复很快，看着看着就白胖起来，强壮起来。

"孩子奶水充足，能吃能睡，才二十来天，就咿咿呀呀想要说话。

"我俩计划回趟哈尔滨，该回去看看父母亲了，问题是我的产假只有一个月，特殊情况可以延长到四十五天，但满月后动身还是太紧张，毕竟来回路上就得十多天，还带着孩子。依放就去找老耿。老耿当然没问题，但他权力有限，就带依放去见主任，再三为我说情。主任了解情况后，通情达理，额外特批了七天假，共二十二天，再多一天都不行。

"满月当天，晚饭后，我和依放抱着孩子带着精心准备的礼物去见我的救命恩人。之前，依放已经单独去谢过，说好满月后我们一家正式致谢。

"太意外了，开门的是个年轻姑娘。三个小伙子昨天下午搬走了，去了哪里不知道。新来的三个姑娘，都是刚分来的大学生，操着河南口音，满脸都是可爱的微笑，却都一问三不知。

"我就有点儿急，明明说好满月后上门感谢，怎么说走就走了呢？就毫无道理地责怪依放，也不看着点儿，人家救了你媳妇的命，救了你孩子的命，连声谢谢都没说呢，就把人给放走了，像话嘛你！

"依放也不生气，故意笑嘻嘻地说，我哪知道他们要走啊，昨天早上我去拿牛奶，还碰见刘畅了呢，他去食堂吃饭，冲我一个劲儿地笑。你也别急，他们不就换宿舍嘛，不还在二二一厂嘛。明儿咱回咱的哈尔滨，回来后我打听清楚了，咱上门去谢也不晚嘛。

"还真就晚了。

"我们探亲回来后，不光依放打听无着落，我千方百计托人打听都无结果。二二一厂有其特殊的管理模式，决不允许随意打听泄露他人的行踪和信息。

"这成了我终生的遗憾。

"每当谈起与生育和孩子有关的事儿，我就会情不自禁地痛苦和难过。想起那天晚上的惊心动魄，就想见那两个名叫刘畅和闻勇的小伙子，是他们听到了我的呼救，果断地破门而入，机智地制作担架，用最快的速度，把我送进了医院，还坚定地为我输血，为医生们的抢救赢得了时间。

"这不是故事，是刻骨铭心的经历，是生死轮回的境遇。

"我的身上，我儿子的身上，至今还流淌着刘畅的血液。没有他们，就没有我和儿子的重生。可我连句感谢的话都没当面说过，连他们是哪人，现在哪里都不知道。我后悔啊！为何出院后不先去看看他们呢？据说，刘畅献血后，医院主动出具证明，告诉他，根据有关规定，像他这样见义勇为的献血者，可以在单位领到营养费和补助费，还有三天休假，还可以在年终得到特别的嘉奖。可他什么都没要。面对院方再三提示，他拉着同伴掉头就跑。这更增加了我的遗憾和内疚。依放倒是见过他俩，可他除了口头感谢，什么都没做，也没多余的话，连俩人是哪个单位的都没问。这是依放的性格，不是他的问题。但这种遗憾，必定与性格有关。依放知道自己有误，这种事儿的确不该发生在他身上，他太自以为是，太理所当然了，想的服从的只是自己的主观，忽略了他人的可能和现实,却又没法补救。为了平复内疚的心理,更是为了安慰我,他给儿子取了个名字叫依畅,小名叫小勇,用以纪念两位救命恩人。"

27

"从哈尔滨回来,我最大的收获是有了保姆。

"依放妹夫的表妹小琴,愿意跟我们来青海。她是个十八出头的大姑娘,山村长大,憨厚能干,唯一的缺点是只上过两年学。这倒不是大问题,只要会带孩子,能干家务能做饭,在我眼里就合格。至于其他方面,包括认字学文化,我会循序渐进慢慢开导,逐步教她,这方面我有信心。

"回来的当天,依放在屋里给小琴紧急做了个隔断,借来床板安了张床。

"原先俩人一间房倒还不错,有了孩子也还凑合,可再加张床,立刻拥挤不堪。依放受'大神'置家的启示,想买个高低床,几经努力买不到,就想请人帮忙做,为孩子大点儿之后做准备。

"可变化远比计划快。

"依放接到通知,让他立刻停止休假,两天后出差。

"对此他有准备,但没想到这么快。

"事实上,在我坐月子的日子里,他除了伺候我和孩子,手上的工作一直没停。主要是晚上干,夜深人静,便于思考。怕影响我休息,他用画报做了个灯罩,将台灯严严实实围住,只留一团光在纸面上。有时一干就是几小时,不是孩子哭闹,就停不下来。我不知道他做的是什么。凭着女人的敏感,我嗅到的是机密里的机密。可我不会问他。但凡工作上的事,我们已有共识,相互自主,互不过问,更不干涉,这既是厂里明确的纪律制度,也是彼此间的默契和尊重。

"随着离别的临近,我又陷入了焦虑,怕他一走又是好久,扔下我一个人料理一切。幸亏有小琴,否则我真不知道接下来的日子该咋过。

"他倒好,肯定知道我心里想的是什么,故意做出向往工作的样子,乐呵呵地说大话,讲笑话,说啥也不让我去送他。

"临走时,我真想让他亲亲我,好好抱抱我,可他却故意不理我,抱起儿子没头没脑亲个没完,儿子被他的胡子扎哭了,他干脆举起来,当着小琴的面,把儿子的小鸡鸡亲了又亲……

"不知道是不是男人得子都这样,反正依放的生活,打从有了儿子就变了样,他是真高兴。忙忙碌碌几十天里,他想着法儿给儿子开发智力,建立感情,又是买玩具,又是唱儿歌,儿子一哭一闹,就抱起来满地转。儿子听见他的声音就转头,看见他,就笑脸相迎,就手舞足蹈。他还建立了幼儿教育的详细计划,说要先把他培养成运动健将,再培养成科学家。"

"依放走后两个多月,眼看又要过年了,我给他寄去儿子百天的照片,眼巴巴盼着他回来。

"可他来信说又回不来了,他现在北京,在为一个重要项目的数学表达做攻关,任务相当艰巨。春节只有三天假,额外最多照顾两天,五天时间来回路途都不够。这次离别,他的信越来越简单,没了以往的温情思念,也没了多余的歉疚,最短的一封字迹潦草,只有几句话。我当然不满意,再怎么着,也不至于连封家书也这么应付吧!但随即就是担心和不安,他不是马虎草率的人,一旦这样,说明他遇上了巨大的难题和挑战,也许正攀登在绝壁上,容不得丝毫的懈怠和分心,能给我及时回信,已很不容易,表明他心里真正有我,有家,有孩子。而我心胸狭隘,斤斤计较,不但给不了他任何的支持和帮助,还有拖后腿的嫌疑,实在不应该。如果连我都不理解,不体谅,那他独自一人,在千变万化的数字迷宫里,怎可能走得出来啊……

"想到这儿,我汗颜,我惭愧,赶紧给他回信,告诉他家里一切都好,儿子健康成长,睡着的样子和他像极了。我工作顺利。小琴是个称职的好姑娘,等等等等。总之都是好消息,让他保重身体,安心工作,春节期间一定到长城去玩玩,拍张照片寄给我。我没去过长城,就想看看他在长城上的样子!

"信发走了,我的内心踏实了,可泪水一个劲儿地朝外涌。

"真实情况是,家里的事情不但不安定,还很糟糕。

"先是小琴不适应高原气候,头疼心悸流鼻血,好不容易适应些了,使用电炉时又被电着了。其实不严重,只是她用湿手插插头给麻了下。可她吓坏了,说啥也不敢再用了。厂里用的都是电炉子,你不敢用,就得停火。我使足了耐心,反反复复给她示范,总算克服了她的恐惧。可做饭又成了大问题,她做米饭总夹生,炒菜齁咸,还猛倒酱油,离了咸菜吃不下饭,都是老家养成的习惯。不说不改肯定不行。可说多了就不高兴。有次晚饭,她炒肉片又大又厚,看着像肉块,咬在嘴里橡皮似的,又老又硬。我尽量耐心地告诉她,高海拔的地方肉片必须要薄不能太厚的道理。其实为这事儿,我已经说过几次,多次示范,可她习惯成自然,当时答应得好好的,过后照旧。不知是我口气重了点儿,还是她忍无可忍,当晚她一句话没说,第二天一早,收拾东西就要回家。我看她眼睛又红又肿,知道是夜里哭的。我心一软,一把拉住她,一面好言相劝，一面不客气地拽过她的包扔在床上，讲了情义讲道理，好不容易才把她给说服了。

"至于带孩子，我是一点也不放心啊。别看她十八了，家里她最小，一天孩子都没带过，啥都不懂不说，连个尿布都洗不好，不是不会洗，而是不用心。照她自己说，十岁上的学，刚上了两年，爸爸得了肺结核，勉强保住了命，从此失去劳动能力，成了废人。她不得不到生产队参加劳动挣工分，由于年龄小干不了重活儿，一年下来工分少得可怜，只能挣个几块钱。家里没劳力，工分少，负担重，每年的基本口粮都成问题，幸亏两个姐姐家和城里的亲戚还能接济，否则活都活不下去。如此这般，她就成了家里的受气包，挨打挨骂到了十六岁，能跟大人一样挣工分了，才慢慢好了。也就是说，她下地干活出蛮力没的说，但细致活儿没干过，也不会干，从小到大，到的最远的地方是公社，这是第一次出远门。而且她心眼特别小，还异常敏感，别说批评埋怨，哪怕是生活常识，想要教给她，都极其费劲，稍不小心，就会伤她自尊。

"她干满两个月时，吭吭巴巴问我要保姆费。我哪敢给啊，万一她拿了钱，哪天脾气上来不辞而别，出个啥事儿，不就闯下大祸了嘛，咋给依放交代啊！我给她十块钱，告诉她不是保姆费里的，让她零花。然后实实在在告诉她，所有她挣的钱，都在存折上给她存着呢，一分不少，满一年连本带利都给她，让她放宽心。如果想给家里寄，就吭一声，我带她去邮局。十块钱现在也就吃碗饭，当时可是大钱，不少人一个月的伙食费还没这么多。所有这些，我都没敢给依放说。

"那段日子，我心情糟透了。

"可以说没一天不提心吊胆，生怕哪天出个啥事儿，为此专门买了辆自行车，一到喂奶时间，就赶紧往家跑，又是奶孩子，又是教她做午饭,忙得一塌糊涂,整个心思都在家里,说得那个点儿,除了孩子和家,我都要把自己荒废了。

"可该来的一定会来!"

"假期过后的一天,我正常去上早班,一进门就觉着气氛异常,大伙儿全都阴着个脸,像是出了啥事儿,老耿不在,没人干活,卫生没人做,实验室连灯都没开。

"我吃了一惊,彭萍还没来,大姐出差两个多月了,我小声问严涛,咋回事儿,出啥事了?

"他同样小声地说,你不知道啊?

"我说不知道。

"他说徐大姐出事了。

"我惊得差点儿叫出声来,问他出啥事了?

"他难过地说,具体我也不清楚,他们说,可能是辐射。

"我说不可能啊,她不是在北京嘛!

"严涛嘘了一声,示意我到门口。到了没人的地方,他伤痛地说,小艾啊小艾,你咋连普通常识都不知道啊!北京是我们的首都,是全国科技文化的中心!咱们的许多重大研究和测试,都是在中科院在国家实验室进行的。大姐的认真严谨和专业精神你又不是不知道,重要测试和实验数据,都得由她现场记录,决不能错误和疏漏。

"我不耐烦了,说你能不能别啰唆,大姐到底咋回事啊?

"给你说了,具体我也不清楚,他们说可能是受了核辐射,消息是昨天晚上传来的,说事故发生已经几天了。今儿一早我们去看'大神',他正收拾东西上北京,厂里派车送他去西宁火车站,估计这会儿已经在路上了。

"正说着,老耿回来了,他满脸严肃冲我说,小艾同志,你来一下。

"我跟他到了办公室。

"他点燃一支烟,深深吸了两口,放缓语气说,徐大姐的事儿你听说了吧?

"我说听说了,到底咋回事啊?

"他说是核辐射,她在一项重要测试现场,遭到了过量辐射。

"我心怦怦直跳,赶紧问,有生命危险吗?

"他说还好,事故发生后,正好碰上直飞北京的飞机,抢救及时,目前没有生命危险。

"我惊讶道,她不是一直在北京吗?

"他说不,她压根就没去北京,至于在什么地方,我也不知道,只知道是意外事故。出事后,厂里派人去北京,咱们主任也去了,昨天带回来的消息,大姐得到了最好的治疗,目前生命体征平稳,精神状态正常,以后情况如何还不好说,需长期治疗和休养。好了,这个话题到此为止,有关大姐的情况,你自己知道就行了,明白我的意思了吧?

"我说明白!

"他说不,你不明白!

"我愣愣地瞅着他。

"他也直愣愣地瞅着我,说我为什么告诉你,不告诉别人?

"我被他问住了,傻乎乎地望着他,转不过弯来,是啊,为什么他不告诉别人,偏要告诉我呢?

"他看着我的反应,开诚布公道,刚刚领导们研究决定,即日起,由你接替大姐的工作,你有什么意见吗?

"我惊呆了。

"他重复了一遍,又点燃一支烟,一边深深地吸着,一边满是期待地望着我。

"我回过神来,急忙推脱,不是别的,大姐的工作表面简单,实际上极其重要和复杂,没有广博的专业知识和精深的专业素养是拿不下来的。此外,还要有过硬的心理素质、超人的记忆和敏锐的应变能力。所有这些,我既缺乏相应的知识结构,也没经过系统的专业学习和训练,一点儿实践经验都没有,怎么能说干就干呢?

"老耿老练地瞅着我说,小艾同志,领导们之所以决定由你接替大姐的工作,是经过认真研究的,这既是对你的信任,也是你的机遇,希望你能认真考虑。

"我说谢谢,但我啥都不懂,真的无法胜任啊。

"他说不懂可以学啊,我就可以教你。

"我说单位这么多人,不能找比我更合适的吗?

"他想了下,目光犀利地说,是不是大姐出事,你害怕了?

"这话真是刺激,有伤我的人格。我之所以爱上化学,是以我崇拜的居里夫人为榜样,早就做好了为科学献身的精神准备,怎么可能因为一次他人的意外事故,就退缩,就害怕了呢?恰恰相反,大姐的出事,更激发了我对辐射的重视和好奇。我就想知道,在严密防护的情况下,大姐是怎么中招的。在科学研究的领域里,我可不是胆小鬼,更不可能是逃兵!这是事实,以往工作中,无论多么危险的测试或实验,我都是知难而上,从未害怕过。女性天然的敏感、细心和谨慎,是我的长处,凡是和我搭档的,都格外放心,格外喜欢。

"我大声说,岗长,我绝不是害怕,我是负责!

"他点了点头,满意地说,正因为你责任心强,善于思考,有着过人的敏锐和耐性，领导们才对你放心！

"这话太出人意料，我又愣了。

"他突然想起什么似的补充道，想知道这是谁的建议吗？是徐大姐！

"徐大姐？

"我脱口而出！

"他说是的，是徐大姐！主任去看她，特意征求了她的意见。大姐经过认真考虑，认为你最合适，她的理由相当充分。目前，就咱们单位，大姐这样的角色，不是随随便便可以接替的，调换个人，或调来个人都很容易，能力暂且不说，万一不合适，就会给工作和项目造成影响和损失，一旦出了问题，麻烦就不是一般的大，明白了吧，责任如山啊！

"我想了下说，好吧，我来试试。

"老耿不客气地说，不是让你试，是你来干！

"说着，从兜里掏出一串钥匙，郑重地递给我，说这是大姐办公室的钥匙，所有资料柜、档案柜和办公桌上的都在这里，移交工作和相关手续待会儿就办，争取这周办完，工作手册我明天给你。

"就这样，我的工作性质就此改变。"

28

几年前，依楠大学毕业，准备按计划陪父母去欧洲旅游。

原本奶奶也是要去的。可临行前一天，她突然接到"大神"的电话，说徐大姐不幸去世，她一辈子最遗憾的是没能到二二一厂再看上一眼,她想看那儿的雪山草原,想看那儿存留下来的遗址,想看纪念馆里那些珍贵的影像,想在梦里的河边坐一会儿,尤其想看看青海湖。在二二一厂那么多年,一直想去,总觉着离得近,有的是机会,没想到最终成了遗憾。她怀念在二二一厂度过的岁月,怀念所有的同事和朋友,无数次提到奶奶,说一别就是四十多年,真想见上一面啊,哪怕啥话不说,只是见到就可以,就是幸福。放下电话,奶奶决定不去欧洲,去上海,她要立刻动身,去参加徐大姐的葬礼。

当时依楠很想表达反对意见,好不容易办好了护照和签证,机票也都订购了,咋能说退就退呢?是父亲依畅制止了她。父亲说,算了,还是随她吧,别说是旅游,哪怕天要塌了,你奶奶也要去上海。说你不懂,对你奶奶这代人来说,世上没有什么事儿比她们那辈人的友情更重要,更贴心的了。依楠问原因。父亲说,这很难讲,一代人有一代人真实的经历,他们的思想,情感和认知,与他们所处的时代息息相关,如果不了解他们所处的真实历史和他们的心灵历程,很难理解,轻而易举说不清楚。你要真想知道,去问你奶奶好了。

旅游回来,依楠还真问了奶奶。

奶奶轻描淡写地说,你问这干吗?

依楠说,好奇呗,成天吵着闹着非要去欧洲看看的是您,说不去就不去,九头黄牛也拉不转的还是您。那个徐大姐到底是您什么人呀?您那么看中她,到底是为什么啊?

奶奶看着亭亭玉立大眼忽闪的孙女,苦笑一声,说因为遗憾。

说完,泪水刷的一下,就充满了眼眶。

依楠忍着心跳,静静地期待着。

好一会儿,她缓过神来,感慨万端地说,楠楠啊,你是我见过的最用心最好奇的孩子,喜欢探究的天性和我一样。你给我记住了,但凡遗憾的事儿,就是伤心的事儿。可人这一辈子啊,想要不遗憾,不伤心,是不可能的。因为你永远不可能再回到流逝了的时间里。即便有一天,电视里的时间隧道,真的变成了现实,你真的回到了你过去的时光,那也绝不是曾经的你,绝不是你经历过的事儿了。这就是逝者如斯的道理。若是人在年轻的时候,就能真正明白这个道理,少做或不做遗憾的事,人生的快乐就会多得多。到了我这把年纪,也就幸福得多。

依楠才不要听大道理,她就想知道奶奶究竟为什么而遗憾,就想知道那个神秘的徐大姐到底是怎样的人。

奶奶说,人不光活在必然里,很多时候,更是活在偶然里,被不可预知的命运所支配,所左右,而你除了被动地接受,很难有改变的可能。我唯一的姐姐,死在保卫莫斯科的战壕里了。那天早上,她对爷爷说她做了个梦,梦见她做新娘了,穿的裙子特别漂亮,好多人给她献花,好开心,好幸福啊。爷爷顿时沉下脸,凶巴巴地说,你今天不能出去,得在家里待一天。姐姐说,不可能啊!学校所有的男生都在突击训练,都要上战场,所有的女生都在为保卫莫斯科而战,你竟然让我待在家里,你还是我的爷爷吗?!说完,扎紧腰上的武装带,昂首挺胸英气十足地走了。一走就再也没有回来。我第一次见到徐大姐,突然就想起失去的姐姐,她俩的眼睛包括眉毛像极了。而且我俩见面就投缘,你无法想象她对我有多好,就是亲姐姐也很难比得上。在二二一厂,没有比她对我更好的人了。可惜她在工作中遭到意外辐射。那之后,我再也没有见过她。多少次,我想去看她,都因为种种原因不得不放弃。她在北京住院的时候是这样,她回上海疗养的时候也是这样。后来,我接到"大神"电话,说她因白血球急剧减少,生命危急，我是真想去上海啊，可因为孩子拖累，不得不再次放弃。再后来，知道她去西德治疗，摆脱了病危，我又躁动不安，好想去看她，可最终还是因为种种不便未能成行。我们通过几次电话，基本上都是我说，她的语言功能有障碍，我连她一句完整的话都没听到过，感受到的只是她的泪水，只是她的痛苦。每次通话，都令人伤痛欲绝。我一次次安慰她，向她保证，很快就会去看她。可直到她老年痴呆，生活不能自理，彻底丧失了意识和记忆，我还是没能成行。

说到这儿，奶奶哭得一把鼻涕一把泪，说我后悔啊，人为什么要遗憾，为什么总是要做遗憾的事？为什么面对选择的时候，理智和心灵总是被欲望的把戏所愚弄？说我这辈子做过不少错事。但错事不等于遗憾，更不等于憾恨。真正让我遗憾，让我憾恨不已的就两个人，一个是徐大姐，没有她，我可能迈不过生活和工作上的坎儿。可从她出事到去世，几十年时间，我竟然都没去看过她。我到底算怎样的人啊？另一个就是你爷爷依放。

多少次，依楠想知道奶奶憾恨的原因，但都未能如愿，奶奶既不给她讲徐大姐的故事，也不给她讲爷爷的死因。

总之，只要事关她和爷爷的隐私，奶奶就会刹车，什么都不给她说。

这使她的好奇心更加强烈。

她坚定认为奶奶应该写回忆录的想法，就是那时候萌发的。

因为有想法，有打算，她有机会就和奶奶沟通，说服她动手写作，或者只是回忆，不想当面对她说，录音也成。但奶奶一直有心理障碍，一次次地拒绝了她。可她并不退缩，只要见面，或打电话，她就会用不同的方式和理由，不断地开导她，说服她，让她确信一部回忆录的诞生，是个好主意，是件对个人对后人对社会有意义的事。最终，她的恒心，磨圆了奶奶的铁棒，经反复犹豫来回反悔后，她做出了决定，就由依楠来写。

同意是同意。可她就是不给她讲家史，不给她讲故事。有那么两次，奶奶架不住依楠软缠硬磨，似乎要说了，但每次都是话到嘴边又往回咽。

几次三番，几经反悔，奶奶终于在立下遗嘱后，突破了自我的障碍。

依楠说：

"奶奶，爷爷去世的时候，我爸只有四岁是吗？"

奶奶说："还不满四岁。"

依楠恳求："能给我讲讲爷爷的事儿吗？"

奶奶瞅了她一眼，突然就不吱声了。

依楠就黏她，这是对付奶奶的好办法。

奶奶无奈："都这么大了，咋还这么缠人啊，我不是一直在给你说嘛。"

依楠撒娇："可人家就想知道，爷爷那么年轻，到底是怎么去世的？我是他的亲孙女，您就给我说说呗！"

奶奶沉默了会儿，想了下说："好吧，看在你是依放唯一孙女的份上，有些事儿是该让你知道了。"

说完，她打开她的宝贝皮箱，拿出一个厚厚的很有分量的红布包，解开上面扎着的黄缎带，小心翼翼地一层层打开，竟然是七八本老旧的硬壳日记，封面纸张都已变色。她把日记摊开来，一本一本地翻着，当翻到一本暗红封面有许多折页的大本时，她打开来看了两页，确认就是它了。然后把其他的重新包好，放回箱子，把拿出来的那本日记放在桌上，翻到一半多的一个地方，用日记本里原有的一个简易书签标记好，格外郑重格外肃穆地交给依楠说：

"楠楠啊，打从你大学毕业，总是让我讲你爷爷的故事。我不是不讲，可无论我怎么讲，你总是不满意。是的，因为有些事情我从没想让第三者知道，包括你爸爸，也包括你。即便我自己，有些事儿，在我走之前，也是不愿再碰触，也是不能再碰触的。你看到我的遗嘱了，那里面写得清清楚楚，我走的时候，这些日记我要全部带走，它们随我的遗体一起火化，任何人不得留存，不得打开，不得翻阅！之所以选出一本给你看，不仅因为你是我的亲孙女，最主要的是你的孝敬和诚心感动了我。记住，书签前面的，也就是一九六九年四月十九日之前的，你不能看，一个字都不能看！为什么，以后我会告诉你。再说明白点儿，你从四月十九日开始看，看完后来找我。"

是夜，依楠毫无睡意，她怀着忐忑而又敬畏的心情，在强烈刺激的情绪里，小心翼翼地打开日记，一股陈旧古老而又沧桑的味道迎面扑来，强烈地冲击着她。她闭上眼睛，深吸口气，感觉了下岁月的烟尘，然后迅速将日记洗牌似的翻了一遍，回到第一页。

日记的顶行写的是一九六九年三月十九日。

年深日久，昔日的蓝黑墨水已明显褪色，有的地方有水痕的斑点，但不影响阅读，钢笔留下的字迹，工整漂亮，清晰有力。

这是爷爷的手记，她第一次见到，而且是个人日记。

有关这些日记，她早就知道，但奶奶从不示人，像是里面藏着什么惊人的秘密，神秘得不得了，令人说不出地好奇和渴望。

好了，现在日记就在她面前，她确定，里面的内容绝对私密，随意一翻，就看到了父亲的小名小勇。

她的心一阵悸动，迅速翻到书签标记的地方。

脑子里清风明月，子夜的睡意烟消云散，豁亮得如同升起的太阳……

29

4月19日

今天是丁丁出差后的第二十一天，我突然发现一件可怕的事情。

早上十点来钟，我从办公室回家取资料，门锁着，小琴不在家，小勇一个人锁在家里自己玩儿。他坐在冰冷的水泥地上，拿着一辆小汽车，一节木头疙瘩，一个空药瓶，嘴里说着，手里动着，不知在做什么游戏。而且极度专注，我进家他像是不知道。我喊他，他像是没听见。我蹲在他跟前大声叫小勇，他翻我一眼，像是不认识，继续玩他的游戏。

这太奇怪了，一个三岁半的孩子，即便再专心，也不至于痴迷到如此地步吧？这太不正常了！我的心一阵乱跳，有些慌，慌得难受。但没冲动，我努力冷静下来，决定认真观察一下，看看到底咋回事儿。

我在椅子上坐下来，静静地瞅着。

外表上看，他脸色不是太好，黄不是黄白不是白，有点像不见阳光的豆芽菜，身高体重都还正常，一辆小汽车一截木疙瘩一个小瓶子由他不耐其烦地玩着，嘴里说着含混不清的话，时不时地发出咯咯咯的笑声。仔细再看，问题就来了，一个三岁半的孩子，独自一人坐地上，在枯燥得不能再枯燥，简单得不能再简单的游戏里，竟然没有丝毫的无聊和疲倦，就像上紧发条的机器人，按照指令，在做标准的机械重复。他脸上的表情，猛一看像是神态专注，仔细看，就是僵硬，就是麻木。而他的眼睛里，似乎只有那辆小汽车，只有那截木疙瘩，只有那个深褐色的玻璃瓶。

这哪里是玩儿，显然是病态啊！

我再次喊他，大声喊小勇。

他看了看我，像看陌生人，又像是被声音惊到了，认出我后，毫无表情，再次沉浸在他的游戏里，似乎根本就没我这个人。

这太可怕太恐怖了，他是我儿子啊，怎么会这样呢？我脑袋轰轰直响，胸口闷疼，心都要碎成八瓣了！

那辆小汽车，是我在北京王府井百货大楼给他买的，是他两周岁生日的礼物，那截木疙瘩，是我在河边捡的，像是红柳根上的木疙瘩，水冲日晒，形状怪异，挺诱人的。我捡回来，打磨光滑，成了不伦不类的小玩意儿，小勇一岁多点儿，就成了他的玩具。

我听丁丁多次说过，她总觉着儿子不像其他男孩，调皮贪玩，令人操心。他像是过于孤独，不哭不闹，啥时候都是自己玩儿，不知是遗传了谁的性格。

难道儿子一直是这状态吗？

丁丁难道什么都没发现吗？

心脏又是一阵绞痛。

但理智似乎更清楚了。

这事不能怪丁丁,你都在家待了三周了,不也才发现嘛。如果不是回来取资料恰好碰上,不还是啥也不知道嘛。三年多来,你东跑西颠,总是天上地下地忙,一年能在家待上三个月,已经相当不错了。而丁丁怀孕生孩子,经历了那么多的艰难和凶险,不都是自己扛下来的嘛。自从调换了工作,她就很少能有自主的时间了,各种加班各种忙不说,还得出差,说走就走,除了工作本身,时间、地点、测试目的、研究项目,说变就变。必须要有以不变应万变的心态和与时俱进的强大的知识储备作保障,才能应对,才能胜任。如果我俩都不在家,孩子就只能交给保姆。一天两天可以,十天半月甚至更长呢?简直不敢想象。而每当丁丁,每当儿子,每当这个家最需要你的时候,你在哪里?你永远不在家,永远靠不上,永远工作第一,永远理所当然,永远在路上……而每一次,丁丁都理解了你,支持了你,可以说,你在事业上每一点进取,都是丁丁付出和牺牲的结果……

而你总是处在任务艰巨时间急迫的状态里。

不错,最近工作的确艰难。自从氢弹试爆成功,更加艰巨的任务落到了我的头上,为了最终解决一个复杂得难以想象的函数方程,我必须攻克一系列前所未有的难题。为了让我保持工作状态,全力以赴攻克难关,老邓怕北京那边的政治运动和不能确定的政治形势影响我,特意准许我回来,给我安全办公室,让我在不被打扰的环境里,独立思考,独自工作。我知道,这个难题的攻克,将对今后一系列尖端科技尤其是核子领域,产生十分重要的价值和意义。

正因为这样，丁丁出差这段时间，我的主要精力全都集中在了工作中，有时连续几天不回家，基本上是住办公室。有时过度疲劳，累得筋疲力尽，需要休息一下，换换脑子的时候，才想起回家看看儿子。而每次他不是在睡觉，就是保姆带他去玩儿。家里有一辆设计精巧手工制作的幼儿车。丁丁说，小勇百日那天，徐大姐推着车子来庆贺，说是她看丁丁带孩子太辛苦，特意叫他家"大神"刁空做了辆车。车子的确漂亮，喷漆相当讲究，即便是到大城市，也未必能买上。我仔细看过，车的结构主要分两部分，下层钢管焊接，上层铝材钉铆，四个轮子中，两个前轮可以自由转向，车厢和座椅都是活的，孩子在里面既可以坐着，也可以躺着，而且有可以调节的帆布篷，刮风下雨，孩子在里面相当安全。丁丁说，同样的车子只有两个，是"大神"给他们的女儿设计制作的，这是第三辆，小勇纯属沾光。而所用材料，都是他从废品收购站买来的，所用时间也是自己的，一点儿公家的便宜都没沾。自从有了车子，丁丁和小琴就从劳累中解放了出来。

可她出去，干吗不把小勇带上呢？

我看了下表，进屋已经四十多分钟了，她还没回来。

她干吗去了？

是不是经常这么干？

儿子的性格，是不是已经出了问题？

我很想把他抱起来，给他冲一杯热奶，和他说笑，和他亲热，带他玩儿，但忍了又忍，还是决定继续观察，我要看看接下来发生的事情，看看儿子在此状态下能持续多久，看看小琴到底啥时候回来。

就在我胡思乱想，越来越恐惧，越来越愤怒的时候，小琴回来了。

4月20日清晨5点

昨晚我一夜没睡。

只要闭上眼睛，就是儿子孤独可怜的样子，他眨巴着空洞的眼睛，傻乎乎地望着我，像是求助，像是望着陌生的大叔，还像是什么都没看到。

我的眼睛不由得发涩，泪水怎么都止不住。

我想丁丁，想给她写信，告诉她我看到的一切，问她是怎么回事，问她到底发生过什么，问她我该怎么办？

可是不能啊！

我知道她工作的责任和危险，决不能让她分心出错。

昨天小琴回来，见我神色严厉，慌里慌张放下菜篮，一把抱起小勇，在他脸蛋上亲了一口，说小勇乖乖，想姐姐了没？说着，满脸是笑把他放到车里，给他剥了块奶糖，极其利索地打开电灶，开始烧水做饭。边干边说，对不起，我不知道叔叔会来，我去买菜，正赶上他们卸货，只好等，后来人多还排队，耽误了会儿。不过小勇很乖，从来都不哭不闹。

我心跳得咚咚有声，血气上涌，感觉头都要炸了。

她在撒谎，菜篮子里只有几颗土豆，倒是有女孩子的用品，还有一瓶葡萄罐头。毫无疑问，她把孩子一人锁在家里，自己在逛街，在散心。

但我没有揭穿她,没有爆发,没有脾气,甚至啥话都没说。

她显然感到了压力,几次眼含内疚,手忙脚乱。

从家回到办公室,几百米的路程,我像走了十几里。

一路上,我想的就一个事儿,立刻开掉她,马上给她买票,让她回家。可是不行啊,她若走了,我将陷入困境,且不说根本找不到保姆,即使找到,能保证比她可靠吗?万一更糟怎么办?那就狠狠训斥她,教育她,给她讲道理,让她悔改,让她敬业。但这肯定也不行,我没教育人的经验,没有相应的文化知识,更没苦口婆心的耐性,很难把道理讲到点子上。如果不能以理服人,无法让她自省,结果只能是白费口舌。况且她还是亲戚,是个没结婚的大姑娘,万一你发火,她对立,丁丁又不在,情况可能会更糟。唯一的办法是讲道理,是忍耐,是苦熬。然而,根据我的直觉,即便我忍耐和苦熬,她若不改,没准还会逆反,会变本加厉。悲哀啊,到了这个时候,我才明白,对于一个保姆来说,文化知识暂且不说,品德是多么重要。之前,曾听丁丁说过几次小琴的毛病,每次都是含含糊糊,我也就没在意,感觉有她在,没啥解决不了的事儿。现在想想,她肯定发现了问题,但碍于我的面子,只是侧面提醒,糟糕的是我反应迟钝,没当回事儿。她不定多失望,多痛心呢,毕竟小琴是我父母介绍的。

惭愧啊,内疚啊!

可世上没有后悔药,无论如何,这种情况不能再继续下去了。

我得立刻改变作息时间，暂时放下手头工作，待会儿就去医院咨询下医生。听听医生怎么说，然后再决定如何处置。

早上8点半，我准时去医院，见到了儿科马主任。她个儿不高，眼睛明亮，热情精干，认真听了我的叙述，语气温和地说，您这会儿有时间吗？我说有。她说方便的话，您能把孩子带来吗？最好是现在，我给他看看。我说好，一会儿就来。她说谢谢，我等您！

我赶回家，没想到昨天发生的一幕又出现了，门又是锁着的，小勇又是一个人坐地上玩儿，又是一辆小汽车，一截木头疙瘩，一个玻璃瓶儿。而且脸都没洗，小嘴上沾着可疑的东西，一只脚还是光的。

我的肺都要气炸了！

可我顾不得其他，赶紧给孩子洗了把脸，换好衣服，带他去医院。

楼梯口正赶上小琴回来，我见她手里拿着牛奶，又步履匆匆的样子，心里的火气消了点儿，没好气地说，你把屋子收拾一下，我带小勇去医院。她愣了下，说小勇怎么啦？我说没啥，去查下身体。她说喝了奶再去吧。我说不用，抱着孩子，头也不回地走了。

到了医院，马主任把我和孩子带到诊断室，询问了些基本情况，然后和孩子初步沟通，取得信任后，她亲切地对我说，对不起，接下来我得给孩子做些检查，为了保证检查效果，您得回避一下，一会儿就好。

大约四十分钟左右，就在我坐立不安的时候，马主任招呼我进去，问我孩子吃早饭了没？我说没。她说正好，得给孩子做些化验，包括血液、尿液和粪便，还得拍个X光片。

我更加担心，忙问孩子有事吗？

她露出职业微笑，用宽慰的口气说，现在还不好说，得等化验结果，你明早9点半左右过来。

4月21日

早上9点半，我准时去找马主任。

医院在开批斗大会，批斗的啥人不清楚，听口号，像是院里的领导，还像是技术权威。我怕给自己惹麻烦，没敢到跟前去。一直等到十一点半还没散会，只能走人。

下午继续去找，还是没人。整个儿科都没人上班。其他科室也都门庭冷落，要么没医生，要么没病人。打问了一下才知道，说是全院职工都去大礼堂听报告了，啥时候结束不知道。

我心里躁得厉害，硬着头皮往回走。

想回家，可我害怕见儿子。

想去办公室，心里乱麻一团，什么也做不了。

咬咬牙，去往河边，信马由缰，走哪算哪。

4月22日

还没上班呢，我就等在马主任办公室门口。她提前来了，见我职业性地笑笑，说你昨天来了？我说来了。她招呼我坐下，递给我几张化验单，认真地盯着我说，孩子的检查结果出来了。我紧张地问，情况怎么样？她神情严肃地说，根据我的临床经验，以及孩子的实际情况和检查结果来看，情况不太乐观，希望您保持冷静。我默默点了点头。

她郑重地说，我认为这孩子患的是自闭症。

症状非常明显。

前天上午，我用了三四十分钟时间，尝试了各种方法，既没能让他开口说话，也没能让他哭或笑，连正面看我都做不到。他只是静静地坐在那儿待着，再就是玩手指，再就是找东西。我问他找什么，他不说话，也不理我，好像我根本就不存在。我用声音刺激他，倒是引起了他的注意，但非常短暂，几秒钟后，他就再次沉浸在自己的世界里，没完没了玩他的手指。常规化验和拍片，除了发现他有蛔虫，没有发现其他病因。因此可以断定，他患的是自闭症，也叫孤独症。

我一口长气嘘出来，头有点儿晕，不知该说什么。

坦率讲，我根本就不知道什么叫自闭症，三岁半的小孩能得孤独症？简直太不可思议了！但这是医生的诊断。医生说，她用了三四十分钟，既没能让孩子开口说话，也没能让他哭或笑，连正面看她都做不到，他的世界里只有他自己。那我呢？我随即想到，已经很长时间了，小勇也没跟我说过话，似乎连爸爸都不叫，每次见面，他要么在睡觉，要么独自玩儿。我也就抱抱他逗逗他，放下给他买的糖果零食，问候小琴几句也就走了，很少注意他的反应。正因为他基本不闹人，我心里轻松，也就忽略了对他的关注和用心。要不是偶然发现，天知道还会闯下多大的祸。

我真是急了,问怎么办,有特效药吗,能治好吗?

马主任微微一笑,用安慰我的语气说,当然能治好啦!如果你说的情况是真实的,孩子生下来一切正常,不到一岁就能叫爸爸妈妈,一岁半就能跟着妈妈学儿歌玩游戏,证明他的病不是先天的。由于你不能确定他出现症状的时间,根据我的经验来看,发病时间不短了,至少半年以上。这么给你说吧,就他目前的症状来看,病情是严重的,得立刻进行干预和治疗。但目前为止,特效药是没有的。

我说请问医生,这个病危害大吗?

她说是的,无论是先天的,还是后天的,孩子一旦患上自闭症,他的兴趣会越来越窄,行为也会越来越刻板,严重的有可能一个早上只重复一件事情。这不仅严重影响孩子的生理心理和智力的正常发育,还会使孩子的语言功能和神经完善功能出现停滞。严重的患者,目光呆滞,反应迟钝,随着年龄的增长,会彻底失去交流能力和自理能力。有的患者,还会出现自伤自残等行为,甚至有可能发展到施暴或轻生。总之,自闭症危害极大,如果不能有效治疗和控制,不仅对孩子的未来产生极其负面的影响,对绝大多数人来说,会抱憾终身。

我的心一阵绞痛,好好的孩子,怎么就这样了呢?

马主任注意到我的反应,语气温和地说,依放同志,有句话叫解铃还须系铃人,你听说过吧?

我急躁地说,对不起,请您明说吧,孩子的病该怎么治?我该怎么办?

她想了下说，孩子后天患上自闭症，一般都是家长忽视的结果。尤其像你们，忙工作，忙事业，顾不上家庭和孩子。孩子自闭了，不但不警惕，反而觉着孩子乖，导致病情不断加重。我说解铃还须系铃人，意思是，既然孩子自闭是家长的忽视造成的，那么知道了原因，就应该负起家长的责任，做有担当的父母。目前为止，干预和治疗孩子自闭的最好的方法，不是药物，也不是他人的心理干预。明白我的意思了吧？医院可以进行对症治疗，但不是最好的方式。也就是说，源头上发生的事儿，还需在源头上解决。明说了吧，父母的亲子交流，对患上自闭症的孩子来说，才是最好的心理干预，才是最好的治疗，也是真正的灵丹妙药。但治疗过程，会非常艰苦，有时会极端困难，你得有足够的精神准备。这么给你说吧，治愈孩子的自闭症，需要整个家庭全力以赴，尤其是父母，得有绝对投入的打算，我主要指的是时间和精力，而要做到这一点，没有坚强的意志品质是不行的。如果你能叫孩子开口说话，重新叫你爸爸，那孩子的治疗就成功了大半；你能叫孩子听你的话，和你一起出去玩儿，和小朋友们无拘无束做游戏，晚上听你讲故事，白天听他讲故事，那就是百分百的康复。

4月23日

昨天从医院回来，我直接回家，小勇睡着了，小琴在洗衣服。

我坐床边长时间地看着他，高高的额头，微卷的黑发，长长的眉毛，很像丁丁，尤其大大的眼睛，谁见了都说像女孩。高挺的鼻子，清晰的嘴唇和我一样，照丁丁的话说堪比模板。他耳朵比一般孩子的要大，耳垂又圆又厚，既不像我，也不像丁丁，倒跟他爷爷的有点儿像，看来是隔代遗传。他的手指又细又长，丁丁说适合学艺术，玩乐器，可他似乎缺少音乐细胞。我给他买的机械狗，大眼熊，上足发条都能播放音乐唱儿歌，他都不感兴趣，就喜欢车子皮球之类的东西。

记得两岁时，我无论出差回来，还是下班回家，还没进门呢，他就能听出我的脚步声，大声地叫着爸爸去给我开门，然后扑到我怀里，由着我抛高，咯咯咯咯笑个不停，揪我的耳朵，捏我的鼻子，拍我的脸，高兴得不得了，然后就翻我的包，知道里面一定有好吃的好玩的。

一次我出差三个多月回来，他明显高了胖了，会说的话也更多了。可我在他眼里却陌生了。他不愿意到我跟前来，很勉强地接受我的礼物，不愿回答我的问话，用很不友好的眼光观察我，敌视我。是的，就是敌视，在我亲近他的时候，他会使劲挣扎，大声叫喊。最难忘的是，晚上他绝不让我碰他妈，瞪着眼睛，两只小手使劲打我推我，时刻保持警惕，直到实在挺不住了才会睡着。而我们只当是孩子聪明可爱，被他逗得开心极了，幸福极了。

现在看来，那应该是发病的开始。

因为没过多久，丁丁告诉我，孩子像是遗传了我的数学天分，她教会他写1、2、3，他就没完没了地写，教会他1+1=2，他就用能找到的东西，没完没了地摆

1+1=2。我说好啊,从小爱上数字,爱上数学,将来一定有大出息。

就是那段时间,史无前例的运动如火如荼,大批判,大革命,大字报,大斗争,谨严的秩序倾覆了,是非的观念颠倒了,工作失去了动力,人心陷入了混乱,革命无罪,造反有理,红袖章,绿军衣,标语满街,口号震天,行政停摆,车间停产,里里外外硝烟弥漫,人人都是革命者,个个都是造反派,目标就是打倒走资本主义道路的当权派。

我不知道究竟发生了什么,不明白是怎么回事。

在发现儿子生病之前,我全部身心和精力都在研究课题上,脑子里除了函数,就是方程,对外界发生的事儿,既不敢知道,也不想明白。

我有我的使命。

我深刻地知道,在高度复杂的函数方程的星空里,你既没有翱翔的翅膀,也没有透视的眼睛,你只是跟着感觉走,任何的进取、理解和发现,都是瞬间的顿悟和直觉,必须紧紧地抓住,还必须保持绝对平静的心态,像是走在钢丝上,容不得半点的分心和走神。

但外界影响是客观的,提心吊胆是必然的。

因为担心被揪斗,害怕扣上白专道路的大帽子,我在办公室工作,无论白天黑夜,窗帘始终捂得严严实实,不敢露出一丝灯光,不敢弄出其他响动,吃喝拉撒能不出门就不出。

有天傍晚,不知啥会儿回来的老邓,突然上门和我谈话,在了解了我的工作进展,看了我的部分手稿后,说很好嘛，你最近就待在这儿，潜心研究，保持状态，有什么困难及时找我。我若不在，就找书记。他知道我在哪里，可以随时给我打电话。说你知道隐居的意思吧？我说知道。他风趣地说，好啊，你就在家做隐士，专心研究部里交给你的任务。要排除干扰，不要胡思乱想，有关部门给厂里有特别的安排和交代，上面也有特殊指示，科学研究人员的安全是有保障的，不会受到恶意的捣乱和干扰。

至于外面发生的那些事儿，以后你会知道，也会明白。

现在我要告诉你的是，你要在现有的基础上继续努力，一定要坚定信心。我们的脚下没有地震，地球也没有世界大战。进一步说，即使有八级地震，即使有世界大战，对你而言，也要把它看成是数字变换。明白了吧，你现在进行的就是战争，而且是一个人的战争。想想爱因斯坦在世界大战中的经历，你的心情就应该平静。如果定力不够，就想想我们都熟悉的狄拉克方程。那可不是一般的方程啊，它具有让人海阔天空的视野。当然，我并不是让你立刻就做爱因斯坦或狄拉克那样的超级天才，创立量子力学那样的伟大理论，更不是让你做数学界的魔术师。即便你有这样的才华和能力，还要有足够的努力和奋斗，还要有天赐的运气和耐心。我的意思是，一个数学家，尤其是青年数学家，在脱颖而出时，至少应该具备三种力：第一，惊人的专注力，记住，我说的不是寻常，是惊人；第二，不遵常理的洞察力，这需要过人的天分；第三，深刻超常的智力，也就是智慧。具备这三种力，就有可能摆脱盲目，完成由普通天才到超常天才的转换。

要时刻注意，无论研究进行到何种阶段，千万不要被方程的哲学含义所困扰。

尤其在当前形势下，要时刻明白，纯粹数学的火种，点亮的必定是科学的灯塔，而你正走在点火的路上。

必须要警惕的是，尽管火炬是那样诱惑，方程是那样的魅力，如果你只关注到它的辉煌和美丽，就会迷失在它的山谷里，从而错过通往真理的高峰。

老邓说的对极了，在我失落迷茫的时候，这不仅是宝贵的教导，更是一次人生的充电，我的心里充满了感激和力量。

其实，一些事儿我不是不明白。

两弹研制成功后，更进一步的进程刻不容缓，技术研发等核心部门受军队保护，不管政治形势多么复杂，重中之重是不能停下来。冷静观察就会发现，我和丁丁的单位，以及其他重要科研团队，似乎都处在风暴的风眼里，周围强劲的飓风，滔天的巨浪，都围着风眼在旋在转，令人眼花缭乱，惊心动魄。但风眼的内部则相对稳定，无论外界如何天翻地覆。

但事情又是复杂的，不可预测的。

比如说丁丁所在的单位，几个月来一直在无序的状态里各自为战，混乱之下，几乎成了风浪里的孤岛，正常工作和对外联系基本中断，但下达的科研任务还必须完成，其骨干力量的困难和紧张可想而知。丁丁出差，有去无回，她来信含蓄地介绍了那边的情况，可怕的乱象和糟糕的处境，使他们的工作彻底停摆，大伙儿人心惶惶，何时正常遥遥无期。也就是说，在国家重要的科研部门，一些核心实验也被迫停止，无奈之下，她短时间内是回不来的。

这情形，与我正研究的自由电子在非常规下的能量状态，及特殊粒子波的函数方程的某种表达十分相似。

写到这儿，我突然莫名地激动和亢奋，一些奇怪的联想如彩色的流星，强烈预感里，似乎那个神秘的方程，奇异的算式，就在前方的某片森林里或某个星座下，精灵似的等待着我，期待着我。而我只要找到它，就会茅塞顿开，所有的障碍和问题都将迎刃而解。

可就在这时，我的眼前浮现出的，是小勇呆滞的眼神和无助的表情。

看着他酣睡的样子，我的心脏顿时慌颤。

强烈的内疚吞噬着我，撕扯着我。

毫无疑问，我人生的方程发生了错位，致命的错位！

然而，人生真的需要方程吗？

是的！

他人如何我不管，我需要，绝对需要！

我有妻子、有孩子、有家庭、有父母、有亲友，他们是我人生是我生命中最最重要的组成部分，如果失去了他们的存在和组合，我人生的方向和生命的意义，就没有了等号。诚然，我知道世界历史上，有过许多为了事业，忽视家庭或干脆不要家庭的伟大的科学家、思想家、艺术家和名人，比如说牛顿、哥白尼、帕斯卡、诺贝尔、笛卡尔，还有柏拉图、达·芬奇、伏尔泰、贝多芬、甚至英国女王伊丽莎白一世。但他们是他们,我依放是依放。不同的人生,不同的国度,不同的事业,不同的境况,对世界对人生倾注的情感和理解理应各异。

医生说了,解铃还须系铃人。

该是担起责任的时候了!

4月24日

今天是我生命中极其特别的日子。

我决心从今天开始,认真按马主任说的做,每天花半天时间,上午和下午隔天相错,专门陪伴儿子,争取用最短的时间,让他重新叫我爸爸!

可我想得太简单了。

整整一个上午,他完全无视我的存在,不吃我给他的食物,包括糖果,不要我给他的玩具,不让我到他跟前,也不让我动他的东西,否则就大哭大闹。不论我怎么叫他,逗他出去玩,都不理不睬,一声不吭,像是没听见。要喝水,要吃东西,要撒尿,就冲小琴喊叫。无论我为他做什么,都是皱眉咧嘴,一副胆小害怕的样子。吃午饭的时候,我见他爱吃肉,就挑了块肥搭瘦,满怀欢心给他喂。他先是拒绝,而后生气,再然后小手一挥,竟然连同筷子一起打到了地上。我当然不能生气,更不能烦躁,但除了尴尬和难过,真不知道该怎么做。

之前我和小琴有过沟通,我向她介绍了医生的诊断和治疗方案,对她没有任何的责备和埋怨。她虽然没说什么,但眼睛里表现出的是内疚和感激。这就够了,我需要的就是她的理解和配合。她表现也还主动,至少第一天不错。

回到办公室,我痛苦了整整一个下午,不想工作,什么都不想干。下决心之前,我想到过失败,但更强大的是信心,我甚至有过一个上午就让他再叫我爸爸的想法和冲动。

然而现实是如此无情和残酷,整整一个上午,别说让他对我开口,连正眼都没看我一下。

不由得想起马主任的话:

……源头上发生的事儿,还需在源头上解决……父母的亲子交流,对患上自闭症的孩子来说,才是最好的心理干预,才是最好的治疗,也是真正的灵丹妙药。但治疗过程,会非常艰苦,有时会极端困难,你得有足够的精神准备。这么给你说吧,治愈孩子的自闭症,需要整个家庭全力以赴,尤其是父母,得有绝对投入的打算,我主要指的是时间和精力,而要做到这一点,没有坚强的意志品质是不行的。如果你能叫孩子开口说话,重新叫你爸爸,那孩子的治疗就成功了大半;你能叫孩子听你的话,和你一起出去玩儿,和小朋友们无拘无束做游戏,晚上听你讲故事,白天听他讲故事,那就是百分百的康复。

如此看来,我太轻率,太自以为是了。

明天重新开始。

4月29日

我认真听从马主任的建议,放下手头所有工作,集中精力,转换脑筋,努力进入是父亲也是母亲还是医生的角色。

首先要做的,是用耐心和爱心,让他开口说话。

一连四天,我用了两个上午两个下午,一心一意陪伴他。

我不再用糖果和玩具之类的东西讨好他,打动他。而是在他跟前一刻不离地和他说话,用他曾经熟悉的声音和语言,动作和方式,不停地说笑。不论他玩什么,都想方设法参与进去,和他一起玩儿,时刻观察他的神态,揣摩他的内心。用马主任的话说,是用外力的干预和情感的电流,打开他关闭的频道。

他习惯在地上玩儿,我索性把地板擦干净,铺上大毛毯,陪他摆积木,吹气球,跑汽车。

他发呆的时候,我不停地叫他的名字,喊他,逗他。

我说小勇啊,你是叫小勇吗?

小勇是谁?

小勇不是你,是我!

不不不,我不是小勇,你也不是小勇,那个小狗才是小勇!

不对不对,小狗也不是小勇,这个卡片上的小熊才是小勇!也不是吗?那好吧,小熊的耳朵才是小勇。

我边说边挠他的痒痒,揪他的耳朵。

怎么也没想到,我的努力不但毫无作用,还适得其反,引发他强烈的不满和激烈的反抗。

真的是反抗啊!

他突然抱住我的手,在我手背上狠狠咬了一口。

我愣了,我震惊。

我忍住疼痛一动不动,冷静地看着他,看他使尽全力拼命地咬。

是的，是拼命，幼儿也会拼命。

他两只小手，一只攥紧我的手指，一只抓着我的手腕，蹙眉瞪眼，咬得浑身抖动面红耳赤也不松口，恨不能咬下一块肉来。

他松开来的时候，既不看被他咬出的伤口，也不看我的眼睛，仿佛我根本就不存在，他咬的只是一块碍事的橡皮，是一截烦人的木头。我的心不由得寒战，整个脑门和后背都是凉的。天哪，怎么会这样呢，他只是个三岁半的孩子啊，怎么会有暴力，怎么会有仇恨呢？

这是暴力吗？

是的，对幼儿来说，这就是暴力，至少是暴力倾向！

这是仇恨吗？

是的，对幼儿来说，这就是仇恨！

而我是他的父亲，在陪伴他，在亲爱他呀！

随即想到，干吗要想暴力，干吗要想仇恨，他是个幼儿，根本没有成人世界的任何概念，咬你，是因为不喜欢，是因为讨厌，是因为本能的冲动。

那么这冲动，是不是意味着某种改变呢？

想到这，手上的疼痛顿时消解，眼前犹如雨后的天空。

我说小勇你看，你把爸爸的手咬坏了！

还真是咬坏了，伤口位于虎口上方，两排细密的牙印清晰极了，下排的齿印已经渗血，周围开始明显红肿。

他不理我，我把伤口伸到他眼前，说小勇你真坏，你把爸爸的手咬破了，看啊，都流血了，好痛啊！说着，我故意抖动手臂，装出很疼很痛苦的样子，极力引起他的注意和反应。

令人失望的是，他只是略显惊讶地瞥了我一眼，对那已经渗血的伤口看都没看，就毫不犹豫地拨开我的手，抓起一块积木，使劲朝我砸了过来。

我来不及躲闪，积木直接砸在我的喉结上。

那一刻，我的心猛然疼痛，针扎似的，疼得无法呼吸，疼得大脑苍白，疼得惊魂动魄……

我觉得我要死了，强烈的濒死感，绞索似的勒着我，耳鸣电闪，眼前黑炫。

冷汗冒出来，天地在塌陷……

可我没有倒下，我在剧烈的疼痛中猛然缓过了一口气。就这一口气，我感到了剧烈的心跳，看到了窗外的阳光，心脏的疼痛缓解了，闷胀的大脑还在晕眩，但消失的意识回来了，我感到了自己的存在，看见了面前的小勇，他趴在毛毯上，又是旁若无人，又在玩他的小汽车了，像是什么都没发生过。

我双手捂胸，大口喘息。

小琴吓坏了，大声喊，叔叔，叔叔你怎么了？

我努力保持镇定，做出最佳姿态，朝她摆了摆手，咧了咧嘴，示意没事儿，好像我是在演戏，故意装给儿子看。

她相信了，露出不可思议的微笑。

胸口还在闷痛，但我知道没事了。

我为自己的行为感到羞愧。

这是虚荣吗？

是的，男人的虚荣，父亲的虚荣！

可即便是虚荣，我也要坚持到底。

我就那样一动不动盯着他，悲哀的心情堪比绝望。

有那么一瞬间，我的心情骤然转晴，感觉他把积木使劲砸中我的喉结后，眼睛一下子瞪得很大，像是吓着了，里面满是惊讶和害怕。就在那惊讶和害怕的后面，有着孩子真实的歉意和后悔。

是的，孩子也有歉意，也会后悔。

记得他不到两岁时，发生过一件事，吃饭的时候，他不听话，把盛粥的碗打翻了，丁丁假装被烫着了，捂着手看着他哎哟哎哟地喊叫，他的眼睛一瞬间就冒出了泪水，撇着小嘴哭了起来，声音好大，好伤心，就像他被烫着了。

随即我就自嘲地笑了。

我知道，以前是以前，现在是现在，我那所谓的感觉，只不过是我的想象，是美好的愿望。事实是，我所有的努力都是失败。此时此刻，我在他的眼里和心里，与陌生人并无二致。别说撬开他的嘴，让他说话，让他重新认识我，接纳我，叫我爸爸，即便不拿我当敌人，都很难做到。

我的心好酸，好痛。

泪水不由得掉了下来，真想到没人的地方痛哭一场。

怎么也想不明白，自己的亲生儿子，还啥事都不懂呢，无论你对他多好，愣是不拿正眼来看你，还拿你当讨厌鬼，憎恶你，仇恨你，你越是亲爱他，他就越是反感你，不和你说一句话，连点头摇头之类的表情都没有。

这太可怕了，我感到了从未有过的惊悚和恐惧。

如果就此发展下去，随着他不断长大，病情越来越重，后果不堪设想！

回到办公室，看着红肿的手背，看着两排细小的牙印，心里五味杂陈，却也越来越亮堂。

所谓亮堂就是明白。

现在说啥都没用，面对如此可怜的孩子，如此幼小的病人，你所能做的，就是力所能及地加倍地关爱他，亲近他，用实实在在的爱心真心和贴心，试着打开他生锈的枷锁，走进他孤独的内心。

而这不仅是责任，不仅是天职，还是悔过，还是救赎。

想到这儿，再看手上的伤痕，忽然觉着，他今天的表现，也许不是坏事，愤怒总比麻木，总比自闭要好。

4月30日

昨晚睡了个好觉，九点躺下一气睡到六点半，感觉神清气爽，浑身是劲儿，这可是很久没有的事儿了。

看来心态决定行为，行为决定结果。

早上一上班，我去找马主任，想把这几天小勇的表现和我的想法向她汇报一下，交流一下，认真听听她的建议和指导。遗憾的是，她在排练院里组织的革命歌曲大联唱，"五一"参加全厂庆祝表演。

我不敢打扰，赶紧溜之大吉。

一进楼道，就听见小勇在哭，嗓门又尖又利。

奇怪的是，见了我，他突然就不哭了。

小琴有些紧张地说，昨晚小勇半夜醒来，又哭又闹，刚才拉屎,拉出了几条又白又长的虫子,吓死人了。

我安慰她说,不是给你说过了嘛,昨天给他吃的糖叫宝塔糖,是专门给孩子打虫的。虫子是蛔虫,寄生在肠道里,打下来,孩子夜里磨牙受惊的毛病就都好了,没准性格也会改善。

昨晚反复考虑,对孩子的快速治愈,我已不抱幻想。

没了幻想,也就没了包袱。

没了包袱,精神不再焦虑,睡眠回来了,脑子也就清楚了。

毫无疑问,人生没有方程式。

儿子的治疗,不可能以数学的设置以你的意志为转移,更不可能一蹴而就,必须做长期打算。既然是长期打算,就得是任务,是每天重要工作的一部分。既然是工作,就得有目标,有期限,有步骤,就得把有限的精力和注意力分解开来,集中到重点上。

眼下的重点,既是孩子,也是工作。

首先解决孩子的问题,这事办好了,其他事情迎刃而解。

糟糕的是,每天分割半天出来显然不行,得把整个白天用在孩子身上,这样晚上就能安心工作。

整整一天,我陪伴孩子,不停地和他说话,逗他玩儿。

他还是对我不理不睬。

我更加仔细地观察他,发现他不但不愿与我交流,也不喜欢小琴,不愿跟她出去玩儿,若非强迫,他绝不出门。发呆的时候,两只眼睛毫无表情,木愣愣地瞪着前方。如果你在很近的距离和他对视,他的反应是恼怒,会毫不犹豫地举手打你或抓你，但不说话，似乎他的手势就是他的语言，就是他的心声。

我不敢带他出去，怕人看见了找我麻烦。

还好，小琴反复听我讲道理后，明白了我的用心，她严格遵守我的安排，带他在阳光最好的时候出去转悠，尽量接触其他孩子，每天至少一个小时。

值得高兴的是，午饭我给他蒸了两个鸡蛋，他全都吃了，还吃了半碗小琴做的手工面，外加半个土豆。小琴有点儿紧张，小勇一顿饭从没吃过这么多，怕给撑着了。我说没事儿，他打虫成功，饭量大增是好事儿。

5月2日

丁丁来信了，两页纸几乎全是说小勇。

说她最近非常非常想念他，老是梦见他，醒来的感觉很不好，心慌、压抑、难受、恍惚，浑身冷汗，小勇似乎就站在眼前，衣服肮脏，头发凌乱，黄皮寡瘦，满脸是泪，可怜巴巴望着她，啥话不说，连声妈妈都不叫。

她担心，她紧张，害怕是某种不好的预感。

说每当梦醒，她头脑异常清楚，睡意烟消云散，恨不得马上回家。

有那么两次，梦里的预感强烈地告诉他，小勇出事了，像是生了重病，身边一个大人都没有，好凄凉，好可怜。说她明知道是梦，可眼泪还是不停地流啊流，怎么止都止不住。

说这段时间，她仔细想过，她是个不称职的母亲，对不起孩子的地方太多太多，动不动就把他扔给小琴，关爱得太少，亲近得太少。这一半年来，孩子似乎长大了。其实不是长大，是孤独，孤独到连话都不愿说，可她愣是麻木，凡事总以自己的工作和需要为优先，早上离开，晚上回来，仅有的那点儿时间，也没用在孩子身上。

说她太自私，太不像话了，很少从孩子的角度替孩子考虑，总是有意无意把他当大人，认为只要吃好穿暖，他就会自然成长，就会健康，就会长大。其实，这实在是很大的无知和不幸，只要想起，心里就满是愧疚和不安。

说这次回家，一定跟领导好好谈谈，争取让她少出差，或不出差，为此，分配她干再多的工作，哪怕每天加班加点都可以。她要待在家里，和孩子在一起，陪伴他成长，给他应有的母爱和关怀。

这封信我看了一遍又一遍，心里好生奇怪，她在几千里之外的北京，竟能遥感到儿子的状况，而且是梦境，而且对儿子对自己的所思所想，全都超越了以往的认知，真切得令人感动。

这可不是一般的反省。

这两年，因工作关系，我大多在外面，无论是否有过空闲，从未像她这样想过孩子。她的前两封信，已经有过类似的感觉和担忧，但我以为，那只是女人的天性，现在知道，那是心灵的相通，那是灵魂的感应。

我立刻给她写回信。

告诉她小勇一切都好，身体健康，活泼可爱，啥病没有，请她放宽心，保重身体，安心工作。说我最近哪都不去，工作相对清闲，没有任何压力，厂里也没啥大事，每天都和儿子在一起。说为了弥补我过去对儿子犯下的过失,我每天都有面壁思过的冲动,而行动重于一切,我已经学会了蒸蛋羹,包馄饨,煮粥炒菜煎饼都已上手,炖出的排骨汤儿子爱吃极了,还会做至少三种口味的土豆泥,等等,叮嘱她好好工作,不要分心,不必牵挂,千万不要胡思乱想。

信写好了,我对自己的谎言十分满意。

为了让她真正安心,我把前几天抱着儿子拍的照片也塞进了信封。

照片上的小勇看上去精神饱满,两只眼睛瞪得很圆,像是突然看到了什么奇怪的东西,我的形象差了点儿,但也将就。

信塞进了邮箱,我心里热乎乎的,眼前满是丁丁笑容灿烂的样子,她就在我跟前,满意极了,微笑着习惯性地理了下额头的散发,动人的眼睛一眨不眨地望着我,似乎想说什么,又像是期待着什么……

我心里猛然一酸,视线顿时模糊,是泪水,我忍着,为了不让他人看见,赶紧低头抹脸深呼吸,快步离开邮局。

我想念丁丁,想死她了!

5月10日

五月三日开始,我将孩子的吃喝拉撒全都接了过来。早八点至晚八点,由我全权负责,晚上由小琴接管。

今天是第八天,我经受住了考验。

从四月十九日,发现孩子患自闭症开始到今天,整整三周过去了。我从一个从没认真关心过孩子的冷漠自私的父亲,成了一个既当爹又当娘因内疚而忙碌而悔过的男人。而这都不重要。重要的是,经过三周的艰苦努力,儿子的病情有了一定的好转。照马主任的话说,取得了可喜的进展。

从前天开始,他不再敌视我,不再仇恨我了。

我在他的眼睛里又看到了久违的透明的光亮,虽说那还不是他曾经的天真,也不是孩子应有的单纯,但当这眼睛不再回避我,不再反感我,不再警惕我,不再排斥我时,我感到了由衷的安慰和快乐。我生怕这来之不易的改变稍纵即逝,一而再再而三地验证,没完没了地确认,还不放心。直到昨天早上,他用明亮的眼睛直视我,有意无意地迎接我,在我喊着小勇快乐地迎向他时,他突然笑了一下,举起小手不是来打我,而是抱住了我的腿。我的心快乐得突突直跳,别提有多激动了。老天爷啊,这不是做梦,他真的接纳我了!

鼻子顿时发酸,泪水唰的一下就涌了出来。

不知咋回事儿,自从孩子得了自闭症,我决意和他在一起,发誓要治好他,动不动就会内疚,就会情不自禁地忧伤和心痛,像是多愁善感的女人。

我以前可不这样,从不流泪。十六岁那年,跟人下河抓鱼,脚掌被河底的异物刮去一块肉,血流如注,疼得钻心,被人背到医院,从受伤到缝针,硬是咬紧牙关,哼都没哼一声,几次天旋地转,差点儿疼昏过去。

现在都这么大的人了,咋就这么没出息,这么脆弱,这么无能了呢?

我忍住阵阵酸楚,把孩子抱起来,紧紧抱在怀里,就在想要亲他额头的时候,他突然剧烈扭动,一下就挣扎了下去。我的心顿时一揪,真想再次把他抱起来,可我忍住了。我现在知道什么叫尊重,即便是幼儿,他也有他的选择,有他的意志,虽说那只是本能,但许多时候,本能远比理性强大得多,甭说三岁半的孩子,即使婴儿也是如此。如果你懂得了对孩子的尊重,爱就不再是笼统的概念,而是具体的行为。你会自然而然地体贴他,观察他,保护他,琢磨他,怀着谨慎,怀着疼爱,试着进入他的内心,知晓并理解他的行为和意图。

一旦这样,所有事情就会自然得多,顺畅得多,有趣得多,也美好得多。

因为这一过程,你和孩子不仅有了亲和的愿望,亲密的感觉,还有了亲昵的交流,彼此的需要和相互的信任。

这大概是我三周来最重要的发现和心得。

我真的好兴奋,像完成了一个不可能存在的方程。

两天来,我越来越深刻地认识到父亲的含义和责任。

这么大点儿孩子,病成这样,作为父亲,竟然一点儿都不知道,一想起来就令人心痛!他才三岁多点儿啊,正处在最需要父母,最需要关心,最需要爱护的时期,可就在这身心发育智力成长最最重要最最关键的时刻,由于你的失职、麻木和无知,使他幼小的心灵,受到了重大的损害,以至于孤独,以至于自闭,天下还有比这更严重的失职和失误嘛!

可喜的是,事态终于有了改变。

糟糕的是,我的身体出了状况,疲乏得厉害,心脏似乎有毛病,难过或冲动,痛苦或兴奋的时候都会疼痛,有的时候像针扎,有的时候是隐痛,会不会是传说中的心绞痛呢?

明天得去见马主任。

现在得给丁丁写信。

5月11日

拉开窗帘,眼前猛然一亮!

天哪,下雪了!

是昨晚下的,厚厚的春雪,给基地的楼群、厂房披上了洁白的绒装。

天正在放晴。

昨天还枯瘦的山峦,现已成为漂亮的雪山。

淡淡的霞光晕染着白云,空透的视野美不胜收。

我顾不得洗漱,拔腿就往家跑。

小勇还睡着,我让小琴赶紧叫他起来,趁着早上清净,气温还没起来,我要带他堆雪人,这是和孩子交流的最好的机会,决不能放过!

五月的高原,早晨的气温本来就低,雪后更是清寒,零度左右是肯定的,好在没有风,红日初升,蓝天白云,令人心宽气畅,真是爽快!

我是堆雪人的高手,还会雪雕,在哈尔滨的时候,没少参加比赛,虽说没得过名次没拿过奖,但我就是喜欢冰雪,创作能力和艺术感觉向来不错。小琴给孩子穿衣喝奶的时候,我已经做好了准备。最重要的是完成了构思。

到了雪地里,大家都很兴奋。

我一边和孩子说笑,一边用极快的速度连铲带拍堆砌了一个一人多高的瓷实的雪堆,然后迅速铲出两个大样,在孩子尚未厌倦的时候,开始给他讲大灰狼和小矮人的故事,边讲边干。先雕大灰狼,红舌头、绿眼睛、尖耳朵、大尾巴。然后是小矮人,圆眼睛、红鼻子、小嘴巴、招风耳。我让他给大灰狼的鼻子上抹黑灰,给小矮人的头上戴帽子。

他高兴得哈哈大笑,开心极了。

遗憾的是,他还是不开口说话。不论我怎么诱导,怎么教他,喋喋不休嗓子都要喊哑了,他就是不叫爸爸,也不叫小琴姐姐,什么都不说,似乎已经遗忘了所有的语言,成了个可怜的哑巴孩子。

我难过极了。

但还是收获了成功,面对大灰狼和小矮人,孩子表现出的是前所未有兴奋和激动,他用一个又一个雪球使劲打大灰狼,把小矮人头上的帽子摘掉又戴上,反反复复玩花样,围着雪堆来回奔跑,摔倒了爬起来,似乎更高兴,脸蛋冻得通红,眼睛里却是灿烂的光亮和天真,不停地发出"咯咯咯"的笑声。

5月18日

时间真快,又是一周过去了,孩子还是不说话。

马主任安慰我说,你已经取得了不错的进展,重新获得孩子的接纳和亲近,是了不起的成绩。语言障碍是自闭症典型的特征,突破语言的障碍,往往意味着痊愈的到来。因孩子个体的差异有时会很大,你得保持耐心,要有坚持到底的打算。我无法给你准确的时间,大概的预测也做不到。但有一点是肯定的，几乎所有孩子的自闭症都能治愈，不是靠药物，不是靠医生，而是靠爱心，尤其是父母的爱心。你是我见过的责任心最强的父亲，具有坚定的意志品质，相信你一定会获得最终的成功。

然而我真的能成功吗？

昨晚九点来钟，老邓突然打来电话，询问工作进展情况。

自从把孩子的吃喝拉撒都接过来，陪伴孩子，照看孩子，我感受到了前所未有的安慰和踏实，忙得晕头转向，没了东南西北，这才知道，带孩子是如此艰苦和劳累。尤其小勇这样的孩子，在保证他吃好喝好睡好玩好的同时，你得时刻与他说话，与他交流，千方百计讨好他，亲近他，让他接纳你，信任你，唯有这样，才有可能在那若隐若现的独属于人性的迷宫里，找到那把与生俱来的神秘的钥匙，打开他心灵闭锁的大门。无论他对你什么反应，什么态度，你的心态，你的付出，你的作为，没有任何前提和条件。还必须高度尽责，时刻谨慎，容不得半点忽视和草率，否则就会前功尽弃。而难上加难的是，你所有的艰辛和努力，与你的愿望和目标，不会在一条直线上。也就是说，你只有方向，没有通道。只能逢山开路遇水搭桥。感觉就像一匹跋涉在泥沼里的老马，前路茫茫，没有尽头，周围空旷，孤立无援，而你已经气血衰竭，筋疲力尽。

可你不能气馁，不能倒下。

令人费解的是，就在这既是爹又是娘的艰难日子里，我的思维格外活跃。

晚上回到办公室，无论多累，稍事休息，只要挣扎到桌前，就能全力以赴进入数字的迷宫。幸运的是，由于方向明确，心境安宁，白天劳累无须耗费脑力，打开宫门，就能重上轨道。这也是多年的习惯，无论何时何地，看到熟悉的数字和符号，意识就会单纯，心情就会愉悦，感觉就会敏锐，精力就会充沛。

我向老邓如实汇报了我的情况。

他让我想象狄拉克方程，我还真从狄拉克对波函数和标量场的感觉里获得了灵感。用复变函数中的单值解析函数理论、黎曼曲面理论、几何函数论、留数理论及广义解析函数的一些方法，我少走了不少弯路，解决了不少状态方程中的极其复杂的计算。一些高难的函数方程，也获得了完美的突破，对解决流体力学和核子物理方面的某些问题，具有十分重要的意义。

老邓充分肯定了我的成绩，对我下一步的突破充满期待。

而这下一步，对我来说，无异于对珠峰的冲刺。

在前沿数学领域，在我目前必须解决的难题中，所有崭新的需要完美解决的函数方程和状态方程，都是一座座险峻的珠峰。

每一步，都是更加复杂的挑战和考验。

而我唯一的选择是前行！

虽说老邓从没催促过我，也从没在期限上要求过我，无论面谈还是电话，每次他都再三告诫我注意休息，保证健康，可我越来越感觉到任务的沉重和急迫，越来越感觉到肩头的责任和分量。

好了,不能再写了,得立刻工作了!

30

依楠看完日记的最后一页,已是凌晨两点多钟,她本能地往前翻了下,看到的是陌生复杂的数学符号,突然想起奶奶的警告,一九六九年四月十九日之前的不能看,一个字都不能看!她急忙合上日记,心口一阵突突,刚才她真想看,而且差点就看了。平心而论,她真正想看的是后面的,就想知道自己的父亲小勇到底怎么样了。至于前面的,不让看,那就不看。

挨到天亮,吃饭的时候,奶奶笑盈盈地望着她说:
"昨晚没睡好?"
她点了下头表示认可。
"日记看完了吧?"
她说:"看完了。"
"我知道你看完了。"奶奶得意地说,"昨晚都一点多了,我见你屋里还亮着灯,知道你在看日记。咋样,还想接着往下看吗?"
"当然想啦!"依楠赶紧做出渴望的样子,扑棱着眼睛说,"要不是太晚,我看完就去找您啦!"
"那咋不来啊?你要是来,我拿给你不就得了。"
依楠故意噘嘴瞪眼说:"人家怕打扰奶奶,影响奶奶休息啊。"
奶奶似乎更乐了,试探似的说:"你没看前面的吧?"
依楠的眼睛一下子瞪大,诚实地说:"没!您不是再三交代,不让我看嘛。"

"交代是交代,你干吗在乎我老太婆呢?不就是日记嘛,都五十年了,整整半个世纪了,自己爷爷的,看了就看了,日记不是在你手里嘛。"

"奶奶你真坏,干吗不早说啊!"

"这种事还要说嘛,你这么聪明的孩子,看与不看,不就你说了算。我像你这么大的时候,可是比你有主意。其实,你就是看也看不懂。你爷爷有个习惯,不论到哪儿都背个包带个本,喜欢把脑子里想的怕忘的东西,随时随地记下来。能在日记里记下来的,都是他认为有价值的,大都是数学笔记,专业心得,还有推演过程,理论猜想,偶尔还会有诗句。外人眼里,都是些不着边际的古怪念头,艰涩深奥的数学公式,各种假设,以及相关推导和复杂的方程式。可在当时,里面的很多东西都是机密。"

依楠说:"这就是您不让其他人看的原因?"

"也是也不是。"奶奶若有所思地说,"我是习惯成自然。我不是不知道,这么多年过去了,当时的机密,现在早已过时,论文专著随意可查,很多都是常识。可我让你看的,是他日记里的另类,是他心灵的独白。他很少记录自己的情感和生活,更不用说心灵世界了。但你父亲的自闭症,对他的震撼和打击太大了。他是用日记的形式警醒自己,鞭策自己,决心治好儿子的病,不达目的决不罢休。习惯成自然。就这样,这部分挣扎而成的日记,就成了他艰难拼搏坚强抗争的真实写照。"

"写得真好,让人说不出地感动和难过。"

依楠由衷地说。

奶奶情不自禁地骄傲道:"那是当然,你爷爷身上,有的是艺术细胞。他是个数学家,可在我眼里,他首先是个思想家,而后是个艺术家,再然后才是数学家。他脑子里的东西,永远与爱心和善良相陪伴,永远与科学和真理在一起,从来都没有分开过。你听了我的故事,看了他的日记,不会没有感受,不会不同意我的看法吧?"

依楠笑笑,奶奶的脑子如此活跃,思维如此开阔,她真不知道该说什么。其实什么也不想说,就想接着看日记。可既然奶奶打开了话匣子,她就不能让她停下来,她紧揪住话题说:"谁说我不同意了?我是不明白,数学家与思想家和艺术家可不是一回事儿,他们的人生相差十万八千里,思想境界,精神追求,情感天地,完全不在一个路数上,对生命和价值的理解,怎么可能一致呢?"

奶奶收住笑容,深沉的眼睛望着孙女,不无感慨地说:"你还年轻,再大点儿,读点哲学,懂点儿数学,积攒了阅历,就不会是这样的想法了。当然了,我指的是有研究有思考的想法。人啊,一旦拓展了固有的空间,有了哲学的头脑,数学的思维,就会对社会和人生,产生你自己的想法和态度,这才是最重要的。至于你说的境界了价值了,自在其中。"

"为什么一定是哲学和数学?"

"这我说不好,我的想法,只是个人的体会。"

"可我想知道啊,奶奶,您就说说您的体会呗。"

"还说啥呢,真是没啥可说的。"

"我记得您给我说过,科学的不一定是最好的,最好的必定是真实的,您就说说您对哲学和数学真实的想法和态度。"

奶奶被逼上梁山,倒把她的思路打通了。她喝了口色泽诱人的红茶,若有所思地说:"你这孩子够执着,但我不是哲学家,也不是数学家,对纯粹意识和数学感应,既没有直觉,也缺乏认识,把不准定义和概念。但我知道，在一定层次上，哲学离不开数学表达，而数学需要哲学的时空。"

"这和我们所说的人生有关系吗？"

"当然有！它们之间的关系，就像人和神灵的对话。通俗点说，就是意识和心灵的对话。这可不是我说的。是谁说的我忘了。总之是了不起的大师，不是哲学家，就是思想家，也可能是艺术家。"

依楠突发灵感："您说神灵真的存在吗？"

奶奶被问住了，想了下说："我不知道神灵是否存在，至少现在还不知道。可我对哲学有认识，对数学有理解。在我的意识里，自然和人性不会对立。它们像连体婴儿，具有两个大脑，两对手脚，两副肠胃，却共享一颗心脏。因此我深刻地知道，我们所处的世界，不会有绝对的温暖或冰冷。"

"您说绝对？"

"是的，元素不冰冷，定律不冰冷，数字不冰冷，生命更不冰冷。元素的海洋中，数字的星空里，原子的引力间，我能感受到的，除了亲密的悲伤，喜悦的泪水，还有生命的鲜活，还有本质的诱惑，还有价值的庆典。"

"您说亲密的悲伤，喜悦的泪水？"

"是的，快乐可以是悲伤，悲伤也能是喜悦。以后你会明白，但凡岁月抹不掉的记忆，无论悲剧还是喜剧，无论幸运还是灾难，到了我这把岁数，都能彼此转换。这很像放射性半衰期的原子，能从一个元素到另一个元素，完成一次美妙的嬗变。明白了吧？我说的是半衰期，说的是嬗变。如果经历了可怕的、全新的，也是必然的嬗变，你的生命感觉就会由敏感转向真实，转向自然，就会有亲密的悲伤，就会有喜悦的泪水。"

依楠的眉头不由得紧了，她对这些问题，有过极其专业极其认真的思考，还发表过论文。此刻想想，那些个言辞凿凿的结论，追究起来，不都来自前人的著述和经典嘛。你没有切身的体验，没有科学的考察，没有深入的探究。所谓专业的学术的思考，实际都是命题的解析。既然是命题的解析，所用的方法，不就是他人现成的算式和公式嘛。既然是现成的算式和公式，你所谓的思考和研究，不就是对结论的重复嘛！汗气蒙上来，她的胸口有点儿闷，第一次感到思维的僵硬，像一台超级IA控制的机器，虽说智能，但机器就是机器，你的使命就是接受指令，照章运转，不能疏忽，不能懈怠。问题是，奶奶的说法也不新鲜，似乎也是套公式，可不同的是，她的公式是她自己人生的推导和发现。她从放射性半衰期原子的嬗变，感悟到了生命的本质。因此她的生命感觉，就由敏感转向了真实，转向了自然，于是就有了亲密的悲伤，就有了喜悦的泪水。

依楠豁然开朗，但她需要进一步地深入和证明。

她更加恭敬地说：

"奶奶，谢谢您的指教。可我还是有点儿不明白，您说的这种转换和嬗变，就人生来说，具有普遍意义吗？与我们刚才所说的哲学和数学有关系吗？"

奶奶瞅着不屈不挠的孙女，认真地说："当然有啦，与哲学和数学有关系，必然就有普遍性。但我没法告诉你。世界也好，时代也好，社会也好，都在变，说变就变。人也一样，不确定的因素太多了。

"我老了，老人喜欢谈经验，经验可能是局限。

"年轻人不想受限，就得自觉。

"我说的自觉，指的是觉悟。

"你们年轻人，不可能活在老人的经验里。但有一点是肯定的，大自然的规律就是生命的规律，也就是人生的规律。

"既然有规律，就必然有法则。

"那么对正常的人来说，尽量活得久一些，经受的磨难多一点儿，见证的悲剧、亲历的生死，足够惨痛、足够震撼，有了警醒，有了觉悟，再说价值和意义，才会比较真实和现实。

"这也就是我想要说的，能留在记忆里的，才是真正美好的。

"不管你对这美好，怎么理解怎么想，你人生的脚步，就是你生命的剪刀，被它剪去的，无论是鲜花残叶，还是枯枝熟果，都是途中的必然。而生命就是生命，无论多么高级，走的都是生老病死的过程，可以自然完美，可以丑恶异化，也可以凤凰涅槃。"

"知道了奶奶，谢谢奶奶！可我还有个不大不小的问题，您可别生气啊，我爸得了那么严重的自闭症，您作为母亲，真的一点都不知道吗？"

"不知道！"

"爷爷没告诉您吗？"

"没有！"

"后来呢？"

"后来也没告诉我，他怕影响我工作。你要知道，当时可是一九六九年，正是'文革'如火如荼的时候，全国山河一片红，二机部九院所有的机构都未能幸免。但我们的项目，是国防重点工程的一部分，顶层指示不能停，在北京的工作只是延后，不是取消。而所谓延后，含义不清。我们所有的工作人员，不得不暂停测试，就地学习，参加运动。这一折腾，就是两个多月。待到项目逐渐恢复，各项工作重入正轨，又耗费了一个多月，据说还是上层干预的结果。"

"爷爷在日记里说，他最艰难的时候，最想念的就是您。"

奶奶笑了，每当说到紧要关头或敏感话题，她总是笑，给人以超凡拔俗的感觉，她笑盈盈地说："当然要想念，那次我离开他的时候，你爸爸才三岁多点儿，我一走就是四个多月，把孩子把家全都扔给了他。而他那时候也正在啃课题攻难关，好在他是坚守在二二一厂，如果像我一样，真不知道会糟糕成啥样。"

"您也想念他，想念孩子。"

"这还用说嘛！"

"那后来呢？面对突如其来的变故和灾难，您不仅坚强地挺了过来，而且超越了所有的痛苦和折磨，您是怎样做到的呢？"

"唉！你这孩子，怎么净说废话！"奶奶突然不高兴了，语气异常地说，"我刚给你说过，人要真正理解价值和意义，就要尽量活得久一些，经受的磨难多一点儿，见证的悲剧、亲历的生死，足够惨痛、足够震撼，才会有警醒，才会有觉悟，有了警醒和觉悟，人生才会真实，怎么就忘了呢？"

依楠想了下说："对不起奶奶，我知道了。我的意思是，您和爷爷经历了那么多的痛苦和磨难，尤其是您，经历过巨大的生死考验和心灵创伤，理应对悲痛和灾难避而远之，可您从不畏惧，您是怎样做到的呢？"

奶奶又笑了，她笑着说："你啊，年轻轻的，记性真糟糕，还不如我老太婆呢！我不是刚给你讲了连体婴儿的比喻嘛，还给你讲了放射性半衰期的原子，如何完成一次美妙的嬗变，怎么这么快就忘了呢？不会是我没讲清楚吧！人啊，如果经历了可怕的、全新的，也是必然的嬗变，真正理解了什么是亲密的悲伤，什么是喜悦的泪水，所谓伤痛也能变成诱惑，至少是诱惑的一部分。你明白诱惑的意思。而所谓喜悦，那是奥秘的花蕾。"

"奥秘的花蕾？"

"是的,真正的喜悦,来自奥秘的开放,那是花蕾的辉煌,足以照亮整个夜空。想象一下,那是何等的瑰丽。你快乐过,美好过,幸福过是吧?但都不是喜悦,都与奥秘无关。一旦你窥见了奥秘的花蕾,体验了盛开的喜悦,你会因此而鲜活,因此而智慧。"

"您是说科学的智慧?"

"科学只是人类智慧的一部分,我说的是整个人类与自然,唯有人类与自然的智慧,能使你在奥秘的殿堂里,共享那颗人与自然共有的神圣的心脏。"

依楠又想了下,坚定地说:"奶奶,您窥见过您所说的奥秘的花蕾,有过您所说的喜悦和共享吗?"

奶奶深潭似的眼睛望着她,意味深长地说:"多好的问题啊,可这得问你自己。"见她一脸的茫然,她展开慈祥的皱纹,轻柔地说,"你能记得妈妈的第一口奶水吗?那可是你人生中第一次最最重要的生命体验啊!你不记得,没人能够记得。不用解释,不要反驳。妈妈的奶水也是奥秘。它曾经来过,养育过你,一直都在。可你就是想不起来,不光是你,所有的人,都在忘记它,都在忽略它,都在和它擦肩而过,尽管它总是在那儿不停地喜悦,不停地跳舞,共享你的存在和人生。当然,如果你爷爷还活着,他的看法会不一样,他的思维,他的时空,永远不会在当下。

"好了,我的宝贝,奶奶累了,你还是去看爷爷的日记吧。

"我给你放床头了。

"看完日记,你就不再是现在的你了。"

31

依楠打开日记本,发现前面的几页撕掉了。

再看日期,是 1969 年 6 月 2 日。她记得上本日记的最后一篇是 5 月 18 日。缺失了整整两周。心里不由得遗憾,甚至有点儿恼火。又一想,这肯定是爷爷自己干的,他扯掉了连自己都不想看的内容。茬口上看,撕的时候很用心。不,不是撕的,是用粗糙的东西裁的,但肯定不是刀子。

既然是日记,写都写了,干吗要裁掉呢?

1969 年 6 月 2 日

昨天带儿子过"六一",看小学举办的运动会,这可是千载难逢的机会啊,我和小琴提前制作了简易午餐,准备一天都在操场上。

开幕式够隆重的,有团体操,有大合唱,还有集体舞。之后就是各种比赛。

我发现小勇对集体项目毫无兴趣,对各项赛跑、跳高、跳远也都麻木。说他麻木,是因为这些项目根本留不住他的目光。他喜欢的是滚铁环。铁环大赛不仅热闹,而且好看,二十多个孩子不是分组比赛,也没有固定的跑道,而是排成一大排,准备好了,发令员一声枪响,孩子们齐刷刷抛出铁环,手持操纵杆儿争先恐后滚动铁环往前跑。由于铁环大小不一,有的上面还带响环,滚动起来,哗哗啦啦,响声一片。滚得快的一马当先,慢点儿的一连几次还滚不起来,有的操纵不当滚向了观众,更有心急的不慎绊倒造成混乱,再加上观众的吆喝声、呐喊声、欢笑声,还有喇叭里老师的鼓动声,那场面真是热闹,真是好看。小勇被强烈吸引,拍着小手哈哈大笑,跟着人们使劲跑。我一把抱起他,让他骑在我的脖子上。看着乱套的场面,沸腾的人群,他高兴极了。比赛结束,他突然跑到一个孩子跟前,羡慕地看着人家的铁环,情不自禁地伸出手来摸了摸。

我心里顿时一扑棱,由着他继续好奇,继续激动。

一个多月来,我想方设法避免他的孤独,增加他的兴趣,几乎是一刻不停地亲近他,竭尽所能地陪伴他,就是要复原他本来的天性,打开他闭锁的心灵。

可无论我怎么做,都是碰壁,都是失败。

偶尔能有改善,但解决的不是根本问题。我越是想让他叫爸爸,他似乎就越是抗拒。他高兴的时候,我加倍努力,喊着他的名字,故意拿出不屈不挠的样子,一个劲儿地让他叫爸爸。有那么几次,他的眼睛望着我,那表情,那神态,那呼之欲出的样子,似乎就要叫了。可话到嘴边,眼睛里亮光一闪,就转到了其他事情上。再任凭你怎么费劲,都绝不回头。

更令人泄气的是,上周六我发现,他孤独闭锁的世界,不但没有因为我的努力而改变,有时反而会反弹。具体表现是,中午睡觉的时候,他突然拒绝我躺在身边,非常坚定。而之前他是接纳了我的。我有点儿恼怒,可我已经习惯了克制,感觉我就是他会说话的工具,只能我听他的,绝不可能他听我的。这太可怕了!冷静下来后,我浑身冷战,苦不堪言已在其次,我悲观、恐惧,我越来越悲观，越来越恐惧。想到未来，就是绝望。突然感到，我是多么无能，多么无用，简直就是废物啊！可他是我儿子，是个三岁多的幼儿，是因为我的疏忽才造成了他的疾病，我不能灰心，不能气馁，不能绝望，不能放弃啊！

我是怀着忐忑带着不安和希望带他看运动会的。

就希望一个陌生的场面，一个意外的时机，一个强烈的刺激，打开他闭锁的心窍。好了，这机会似乎真的来了。他竟然如此喜欢滚铁环。门窗正在打开，阳光正在进来。他惊喜地睁大了眼睛，对排斥的世界有了兴趣，对欢腾的场面有了笑声，天真的笑声，纯粹的笑声。似乎一切都那么美好，都那么快乐。

我心跳得怦怦有声，差点儿就热泪盈眶。

后来，他在我的怀里睡着了。

我抱着他，坐在操场边的空地上由着他睡。

整整一天，我与我渴望里的欲念不停地交流，不停地努力。

但遗憾的是，还是没能取得根本突破，无论我和小琴多么用心，还是没能让他叫我爸爸，叫小琴姐姐。

回来的路上，意外碰上了丁丁的同事严涛。

我问他艾丁他们啥时候回来？他说他也不清楚，可能快了吧，因为北京那边已经有相关消息传过来，说那边工作已经正常。这边几个车间也已恢复生产，照此推测，应该快回来了。他知道小勇患病，悄声问我情况咋样。我说还好，一直在恢复。说这话的时候，我有点紧张,小勇就在跟前,多说显然不合适,赶紧将话题引开。我说你知道哪有卖铁环的吗?就是孩子们滚着玩儿的铁环。他愣了下,说你要铁环干吗?我说不是我要,是小勇喜欢,接着就给他讲了小勇在操场上看滚铁环的事儿。他说铁环是大孩子玩的,他太小,恐怕玩不了。我说试试呗,只要他喜欢就行。他皱着眉头想了下说,还真不知道哪有卖的,厂里的商店肯定没有,附近县城也不会有,要买恐怕只有到西宁,能不能买到,还真不好说。

怎么都没想到,两小时后,他竟然给小勇做了个铁环送到了家里。

他是和媳妇小齐一起来的,俩人进门就喊小勇。

严涛把铁环夸张地举起来,逗着小勇送给他。

意外的是,小勇对严涛的铁环毫无兴趣,只看了一眼,动都不动,就扑到小琴怀里,像是害怕的样子。小齐见状,赶紧把一包五颜六色的豆豆糖拿给他。他像是没看见,使劲把头拱在小琴怀里,猫儿似的,动都不动。

我接过铁环,不由得心生感激,这铁环不大不小正适合小勇这么大的孩子,焊口打磨得光洁明亮。为了讨孩子喜欢,还给套上了三个铜环儿,摇出的声音清脆悦耳,操纵杆上焊了把手,真是棒极了。

我说谢谢!想得这么周到,做得这么漂亮,真是太感谢啦!

他大大咧咧地说,这有啥谢的,咱俩分开后,我正好要去机修车间,想起你说的铁环,进去找了个熟人,截了段钢筋,箍圆焊接,也就一刻钟。

我说是你亲手做的?

他说对啊，我没事喜欢瞎捣鼓，多简单的事啊！

他说的是简单，可我是感动！

6月3日

上午十点来钟，我开始教小勇玩铁环。

我知道，想让他很快学会滚铁环，是不可能的事儿，毕竟太小了。我的主要目的是带他玩儿，只要他高兴，喜欢玩儿，就是成功。

意外的是，他竟然一点儿兴趣都没有。

瞅着他木不愣登的表情，昨天他对滚铁环的喜好和眼热，就像是做梦，你不能不恍惚啊。太不可思议了，他不但不喜欢玩铁环，连碰都不碰。我滚着铁环围着他转，嘻嘻哈哈，故意闹出很大动静。结果他自己往家跑，摔倒在楼梯口，磕破了额头，哭得差点儿背过气。

我拿手绢捂着伤口，抱着他一口气跑到医院。

还好，医生说伤口不深，不用缝针。

包扎完伤口，我想带他去见下马主任，可一想到今儿的遭遇和失败，我心口刺痛，垂头丧气，狼狈得真想以头戗地。

6月4日

昨晚工作有点儿晚，一不留神，就到了凌晨四点多。

躺床上，一点儿睡意都没有，脑袋闷胀闷痛，耳内嗡嗡直响，像是钻进了蚊虫；肚子好饿，饿得眼黑腿软，伴着阵阵冷战，感觉随时有可能晕倒。

我深呼吸，尽可能深长地吸气。

这会儿如能吸点儿氧,就能缓解,但这是不可能的。

既然不可能,必须得喝点儿热水,吃点儿东西,尽可能补充些能量。如果丁丁在,那该多好,她在家的时候,每当遇上这样的事儿,她总能感觉得到,提前给我准备热乎乎的夜宵,有时两个荷包蛋,有时一碗肉丝面,或是冲杯奶粉,一个水果几块饼干,吃下去,浑身热乎,不光解乏,还能安眠。

心里想着,牙关不由得咬紧了,挣扎着爬起来,从暖瓶里倒了半杯水,喝了一口,胃里猛一痉挛,强烈的恶心,差点儿让我吐出来。心里不由得一惊,咋回事儿,不会是生病吧?人一紧张,脑子顿时清醒,立刻想起家里有两盒50%的葡萄糖注射液,还有两盒维生素C注射液。前几天头晕,去医院医生给开的,打了一次静脉注射,再去嫌麻烦,就扔在了抽屉里。我敲了两支50毫升的葡萄糖、一支25毫升的维生素C,混在杯子里喝了下去。静静躺了会儿,感觉好多了,趁热打铁,又冲了碗藕粉吃下去,身上的冷战过去了,睡意袭上来,但睡不着,脑子里有弦紧紧地绷着,迷迷糊糊躺了会儿,窗外传来号声,是附近军营里的起床号,紧接着厂里的大喇叭开始广播,前奏是熟悉的小提琴独奏《金色的炉台》。

曙光透过窗帘,屋里越来越亮,新的一天开始了。

我想起来,可身体不听使唤,无论脑子怎么想,身子就是一动不动。昏昏沉沉迷迷瞪瞪,窗外的声响阳光都像是梦,遥远,虚幻,就想那样躺着,一直躺到地老天荒。

恍恍惚惚，感觉似乎在大河里游泳，水质碧透，清爽极了。眼前净是电子的能量算符，一串一串又一串，波浪似的，不，不是波浪，是波函数，是自由电子的波函数。还有那个最诱惑最神秘也是最令人向往的旋量方程，它正排列在空中，在碧蓝碧蓝的天上，在美妙的四维空间里，是的，就是我想象中的四维空间，接受不可思议的坐标的变换……然而，这怎么可能，又是怎么做到的呢？就在我苦思冥想的时候，河面的风突然猛烈，发出刺耳的震动。不，不是风，是无数动量与能量的函数和方程，它们在呼啸，它们在澎湃……

强烈震撼中，我醒了过来。

奇绝的景象消失了，我和衣躺在床上，阳光透过窗帘的缝隙，如白色的利剑刺在桌上，刺在我昨晚摊开来的算式上。奇妙的是，一想到那些玄奥的算式，消失的情景再现了，电影似的，与桌上的算式合二为一，那无数能量与动量的函数，无数旋量方程，像是活跃的集群，排成一个个威武的矩阵，等待着我的号令。

我一个翻身爬起来，眼前一阵黑眩，不由得又躺了下去。

直觉告诉我，我正站在思维的绝壁上，那个由函数和方程排成的矩阵，就是我脚下的岩石，如果不想粉身碎骨，现在要做的，既不是攀登，也不是移动，甚至不是观望，而是闭上眼睛，静静地躺着，停止所有的思维和冥想。

短暂恍惚后，我似乎缓了过来。

厂里的大喇叭正在转播中央人民广播电台的新闻节

目,已经到了国际时段,好像什么什么亲王又来访问了。以往这个时候,小勇已经吃过早餐,该是陪他做游戏的时候。这是我每天必做的功课,不论小勇是否有兴趣,我都得按计划和他玩儿,寻找任何可能的话题和他说话,给他唱歌,给他讲故事,逗他玩儿,逗他笑,甚至故意惹他生气,假装和他吵架,然后顺着他,让他自信,让他赢,千方百计让他说话。然后训练他自己上厕所。每个楼层只有一个公共厕所,不训练是不行的。再然后,是翻着花样给他做午餐,借吃饭和他说话,让他高兴。所有这一切,就是让他摆脱孤独,开口说话,回归正常。

  我知道,只要我坚持不懈,一定会春暖花开。

  而现在正是开花的季节。

  我必须起来。

  可我太疲惫,太孤苦,太艰难了。

  真的不想动。

  干吗要这么累,这么拼啊,休息一天怎么啦?睡上一天又怎么啦!

  想到这儿,心里一轻松,再次躺了下去。

  但睡意烟消云散。

  没了睡意,眼前尽是小勇失望疑问的眼神,仿佛在说,爸爸,你咋回事啊,为啥现在还不来啊,不知道我在等你吗?

  是的,他在等我!

  我不能前功尽弃,我不能自欺欺人!

  我挣扎着终于爬了起来。

  头好晕。

我用热水抹了把脸,看着镜子里疲惫不堪的面孔,红肿无神的眼睛,我做了几次深呼吸,抖擞精神说,这是谁呀,这是你吗?瞧你这德性,你他妈对得起谁!对得起丁丁,对得起小勇,对得起你自己嘛!你配做男人,配做丈夫,配做父亲,配叫依放嘛!

6月7日

小勇感冒了,发烧咳嗽流鼻涕,医生给开了三天的药。

三天来,他似乎更安静了。可怜巴巴躺床上,眼睛里网着红丝,嘴唇干裂,小脸蜡黄。剧咳的时候,上气不接下气,满脸都是鼻涕眼泪,真是吓人。每次给他量体温,他总是一动不动地望着你,像个会眨眼的布娃娃。碾碎的药片相当苦,给他溶在汤勺里,喂给他喝。他苦得直哆嗦,眼泪都憋出来了,可每次都把药水咽了下去,一次也没吐过,看着真是令人心酸,令人心痛。

好在今天下午四点来钟的时候,体温从三十八度五,降到了三十七度二,咳嗽好多了,鼻涕基本上不流了,人也精神了,一次就喝了一碗粥。

我顿感轻松,吃饭的时候,情不自禁喝了杯酒。

6月8日

小勇感冒真的好了。

糟糕的是,他又犯了孤僻症。确切地说,应该是病情加重了。他不再理睬我,不再理睬小琴,无论对他说什么,做什么,都像是对牛弹琴。一静下来就发呆,表情僵僵的，直直的眼神令人恐惧。

6月10日

一连两天，无论我多么费劲，多么尽心尽意，小勇孤僻自闭的症状丝毫不见好转。眼看多少天来的努力全都打了水漂，一切都像是回到了过去，甚至更糟。

我的心情坏透了，是从未有过的抑郁和焦虑。

6月11日

小勇又尿床了。

小琴说，是故意尿的，叫他起床他不起，然后就尿到了床上。

小琴说的时候蹙眉瞪眼很生气，一不小心漏了嘴，说从没见过这么傻的孩子，成天哑巴似的，还坏得不行。

这话深深地刺痛了我。

我见她忙着晒被褥，还要洗床单，到了嘴边的话又咽了回去。她生气有她的理由，带小勇这样的孩子往往更累人，是心累。她已经帮了我很多，我得理解她，得支持她。我啥话没说，想带孩子出去转转，但小勇说啥都不去，拉不行，抱也不行，咋说都不到你跟前。你若坚持，他就反抗。

我知道他是故意的。

他故意尿床，知道做坏事，然后故意别扭。

我心窝发闷，隐隐作痛，右肋下方也不舒服，突然就不想动弹了。

我对自己的行为，自己的能力，孩子的康复，还有未来的前途,陷入深深的焦躁和怀疑。

为了孩子,我尽了最大的努力,做了所有该做的和想到的事。

可除了失败,还是失败。

感觉一点儿希望都没有。

我不想再做无谓的挣扎了,不想再进家门,不想再见那麻木无神孤独无畏的眼睛了,我认输,我认栽,我不配做男人,不配做丈夫,不配做父亲,也许压根就不该结婚,不该生下这个孩子。

那就自作自受。

那就听天由命……

心脏顿时绞痛——

你混账!

你无耻!

孩子刚刚经受了感冒,在床上躺了几天,体力精力还没完全恢复过来,身体虚弱,自然懒床。小琴没有经验,按正常情况催他起床,如果言语不当,很容易激起孩子的逆反。如果真是这样,没准尿床就另有原因。再说了,就算他是故意的,也只是个三岁多的孩子,你该先找找故意背后的原因,再做判断,哪能几句话不对就先入为主下结论呢!再退一步讲,哪怕孩子真的治愈不了,哪怕最终成了残疾,他也是你依放的儿子,发生在他身上的所有的不幸,都有你不可推卸的责任!也就是说,孩子的表现,主因在你。

你忘了,就是这个孩子,从孕育到诞生,曾给过你多少的安慰和畅想,多少的快乐和幸福!

你忘了，为了生养这个孩子，丁丁差点儿付出生命的代价，那两个救了丁丁救了小勇性命的恩人，到现在都还没有找到。

而你，只是遇到了些必然要经历的挫折和困难，就想要退缩，就想要放弃……

想到这儿，冷汗流下来，不由得惭愧和内疚。

但我知道，所谓放弃的念头，不是我的本意……

但它是危险的信号，是可怕的警告！

不论你如何反省，如何辩解，念头本身就是你心理和思想的反应，且已远远超出了怯懦和冷漠的范畴，算得上狠心和残忍！

今天，你对自己的亲生儿子狠心残忍，明天你丧失的就是起码的良心和人性！

还谈什么伟大？

还谈什么事业？

还谈什么科学？

想到这儿，烦人的心疼又来了，右肋下面也有了撕扯的感觉。

但我已管不了这么多了，必须振作起来，必须重新开始，必须再次拼命！

6月12日

真是祸不单行。

今儿一早回家，发现小琴彻底打扫了屋子，给小勇吃喝停当，收拾好了自己的东西，正在屋里等我。一照面，就迫不及待地说，叔叔，对不起，我要走了，今天就回哈尔滨。

望着她焦急不安而又异常坚定的表情，还有躲闪的眼神，我吃了一惊，问她咋回事儿，是不是发生啥事儿了。

她脸一红，啥话没说，把捏在手里的一封信递给了我。

信是她父亲写的，内容很简单，让她接到信后不得耽误，立刻赶回哈尔滨，与张峰完婚。

我大脑一片空白，把信来来回回看了两三遍，才真正明白发生了啥事儿。

实在讲，小琴不是个好保姆，小勇的自闭症她也是有责任的。但三年多来，她本人还算踏实努力，能知错就改，给了我们很大的支持和帮助。现在人家要走，而且是结婚，而且很急迫，哪怕你再想挽留，也是不行的。但立刻就走，似乎也没必要，干吗这么仓促呢！

我说好啊，要结婚了，恭喜你啊！你该早点儿吭声，也好给你准备点儿礼物。要不明天再走？从容点儿，路途那么远，得走几天几夜呢，也不在乎一半天吧。

她说谢谢叔叔，我已经打问好了，也准备好了，赶十一点多的火车到西宁火车站，就可以赶上晚八点的火车，然后在郑州转车，直达哈尔滨，一点都不耽误。

看来没啥好说的了，语气这么坚定，知道她已下定决心，我看了下时间，离上班还有五分钟，我得赶紧上银行给她结算报酬，并帮她把大钱汇到家里。

我背着小勇带着小琴赶到银行，取钱，汇款，然后把丁丁买的两床缎子绣花被面送给她作为结婚礼物，再然后直奔商店，买了些外面紧俏的副食品，让她带给父母亲。

匆匆忙忙赶到火车站，挂了四节货车三节客车的火车再有几分钟就要开了。

临上车的时候，小琴抱着小勇难舍难分，一个劲地让小勇叫她姐姐。可他就是不叫。我不忍心，把他抱了过来。可他似乎知道发生了什么，眼睛里满是难受和不安。突然，他猛一挣扎，使劲扑到她怀里，紧紧搂着她的脖子，生怕她离开似的，说啥都不撒手。

可他还是不叫她姐姐。

小琴红着眼睛亲他脸蛋，一个劲地让他叫。

他那神情分明想叫，脸都憋红了，可就是叫不出来。

刺耳的汽笛又响了，火车真的要开了。

我坚决地把孩子抱了过来，他使劲挣扎，两只小手用力打我的脸，哇的一声，大哭起来……

火车喷着白雾，拉着汽笛，在视线里渐渐消失。

泪眼汪汪的小勇还在抽泣。

站台上的一位大姐，像是车站的工作人员，同情地对我说，瞧这孩子哭的，他妈是出差吧？

6月13日

昨天对我是严峻考验。

小琴突然走了，我顿时陷入孤立无援的境地，真是叫天天不灵喊地地不应。

从车站回到家，我给孩子吃喝好，哄他睡着。面对空旷的房间，一阵前所未有的疲乏袭上来，似乎浑身的精血都被抽干了。

右肋下面又在隐痛，口渴，但不想喝水，没吃东西，也不饥饿，一想食物，就莫名地恶心，莫名地烦躁。

是得好好休息一下了。

我在小勇身边躺下来，感觉像是沉在清醒的梦里，一个恍惚，竟然就睡了两个多小时。要不是小勇推醒了我，不定会睡到啥时候。看到小勇坐在我跟前，可怜巴巴地望着我。我一把将他抱在怀里，让他骑在我的肚子上。我用力将他颠上颠下，嘴里喊着得儿驾，让他玩骑马。令人泄气的是，他脑袋一低，就从我的身上翻了下来，差点儿没掉下床。

我彻底清醒了，危机排山倒海压了过来。

保姆在的时候，我还能勉强将就。小琴一走，如同釜底抽薪。

几年来，我已经习惯了在数字的河流里沉浮和游弋，在宁静的星空下思考，在方程的漩涡里探险，社会关系生活百态对我来说，犹如浩瀚的草原，我只是远方的看客，既不懂草原的深浅，也没有穿行的能力。

而现在，不是你有没有能力，而是你必须要做首领，自己的首领。

可我已经站不起来，如同一匹伤残了四蹄的老马。

面对自闭的孩子，别说重打旗鼓另开张，再找保姆，重新适应，对症治疗，就是想想，头都要炸。

更重要的是，我从事的工作，又到了登顶的关口，我已经望见了险峰上的那个尖顶，正登踏在正确的路上，急需的是稳定心态，积蓄能量，抓住机遇，一举成功。如果把昼夜的时间和精力全都给孩子，那么放弃的不但是登顶，还可能前功尽弃，影响到的将是整个团队甚至整个项目，或许还有未知的重要的大局，这是绝对不行的！可要坚持工作，孩子谁来看，他正处在人生的紧要关头。昨天在车站,他和小琴难舍难分的情景，深刻地触动了我。儿子有情感，不麻木，望着离去的小琴，远去的火车，他哭得那么动容，那么伤心。这正是求之不得的好现象啊，也许，离马主任所说的那个质变，那个极点已经不远了！如此关键时刻，我怎可能放得下他呢！

6月14日

上午八点半，一位从没见过的姑娘匆匆跑来找我，说您是依放老师吗？我说我是依放，有事吗？她说书记办公室有您的长途电话，是北京打来的，您赶紧去接吧。我说好！她见我急着给孩子穿外套，说您赶紧去接电话吧，别给耽误了。孩子我来照看。

电话是老邓打来的，我再次详细汇报了工作的进展情况，对两个至关重要的难点，谈了我的想法和打算。

他静静听完，问了几个关键问题，突然想起什么似的，问我昨晚和今早为什么不在办公室，他打了几次电话都没打通。

我只好实话实说，告诉他小琴回家结婚的事儿。

他沉默了会儿，问我爱人什么时候回来？

我说不知道。

他问找保姆了吗？

我说没，现在哪敢找保姆啊。我说的是实话，保姆现在可是敏感词儿，是和资产阶级剥削习性生活作风相联系的，谁敢找保姆，谁就是革命的活靶子。

　　他又沉默了会儿，说一个人既要搞尖端研究又要做保姆带孩子，这怎么可以呢？你先把工作停下来，把孩子带好，别累坏了。过几天褚昭同志去二二一厂，我会把你的情况介绍给他，由厂里安排你们见面。你的具体问题，特别是工作上和生活上的困难，我指的个人生活，你要坦率和他谈。科学研究要的是专心致志，要的是严谨缜密，不是顽强拼命，更不是多快好省。你暂时坚持一下，褚昭同志一到，会和厂里积极协调，争取让你尽快减负。

　　褚昭老师我熟悉，在北京数次见面，还一起在老邓家吃过饭。我知道他是项目组的研究员，之前是名校教授，是理论部驻京的重要成员。

　　离开书记办公室，我突然想起小勇，赶紧往家跑。

　　下了楼，见那姑娘正领着小勇来找我。远远看见我，他甩开姑娘的手朝我跑来。我心里一热，赶紧迎上去，把他抱了起来。姑娘对我笑笑，和蔼地说，依放老师，您这孩子真乖，长得也心疼，听话极了，像个女孩儿。我说谢谢！让小勇和阿姨再见，他听话地冲姑娘招了招手。出了大门，我心里堵得难受，只要听人夸小勇乖，我心里就别扭，就痛苦，尤其听不得说他像女孩。

6月15日

　　我给丁丁写回信，将小琴已经离开以及小勇的近况如实告诉了她。

　　老邓的电话提醒了我，我不能再自不量力，不能再自欺欺人，不能在幻想中继续隐瞒了。

告诉妻子儿子的病情，是丈夫和父亲的责任。

我早就该这么做了。

她早一天回来，儿子可能早一天康复，我也早一天解放。

她不是项目组的核心人物，没有工程设计和攻关任务，也没有个人的研究和立项课题，为了孩子，为了这个家，为了我们共同的事业，完全可以告假回来，而且理由充分。

我写得很实在，也很激动，主要是写小勇，不经意间竟然写了三页多。信写好了，我迅速塞入信封，几次想再看看，都忍住了，我怕自己犯毛病，又会改变主意，忧三虑四，胡思乱想。

可当我把信投入信箱的瞬间，突然停住了。

感觉是小勇拽了一下我的手，他显然不是有意的，可我却情不自禁地犹豫了。

我一直没把小勇患病的情况告诉她，一直都在欺骗她，安慰她。她也一直以为儿子一切都好。突然收到这么一封可怕的信，儿子患病，保姆走人，家里整个儿一团糟，还不把她给吓坏啊！他们的实验属于放射化学，神秘而又危险，几经周折，几经反复，现在眼看重上正轨，也许就要成功了。紧要关口，收到我这么一封信，令她心乱心慌事小，一旦影响工作，就是大事！

想到这，我站在信箱前，望了望山顶的白云，望了望头上的天空，使劲把信撕碎，丢入垃圾桶，一口长气嘘出来，浑身上下一阵轻松。

没记错的话，这应该是第三次了。

我心里酸楚！

我想念丁丁！

牵肠挂肚地想！

我就那样领着儿子，想象着丁丁的模样，堂吉诃德似的，仿佛又看见了山头的风车，又骑上了可怜的老马，又拎起了沉重的长枪——

是的，那就是真实的我！

可那真的是我吗？

不！

我可不是堂吉诃德，我是依放！

我头脑清楚！

我道路坚定！

我目标明确！

我用力抱起儿子，高举过头。

这才是我——

我拥抱我自己！

我亲吻我自己！

到家后，我哄儿子睡下，回味自己的行为。

我不觉得安慰。

也无所谓对错。

这世上，没人能做好该做的所有的事，即便神仙也不行。

若能尽心尽力做能做的该做的事，走在正确的路上，敢于接受艰难极限的挑战，勇于应对生死莫测的考验，就算事倍功半，就算不了了之，就算一败涂地，又怎么样？

你每次面对数字迷宫的时候，不就是这样的情形嘛！

一次次碰壁，一次次惨败，一次次绝境，但决不气馁，决不放弃，直到曙光闪现，直到柳暗花明。

可面对生活的艰难，干吗就犯糊涂，就当胆小鬼呢？

闯迷宫破难题的时候，你拥有希绪弗斯推巨石上山的勇气，你信心坚定，你无私无畏，你不可战胜。

可面对亲人的病痛和无助，你轻而易举就被打倒在地。

是该醒醒的时候了。

拿出从头再来的勇气，在艰难面前，褒扬自己，在挫折面前，鼓励自己，在失败面前，感动自己，褒扬鼓励和感动的，都是意志，都是信心，都是品质，但都与人格无关，因为你就是你。

为了真实的你，你必须这么想，必须这么做！

6月16日

我要自己担负起照看儿子治疗儿子的全部责任，并如期完成工作任务。

6月17日

昨天晚上到今儿早上，是值得纪念的好日子。

小勇已经完全接纳了我，是的，我说的是完全接纳！

小琴走后，他闹了足足两天两夜，白天不好好吃饭，稍不称心就发脾气，晚上故意耗着不睡觉，好不容易哄睡了，一点儿动静就惊醒，没完没了地哭闹。我知道，他是要小琴，他是不习惯。白天好说，我总有办法逗他哄他。夜里就很麻烦，把人闹得筋疲力尽不说，还心惊胆战，生怕一不小心，导致病情加重，或其他别的毛病。

　　转机出现在昨天晚上，整整一夜他异常安静，梦里惊醒两次，也只是哼哼几声，咂了咂嘴巴，连眼睛都没睁。早上起来，他突然就不再找小琴了，自己坐在床上穿衣服，嘴里哼哼唧唧，像是自言自语，不知在说什么，我竖着耳朵，一个字也没听清楚。早餐喝了半斤牛奶，吃了一根油条，还有一块饼干。

　　我很兴奋，生怕反复，不敢大意。

　　到了晚上，我终于松了口气，睡觉的时候，他自己出去小便，自己脱衣服。半夜醒来自己在尿盆里撒尿，见我趴在桌上工作，不吵不闹，自己钻回被窝，继续睡觉。

6月19日

　　一连两天，小勇的表现令人感动。

　　他似乎知道我们的生活里发生了什么，开始听话，不再故意别扭，不再任性，不再哭闹。尤其今儿早上，我不敢奢想的事情发生了，他竟然自己拱到了我的被窝里。

　　我很振奋，但不敢得意，更不敢松劲儿。

　　白天，我绝不让他自己玩儿，任何时候，不管他玩什么，我都积极参与。我把自己装扮成大孩子，想方设法带他玩儿，陪他玩儿，不是勉强，不是做作，是聚精会神，是激情投入。讲故事，我就把自己装扮成笨狗熊或大灰狼。玩游戏，我跟着他满地乱爬乱滚，由着他当马骑，牵大象。我越是真性，越是投入，想要的效果就越好。

终于欣喜地发现，孩子的眼睛里有了天真，眉宇间有了光彩。

是的，随着孩子天性的回归，他闭锁的心灵正在打开。

尽兴的时候，他亢奋得乱跑乱跳，高兴得哈哈大笑。

我们一起蹦跶，一起喊叫，一起犯傻，分享难得的自在和快乐。

这种分享，这种自在，这种快乐，来自本真，来自天性，令人感受到由衷的欣慰和满足，似乎这就是生活的美好，这就是追求的目标。

恍然觉着，真正的快乐竟然是这样的简单，只要放下包袱，只要真情投入，只要心灵纯粹，就能享受。

这更增加了我的激情和信心，我像母亲像幼儿园阿姨一样，一刻不停地看护着他，关照着他，吃喝拉撒倒在其次，呵护他的进步，体验他的感受，琢磨他的心思，才真正累人，要比女性比母亲还要仔细和周到，才有可能不出差错，才有可能渐入佳境。

而我自己像开足了马力的机器，他醒着的时候，所有的注意力都得在他身上。他睡着了，我得抓紧时间洗衣做饭忙家务。

遗憾的是，即便如此，他还是不叫我爸爸，还是不开口说话，无论怎么诱导，就是不叫，像是一把锈死了的锁，再相配的钥匙也打不开。

我不由得焦虑，不由得恐慌，怕我的努力再次失败，怕他真会变成哑巴。

6 月 20 日

今儿天气真好，天空碧蓝，一丝云都没有。

我背着儿子朝着西南方向走，那儿可以避开分厂间的通道，减少人们关注的目光，避免意外和麻烦。

昨晚下过雨，草原绿得发亮，干净极了，漂亮极了。

他第一次在真正的大草滩上玩儿，望着连绵的草坡无所适从。但很快就有了惊喜，他发现十来米外有两只草原上特有的兔鼠。所谓兔鼠是当地的叫法，因这种专吃草根的鼠类个头大，憨头憨脑，不仅看上去与兔子相像，其行为特点也很容易让人想到兔子。他惊奇地跑到我跟前，瞪着圆圆的眼睛，指着兔鼠直嚷嚷。嚷嚷的什么我听不清楚，那意思分明是让我看，那儿有两个他没见过的小动物。我坐在草地上，保持微笑，由着他嚷嚷。他见我不动弹，干脆自己朝着兔鼠跑过去，看那样子是想去抓。两只兔鼠不等他到跟前，出溜一下就钻了洞。他更惊奇了，瞅了瞅鼠洞，跑到我跟前，把我拉过去，指着鼠洞叽里哇啦，不知是告诉我兔鼠钻洞了，还是让我把它挖出来。

我可不想让他玩老鼠，指着天上的老鹰让他看，把他带到开满黄花的草坡上。

正是野花盛开的季节，到处都是纷飞的蝴蝶和蜜蜂。

他开心极了，在灿烂的花海里，在鸟儿的叫声里，一个劲地追蝴蝶，不停地摔跟头，摔倒了爬起来继续跑，继续追。抓不到蝴蝶，就拔花。他不喜欢金色，专挑紫色和白色的拔。我由着他，看他拔上几朵扔掉，接着再拔，像传说中掰苞谷的猴子。

我带他来到河边，他好兴奋啊，喜欢得不得了，就想下到水里玩儿。

河水很浅，又清又亮，我真想由着他。

可是不行，高原的河水即使三伏天，也冰冷刺骨，孩子太小，下水会冻坏的。可又不想让他失望，就想再给他个惊喜，给他抓条鱼。河是小河，由山里的泉水汇聚而成，里面的小鱼儿大的能有半拃长，岸上就能看见。遗憾的是，我费了九牛二虎之力，冻僵了手脚，可就是抓不住。

回家的路上，他趴我背上睡着了。

我情不自禁地想，今天的活动有意义吗？

当然有！

好几次，他眼看就要开口说话……

令人泄气的是，还是没能说出来。

几天前，我带孩子去看马主任，她对孩子的康复很有信心，对我所做的努力大加赞赏。当她知道我是学数学的，在搞研究，妻子一直出差在外，保姆意外离开，自己又当爹又当妈，能把孩子照顾得这么好，极其意外。她惊讶地说，依放同志，你是我见过的最特别的男人，你身上有许多令人感动的东西，具有榜样的意义，应向更多的人分享你的经验和体会。因孩子在跟前，她说话含蓄。但她的眼神告诉我，我应该再接再厉，越是接近成功，越要全力以赴。她曾一而再再而三地告诉过我，病痛中的孩子，由于病弱和无力，最需要父母的关怀和爱护，尤其是自闭症患者，父母的态度，很大程度上，决定着孩子的命运。

昨天，我再次去看马主任，是预约，遗憾的是她不在班上。

问其他人马主任哪去了，都说不知道，表情还都不自然，气氛诡异，像是有意外的事情发生，而且与马主任有关。我敏感到，马主任出事了。但由于纪律制度的约束，我是不能随意打听的。可想到儿子，又实在不甘心。就在这时，熟悉可亲的护士长给我打了个招呼，我跟她到了治疗室，她拉开一个柜子，从里面拿出一个纸盒，递给我说，这是马主任临走时交给我的，说如果你来了，就亲手交给你。我打开盒子，里面是两瓶药，上海制药厂生产的葡萄糖酸锌片。突然想起来，上次我离开的时候，她说小勇应该吃点儿葡萄糖酸锌，补充锌元素，对他现阶段的康复有好处，遗憾的是医院现在缺货。没想到，她竟然给买上了。不知是从西宁买的，还是从内地寄来的。我心里充满感激，极其恭敬地叫了声大姐，悄声问她马主任哪去了？她瞅了下旁边，小声说你不知道啊？我说真不知道，她约我今天来，交流一下孩子的病情，她好像在做这方面的研究。她又瞅了下门口，压低嗓门说，马主任出事了，是大事儿，听说年初他们老家清理阶级队伍，把她老父亲给清理出来了，说是潜伏的美蒋特务，她十有八九是受牵累。前天走的，离开二二一厂了，去了哪里我也不知道。说着又看了下门口，叹了口气说，她老父亲十有八九是冤枉，我听她说过，她父亲是医学博士，是从北美留学回来的，一直在医学院当教授。这事你自己知道就行了，千万别外传。现在坐她办公室的，是新来的尚主任，有事你可以去找她。

离开医院，我心情格外沉重，眼前全是马主任的身影和声音。

我不会带孩子去看那位新来的尚主任，不是因为她太年轻信不过，而是在马主任的诊疗和关怀下，我对儿子的病因和病情已经有了明确的了解，知道治疗的要点，走在正确的路上。

以后儿子的康复，要全靠我自己了。

突然想起，丁丁出差前告诉我，他们课题组的组长出事了。我问咋回事儿？她说具体啥事不知道，上午来了三个公安把他带走了。说他们组长是个满头白发的小老头，能力超强，称得上是百科全书，工作人品无可挑剔。人抓走后，有人说，他出事是必然的，因为他前妻全家还有他侄儿都在海外。

那天晚上，丁丁情绪失常，烦躁不安，她坚信他们组长是无辜的，一直为他祈祷，因为老耿讲过他们组长的故事，说他岳父是海外的有钱人，他本可以在海外发展，后来受爱国感召，毅然回国，结果妻子和他离了婚，到现在还是单身。后来丁丁胡思乱想，说幸亏爷爷舍生忘死把她带回来了，如果一直留在莫斯科，在那儿读书，在那儿生活，天晓得她现在的人生会是啥样。

我安慰她，从自然哲学角度看，生命就是偶然与必然的交合,所谓完整的人生,美满的现实,是不存在的。

她不赞成,却又没法反驳。

第二天早上,一睁开眼睛,她就一本正经对我说,依放,我要告诉你,你在犯错!我说何错之有?她说生灵万物,人类社会,绝不是哲学和数学所能表达的,生活绝不可能是由人设置的方程式!你也许可以把自然把血肉把生命,变成是某种哲学的概念,数字的形式,但你绝不可能把情感把信念把心灵变成是概念,变成是数字。请问,离开了情感、信念和心灵,人还能称为是人嘛!不要说人,在活生生的生命面前,所谓的哲学和数学,或许还不如一只小鸟,不如一棵小草!

她把我镇住了,我不知该如何回答。

她有她的道理。

这些问题,甚至更尖锐的,我不是没有思考,但没有答案,越是想要深入,就越是迷茫,时不时地就有走火入魔的冲动。

但我必须冷静下来,我知道,我们的分歧,应该是对同一问题的不同的理解角度造成的。不同的角度和层面,所思所想所看所悟,截然两样。比如几何定律,证明的方法,很可能不止一个,就看你能不能找到。

殊途同归,应该是和谐的方向。

但你不可能确定它的方位。

非但不可能,或许你就处在断裂的纽带上。

这就是现实,它告诉我们,从来就没有绝对的王国和世界。至于原因,不但用哲学和数学无法界定和解释,即便穷尽人类现有的所有知识和智慧,也是无法真正归纳和解释的，至少现在是这样。更不用说幽深莫测的心灵了。由此看来，人生也好，命运也好，绝不应该由他人的设置来完成，包括孩子。否则就是违背自然，悖逆天良。

问题是人必须活着！

活着不是简单的生命过程。它不仅意味着自然与成长，文明和进步，还包含着苦难与悲痛，灾害和邪恶！

所有这些，无论与数学对立，还是与哲学相关，我既没有深入的时间，也没有思考的机会。

突然想起，老邓在电话里提醒过我，让我时刻注意，无论研究进行到何种阶段，千万不要被方程的哲学含义所困扰。尤其在当前形势下，纯粹数学的火种，点亮的必定是科学的灯塔。但要时刻警惕，尽管方程是那样的魅力，如果你只关注到它的优雅和美丽，就会迷失在它的山谷里，从而错过通往真理的高峰。

幸运的是，我已跨越了山谷，正站在通往高峰的途中，时不时地就能看见那奇崛的金顶，看见那云中的闪耀。

因此我必须坚强！

必须拿出下一辈子的勇气和力量，面对未知的残酷和无情！

6月21日
今天真是个好得不能再好的日子！

午饭后，小勇自己玩着的时候，突然自言自语叫了声妈妈。

我就在他跟前，听得清清楚楚，千真万确！

儿子终于说话了，简直石破天惊，我激动得不知所措，但脑子还算清醒，知道必须抓住时机，必须让他重复，变下意识为意识！

我说小勇想妈妈了？

他略显吃惊地望着我。

我说想不想妈妈呀？

他本能地点了下头。

我说妈妈也想你，妈妈听见你叫她，就要回家了，你喜不喜欢啊？

他笑了。

我说叫妈妈，大声叫，妈妈听见你叫她，一会儿就回来了，给你带好多好吃的，还有好玩的，你喜欢不喜欢啊？

喜欢就叫妈妈！

妈——妈——

遗憾的是，无论怎么诱导，他再也没能叫出来。

我从他的眼神里看出，他想叫，他真的想叫，那声音就在嗓门里，一次次呼之欲出，可就是喊不出来。无形的障碍是那样强大，看不见，摸不着，却无处不在，令人无奈。

而我什么也做不了，心里不由得疼痛，接着就是恍惚，就是后悔，就是难过。

我还是性急，如果刚才冷静点儿，先搞清楚他是在怎样的情境下喊出的妈妈，就能有的放矢，就可能不是现在的结果。

真想给自己两巴掌！

不过我还是很高兴，孩子的语言功能没有丢失，没有受损，只是压抑，只是幽闭，一旦打开紧锁的门扇，就能阳光到底！

6月22日

凌晨五点，我受狄拉克方程洛伦兹协变形式的启发，解决了困扰多日的难题，我已经看到了秘境里的堡垒。现在的选择不是攻破它。而是明确地走向它，跨越它。真有意思，没找到它的时候，它是你不可逾越的障碍。一旦找到了，它不过是途中的风景。

真是快活，真是高兴。

怪不得老邓让我重温狄拉克方程。

但这只是第一步，虽说是突破，还必须在确保正确的前提下，修改修改再修改，推敲推敲再推敲，严谨严谨再严谨，真正做到万无一失，才能以论文的形式提交给老邓指导，最终改定后，由理论部认证。

我很兴奋，躺在床上，毫无睡意，那就闭上昏花的眼睛，重温旋转的方程，感受天外的迷离。糟糕的是，胸口憋闷，还有点儿难忍的恶心……

窗口的雾团渐渐发白。

天就要亮了。

上午十点来钟，我正给孩子洗衣服，理论部新上任的白副主任突然提着一兜新鲜水果来看我。这太出乎意料了，我有点儿受宠若惊。

其实他不来，我下午也会去理论部。

我要用大纲的形式,将完成的课题,向领导进行一次口头工作汇报。同时打个电话,将研究结果报告老邓。

白副主任对我的工作很关心,问我课题进展情况。

我先是简要汇报了一下,然后把完成的初稿拿给他看。他似乎看不大懂,也不明白我说的意思,让我把稿子整理好,尽快送到理论部。我很抱歉,说对不起,这只是初稿,还不能报送理论部,得进一步论证和修改,然后以工作报告的形式报送部里。他问我得多久?我说这不好说,得向老邓汇报后才能知道。

他对我在家带孩子很不满意,说群众不仅有反映,而且反映强烈。

我怕惹上麻烦,赶紧解释,并再三向他说明,我在家工作确是被迫,孩子太小,身体有病,没人照看不行,他妈马上就出差回来了,她一回来,我马上返回办公室。为了避免节外生枝,我还啰啰唆唆喋喋不休地说,我的习惯是夜里工作,白天照看孩子,绝对不会影响工作进度和质量。并特别强调,我在家工作,是经过老邓特许的。

他没再说什么,只是让我尽快把定稿报送给他。

为了让他真正放心,我带小勇到他办公室,给老邓打了电话,比较完整地汇报了工作结果,以及接下来的想法。通话时,他就在跟前。通话结束,他送我到门口,还和我握了下手。

我心里一阵轻松,好了,这下俩人都放心了!

6月23日

不知不觉,又干到了清晨四点,本想早点儿休息,可是不行，躺在床上毫无睡意，满脑子都是跳动的方程和公式，只好接着再干。

值得欣慰的是，工作报告修改顺利，定稿成形，可以提交了。

迷糊了两小时，睡意袭来，可厂里的大喇叭叫醒了我。

天气不错，心情真好。

终于可以给自己放个假了。

我决定明天带孩子去西宁逛逛商场，遛遛大街，好好玩玩人民公园，骑木马，划小船，然后到动物园，看他喜欢的各种动物，让他美美地快乐一天。我也借此放松放松，换换脑子。

这想法早就有了，一直没机会实施。

中午碰见部里的同事，我向他打听去西宁怎么坐车。他惊讶地望着我，说坐厂里的专列啊。我顿时反应过来，所谓专列，是指每天早晚接送住在西宁家属区的职工的火车，我坐过多次，每天定点发车，怎么就忘记了呢。

离开基地得请假。

我去找白副主任，先是正式呈上工作报告的定稿，然后详细讲述了请假的缘由，并按要求，呈上请假条。

他看着假条想了想，说你去吧，当天必须得回来！

6月24日

早上六点四十分，我准备停当，带小勇去赶火车。

到了通勤站点，车上已经上了不少人，再有几分钟就要发车了。我抱起小勇紧走几步，对车门口新增的执勤人员亮了下工作证，正要上车，被头戴军帽，臂戴袖章的汉子给拦住，他满脸肃杀之气，瞥了一眼我的工作证，说你等等，边说边把我拨拉到一边。

另外一男一女两个戴袖章的立马过来，男的说，你的证件呢？

我把工作证再次拿给他看。

他说不是工作证，是外出证。

我不知道啥叫外出证，见都没见过，平时出差坐车，工作证就是证件，厂内畅通无阻，怎么突然增加了外出证。

小伙子见我一脸懵懂，说你不知道啊，这是"九大"之后的新规定，五月一日正式实施，离厂必须要有外出证。说着指了一下对面墙上的两条红标语：

总结经验，落实政策，准备打仗！

千万不要忘记阶级斗争！

我咽了口唾沫，指着车上的人说，可他们用的都是工作证啊！

把门的汉子过来，不客气地对我说，他们都是分厂的职工，你跟他们不一样。

我说怎么不一样啊？

他又瞅了一眼我的工作证，说你就是依放？

我说是啊！

他瞅了一眼我挎在肩上的包和领着的孩子，说你准备去哪呀？

我说去西宁。

他说去西宁干吗？

我说办些个人的事,昨天已经给单位领导请过假,请你们让开,车就要开了。

他冷冷一笑,说你知道我们是干吗的?

我默默地望着他,不知该说什么。

他傲慢地说,我们是指挥部巡查大队的。

我想了下,问他是哪的指挥部?

就在这时,通勤车咣当一声关上车门,打了两声喇叭,缓慢起步。

西宁是去不成了,我火直往上蹿,真想甩开他们,把车拦住,但我忍住了,我知道他们不是善茬,我带着孩子,不能冲动。

这人显然是头儿,点了根烟,故意放松语气说,我们是奉命检查,现在你哪也不能去,得跟我们到指挥部走一趟!

我再也忍不住了,说干吗要跟你们走啊!你们到底是干吗的?

一边的胖姑娘不耐烦了,说你咋这么多废话呀,叫你走你就走,到了指挥部,不就知道了!

我心怦怦直跳,真想狠狠怼她几句,还是忍住了。事情明摆着,他们是故意找碴儿,我肯定有麻烦了。却又无可奈何。心说好吧,既然西宁去不成了,那就跟你们走,我无党无派,没有参加过任何组织,也没有过任何非法行为和活动,家庭出身、家庭成员也没政治问题,看能把我怎么样!

到了他们办公室,外间有几个戴袖章的在忙活,进了套间,头儿一屁股坐在办公桌上,充满敌意地瞥了我一眼,给身体强壮的胖姑娘使了个眼色。

她心领神会,冰冷着脸,立刻对我进行搜身。

我浑身发毛,说你干吗呀!

没人回答,静悄悄的屋子里,几个人瞅着她仔细搜查我的身体,除了内裤,该查的全都查了,连袜子都脱了,然后搜查我的包,把里面的奶粉水壶食物全都拿出来仔细检查,然后一一放在桌上,最后把搜出来的记事本交给头儿,再然后还不放心,又仔细捏了捏小勇的上衣口袋。

瞅着她的可恨样,我突然想起,上个月我带小勇去办公室,在大门口被人反复盘问,其中有个女的就是这胖姑娘。还有一次,也是上班时间,我在院里带小勇玩儿,被人恶意查问过,好像也是这伙人。我当时心里犯过嘀咕,但我怕惹事儿,再加上"九大"之后,到处都是反修防修准备打仗的标语,敌情观念空前紧张,我属于特殊对待的科研人员,很少参加政治学习,基本没参加运动,很多大事都不知道,心里不能不发虚,他们问啥我答啥。后来,他们还到我家里转了转才算了事。

头儿来回翻看了几遍记事本,一脸茫然,问我这是什么?

我说记事本。

我说的没错,这就是个巴掌大小的供中小学生使用的记事本。我有个习惯,喜欢把脑子里偶尔闪现的有价值有意义的东西记下来。上中学时,我的语文老师也是班主任在课堂上经常给我们讲,好记性不如烂笔头,学会记忆受用终生。我听老师的话,果然受益多多,由此养成习惯。上大学后，我的不少奇思妙想，都来自我的小本本。就连记日记的习惯，都与此有关。

头儿又翻了一遍，从外屋叫来个戴眼镜的，眼镜皱着眉头翻了又翻，显然不懂，又叫来个大个儿，大个儿一看就是外行，他随手翻了两页，瞅了我一眼，到头儿耳边低声说了句什么。

头儿警觉的眼光盯住我，说你老实交代，这本子上写的到底是什么？

我说没什么啊，这就是个记事本，随手记点儿想法和思路。

你蒙谁啊！头儿不客气了，厉声喝道，有这样记事的吗？

我克制住冲动，和缓语气说，你们都看了，这的确就是个记事本啊，我是研究数学的，偶然有些想法怕忘了，随手记在上面而已。

他斜乜着我说，不对吧，我怎么越看越像是技术资料啊！

我脑子里轰的一响，这才反应过来，这伙人并不是简单的为难我，而是拿我当敌特分子啊！为了避免更大的误会和麻烦，我赶紧再次拿出工作证，恭敬地递给他，说我叫依放，是理论部的研究员，研究的内容是数学，有些想法为了方便，得用数学符号和公式来表示。你们如果有疑问，现在就可以到理论部去查证呀！要不给我们领导打个电话，马上就可以搞清楚。

他又露出冷笑，阴阳怪气地说，你命令我是吧？

我说我哪敢命令你啊，我是说……

不等我说完，他使劲一掌拍在桌子上，指着我厉声喝道，说！本子上记的到底是什么，是不是保密资料？

小勇一头拱在我怀里，他显然被吓到了，我赶紧轻轻地拍着他的后背，小声地安慰他。

头儿不依不饶，你想顽抗是吗？

我无话可说，只能苦笑。

胖姑娘突然发飙，说你听见了没？我们队长叫你老实交代！实话告诉你，我们盯你可不是一天半天了！说完，讨好似的对头儿说，群众反映，咱们这片的可疑人物就是他！经常半夜三更从黄楼院里往家跑，还带着孩子打掩护。

我忍无可忍，不客气地说，你胡扯什么呀！这是我儿子，他妈妈叫艾丁，是咱们六分厂的助理研究员，现在北京出差，孩子有病，照看他的人有事回老家了，我白天看护他，晚上得工作！再说一遍，我是理论部的副研究员，办公地点就在黄楼院里，你们可以去查呀！

她鄙视地说，白天看孩子，晚上搞工作，你骗谁呀！

她在胡搅蛮缠，我不能再叫他们黏了，诚恳地对头儿说，对不起，请问你们还有事没？没有的话，我得走了！说完，我开始收拾自己的东西，把他们翻出来的奶粉、食品等物装回包里。

胖姑娘要阻拦。

头儿说，让他走，跑了和尚跑不了庙。

我向头儿要我的记事本。

他说不行，这个本子不能给你。

我的火又蹿了上来，说为什么啊？

他不客气地说，不行就是不行，你这上面的东西很可疑，根据文件规定，必须得审查和鉴定。

我深深吸了口气，努力平缓情绪，恳切地说，这就是个随手记的小本子，都是些有关数学的只言片语，有什么可审查的呀？

他目光逼人地说，审查什么上面说了算，这是证据，不能给你！

我说不行！这是私人物品，必须还我！

我之所以口气强硬，是因为上面记的全是我的思路和灵感。打从全天照看孩子以来，由于思维惯性，一些重要想法随时随地往外冒，必须得记下来，为了可靠起见，里面有不少只有我自己知道的特殊符号、推导过程和关键数据，有些特别的计算公式，是我两年来苦思冥想的结果，还没来得及整理。毫不夸张地说，就这不起眼的小本子，不仅是我心血的见证，还的的确确具有保密的价值。如果就这样交给他们，由着他们去处理，能不能回来就不好说了，弄不好还会招来意外的麻烦和灾祸。这事丁丁警告过我，说他们那儿的保密制度等级极高，所有与工作有关的物品、图像和文字，都是有进无出，有些人的个人日记都要检查。就这，还发生过因无意间违反纪律，开除出厂的事件。她再三告诫我，让我保管好随身带的记事本，出差在外，还必须保管好日记本，那上面有大量的技术资料和研究心得，说小心没大错。

我认为她说得对，一直以来相当谨慎。两年前，二二一厂因性质特殊，经顶层强行干预，停止了以大鸣、大放、大辩论、大字报为核心的"四大"运动，科技人员在一定范围内,重新获得了学术和研究空间,与社会和运动有了明显的隔离,似乎获得了特殊的解放,我也就放松了警惕。哪里知道,"九大"之后,敌情观念说紧就紧,而且紧到了我头上。

头儿对我的要求毫不理会。

我不得不软下来,用恳求的语气再次对他说,你看这么办行不,理论部不远,咱们一块儿过去,你们需要了解啥,有啥要求,跟我们领导说行不?

他严厉地说,你放明白点儿,严查严管,不是我们的要求,是指挥部的命令!你作为理论部的研究员,难道不知道厂里的保密制度嘛!既然知道,还明知故犯!你记在这上面的东西,如果是科研内容,是绝密资料,带出去是什么目的,想干什么啊?而且你不是装在身上,是放在杂物包里,想蒙混过关是吧?

眼看他借题发挥,无限上纲上线,我真急了,头都要炸了。

这个记事本,如果就这样让这帮人拿走,经内行一看,十有八九会出意外,且不说莫须有的罪名从天而降,没准真会给项目给厂里给国家造成意外损失。

突然我脑子一转,脱口而出,实话说吧,这本子上的确有保密内容,我必须随身携带,这是领导特许的,你们无权扣留!

头儿警觉地说,哪个领导特许的?

我说老邓,理论部的邓主任。

邓主任,叫什么名字?

我说不知道,他的名字是保密的,领导只允许我们叫他老邓，不准打问真名。

他想了下说，老邓，我怎么不知道？

我说你可以打问一下，现在就打电话，指挥部的领导没有不知道他的。

他想了下说，那就叫你们理论部的领导来拿。说着，将手中的小本啪的一下摔在桌上。

我脑袋轰的一声，浑身的热血沸腾了，强烈冲动下，哪里还有什么理智，我一个箭步冲上去，将小本攥到了手中！

头儿愣了下，猛扑上来，想要抢回去，被我奋力甩开！

就在这时——

在头儿和旁观的小伙子同时向我疯狂地扑上来，想要制服我，遭到拼死反击的时候，吓坏了的小勇，突然爆发出撕心裂肺的尖叫，刺耳的哭喊声里，叫出来的竟然是爸爸——

是的，千真万确！

——他叫喊的就是爸爸！

不是一声，是数声——

爸爸！

爸爸！！

爸爸！！！

我意识的核弹顿时爆炸，眼前电光火石，五彩纷呈，扑通一声跪在地上，将儿子紧紧抱在怀里……

他在我怀里放声大哭，大声叫爸爸，不停地叫！

我抱着他，大声地答应，涕泪横流——

继而放声痛哭……
……

我不记得现场还发生了什么,不知道那几个看傻了的是何反应,甚至不记得是怎么带着儿子离开的。

当强烈的阳光将我唤醒,我抱着儿子走在回家的路上。

我说小勇叫爸爸!

爸爸!

他怯怯地叫。

我说大声点儿。

爸爸!

爸爸!!

爸爸!!!

我说小勇,我是谁?

他说爸爸,你是爸爸!

我说你是谁?

他说我是小勇!

我说大声点儿,爸爸没听见。

他对着我的耳朵大声叫,我是小勇!

我的泪水决堤似的,流啊流……

甜蜜啊!

幸福啊!!

狂喜啊!!!

……

更不可思议的是,当理智真正回来,我发现儿子的手上,竟然紧紧攥着我的小本子。

6月25日

都说喜伤心怒伤肝,可我大喜没有伤心,倒是开心,从未有过的开心!

昨天儿子意外康复,喜从天降,犹如绝境逢生。我高兴得忘乎所以,逢人就笑,恨不能让全世界都知道。

到了晚上,我抑制不住兴奋,给丁丁写信。

拿起笔,眼前一阵昏眩,我端坐身体,闭上眼睛,在放松的状态里,想象着星空,深深地呼吸,工作累了的时候,这是缓解的好办法。

可是今儿不行,天地在转,头上的星空不再是神秘的银河,也没有了灿烂的星座,而是暗黑的漩涡,要将我漩进深渊……

我静静趴在桌上,尽量保持心态,什么都不想,什么都不做,几分钟后,失控的意识,从暗黑的漩涡里转了出来,头脑好沉,重得像是铁色的石头,胃在痉挛,有点儿恶心,右肋下方又闷又痛,是脏腑深处辐射出来的难以言状的闷痛,比先前任何时候都要难忍,都要可怕!

我不由得紧张起来——

右肋下方是肝脏,难道我得肝炎了?

这一惊,倒把自己惊醒了。

前天收到丁丁的来信,这阵子每隔两三天她就会来信。信上说,北京的工作已经收尾,她随时都有可能回来。

既然很快就回来,也许明天,也许后天。

心里一高兴,疼痛似乎好些了。

仔细想想，肝部不适已经有段时间。不仅肝部不适，还时常寒战，头晕厌食，感觉在发低烧，以为是感冒，吃片安乃近也就没事了。

我不是不想去医院，每次事到临头，总因为孩子和工作而放弃，总觉着不会有事，等把手头工作干完，或者孩子的病情见轻了，该忙的事儿忙完了，或者丁丁回来了，再去医院也不迟。一拖再拖，就到了现在。

其实，就在前两天，洗脸的时候，我先是看着镜子里鬓发刺棱胡子拉碴的样子很不舒服，觉着该理发了，得把自己收拾收拾，别等丁丁回来，当我是讨饭的。接着就发现脸色黄不是黄青不是青，眼神暗淡，又干又瘦，只以为是熬夜熬的。以前这样的情形就有过，任务完成，休息几天，也就缓过来了，没必要在意。而且我的肚子"胖"了不少，越来越明显，这不正常，我也不是没警惕，身体瘦了，肚子怎么会胖呢？可还是不在乎，总认为没事，过几天再说。

看来已经到了必须重视立刻重视的时候了。

6月26日

今天下午去医院，医生简单问诊后，既没给开药，也没给说法，让我明天一早不吃饭不喝水抽血化验。我问他问题严重吗，是不是得了肝炎？他说这不好说，得看化验结果，让我不要吃辛辣油腻，不能喝酒！

医生的话，让我心里打鼓，惴惴不安。

回到家，突然想起，中午带儿子去食堂打饭，意外碰见了王满昌老师。

他和老邓一样，都是神秘的大科学家。

我见过他两次。

第一次是在北京，我获准参加一个他的专题项目报告会，聆听了他的报告。

第二次是在我的一个重要的函数方程论证会上，有三个绝对重量级的大科学家参加了会议，其中的一个是老邓，一个就是他。论证结束，他径直走到我跟前，和我亲切握手，向我表示祝贺。回家后，丁丁十分高兴，说太好了，能得到王满昌老师的重视和祝贺，足以说明你的研究成果的重要性。说王满昌老师很了不起的。他在一九四一年就通过测量锂7的动能，提出并确定了中微子的能量。说你知道吗，中微子是很难被直接探测到的。虽说莱因斯和科万后来在核反应堆中探测到了中微子，戴维斯后来探测到了太阳中微子，都是直接探测，算是中微子的真正发现者。但王满昌老师提前提出的方法，不仅预测了中微子的存在，而且提出了间接的证明，具有开拓性的价值和意义。

这是第三次，他见我愣了下，确认后，和蔼的神情立马严肃，说你是依放吧，脸色怎么这么难看，生病了吗？我有些紧张，不安地说，没有啊，最近有点儿累。他说累了就休息啊，搞科学研究，是跑马拉松，没有好身体，是跑不下来的。你得去医院看看，今天就去，检查一下，调养调养。我挺直腰板，振作精神，说知道了，谢谢老师！

和他一起的是厂领导，我只知道是革委会成员，好像是副主任，是知识分子代表，但没记住他的姓名。二二一厂因情况特殊，实行"三结合"的领导机构，与地方上有所不同。所谓"三结合"即军代表、党政机关代表和革命群众代表。我们这儿把革命群众代表，换成了知识分子代表。他面相年轻，头发花白，目光沉静，说你就是理论部的依放啊，我正要找你呢，昨天有人反映，说有个巡查组把你带到了巡查大队？我立刻反应过来，昨天他们放我走，很有可能是把我当成了神经不正常的病人，报告了上级。我尴尬地说，昨天我请好假去西宁，他们在车站拦住了我，好像是误会，把我带去审问，后来……后来也就没事了。话是这么说，可我心里的气一直没消，真想在领导面前狠狠告他们一状，尤其是那个飞扬跋扈的头儿，但话到嘴边还是忍住了。

王满昌老师听明白了，严肃地说，刘副主任，这你可得过问一下，依放是理论部年轻有为的数学家，为咱们的重要课题，做出过贡献，现在正搞攻关研究，应该好好关心和支持，怎么可以随便拉去审问呢？

刘副主任说，好好好，我知道了，这种事以后不会再发生了。

6月27日

大清早，我把小勇托付给楼下的李老师照看。她是退休中学教师，六十多岁，满头白发，和善可亲，是来照看外孙女的。她女儿在行政楼上班，和丁丁关系不错，大家经常照面。

原想抽完血看完病很快就能回去，没想到病情比预想的严重得多得多，内科黄主任让我立刻住院。迫不得已，我向主任讲了我的具体情况，希望能做个特殊病人，白天做完治疗就回家，晚上在家照看孩子。主任毫不通融，严厉地说，该讲的我都给你讲过了，再说一遍，你的情况不仅严重，而且复杂，想不想要命，你自己看着办吧！

我身体一直皮实，从没住过医院，这次当然也不想。

糟糕的是，这次看来非同一般，像是病得不轻，而且自己也感到虚弱得厉害，像是挺不住了。

那好，既来之则安之，儿子那么顽固的病说好就好，我也必须放下包袱，把病看好再说别的。

我匆匆赶到李老师家，正好她女儿也在，我向她们充分说明情况，麻烦她们无论如何辛苦辛苦，帮我带两天孩子，并再三向她们保证，丁丁马上就回来。她们立刻就答应了，爽快得很。李老师说，你放心好了，安心看你的病，小勇在这儿跟在家里一样，快乐得很，你啥都不用操心，他比我们芳芳刚好大两个月，俩人玩得可好了。说这话的时候，俩孩子正在一起玩积木，芳芳搭起个房子，小勇故意捣毁，然后是小勇搭，不等搭好，芳芳也故意捣毁，俩人笑得咯咯有声，多么可爱，多么纯真，多么温暖的场面哦！我真是感动，感动得鼻子一个劲泛酸，不知说啥才好。

下午打完吊针，做完治疗，我向护士请了两小时假，匆匆忙忙跑到办公室，把脑子里冒出来的东西赶紧记了下来。

躺在病床上，最大的好处，就是不影响思考，而且思绪如潮。

要是有台计算机就好了。

我想起上海计算机研究所的那台手摇计算机，德国产品，真是好东西，计算起来又准又快，效率惊人，令人心旷神怡。

不过，即使没有计算机也没问题，我确信又看清了一座耸立的高山。

现在要做的，是在攀登之前，把正确的路径以及最佳的方法计算清楚，至于怎么攀登，何时攀登，已经在我的想象里渐渐成型，我似乎已经看到了它的姿态，正在领略它奇崛的风景——

那是思维的风景。

那是抽象的风景。

那是逻辑的风景。

像蓝色的海洋，那样的辽阔，那样的宽广，那样的深远，而那阳光下涌动着的荡漾着的鲜活着的海水，多像是一组组排列着的幻化着的蓝色的方程，在无垠的碧空下，妙不可言地铺展在光影之上，裸露在天地之间……

6 月 28 日

早上查房，感觉所有的医生都来了，他们围着我的病床，几个主治医生拿着化验单，查看我的眼睛、舌苔，仔细按压检查我的腹部，测量血压，听诊心脏，仔细询问我眼黑心慌，厌食气短，肝区疼痛的情况。

我的用药量突然加大，口服的不算，吊针一天打了四瓶。

而且从我的腹腔里抽出了不少积液。

我再也沉不住气了,问护士我究竟得了什么病?

护士说,这你得问医生,最好是问黄主任。

我敲开主任办公室,他说我正要找你,你得转院。

我顿感意外,说转到哪儿?

他说省医院。

我说我到底得的是什么病?

他神情严肃,语气肯定地说,初步诊断是肝硬化。

我心里一咯噔,说严重吗?

他谨慎地说,到省医院检查后才有结论。

我说必须要去吗?

他说是的!你住院的第二天就该去,因无法联系到病床,拖到了现在。

我说什么时候动身?

他说明天一早,你抓紧时间准备一下,单位那边的事儿,由医院联系处理。

6月29日

早上查房过后,护士长带着护士匆匆赶来,说省医院那边情况有变,联系好的床位临时取消,是迫不得已。主任和院长多方联系协调后,他们答应明天一早一定给予解决。说完,立刻给我挂上了两组吊针,另加了肌肉注射,还给我扣上了氧气罩。

大约十点来钟,我头晕加剧,异常疲乏,异常瞌睡,似乎很久都没有睡过了,后来身子一轻,眼前一黑,就什么都不知道了……

醒过来的时候，恍恍惚惚，房里很亮，感觉窗口挂着一轮燃烧的太阳，还像是熊熊的火炬，耳边一直过火车，轰轰隆隆响个不停，眼前晃晃荡荡模模糊糊，似乎总有几个雾状的人影围着我转，有的在说话，有的在给我忙活，我想看得清楚些，想知道他们是谁，在干吗……

不知过了多久，我再次醒了过来，这次真的醒了。

我确认了自己的存在，隐隐约约看到了窗外的曙光，感觉是从睡梦里回来，脑子越来越清醒，想坐起来，但身子不听使唤。后来医生护士都来了，一阵忙活过后，留下一名护士看着我。

我的意识更清楚了，手脚也能动弹了。

这名护士我认得，她的眼睛和善温暖，即使大口罩捂脸，也很难忘记。

我说我想喝水。

她抱歉地说，对不起，医嘱有交代，你现在不能喝水。

喝一点也不行吗？

我实在是太渴了，嗓子干得厉害，可怜巴巴恳求她。

她摇了摇头，同情地说，不行！

我说给我一口行吗？就一口！

她为难地说，您就坚持一下吧，昨天您突然肝昏迷，抢救了好几个小时，很危险的，待会儿主任要亲自送您转院，救护车马上就到。

我心里怪怪的，难道我昨天昏过去了，什么叫肝昏迷，我怎么一点儿感觉都没有。

她接着又说，对了，告诉您个好消息，您爱人回来了，她是昨天傍晚到的,守了你几乎一夜,这会儿去看孩子了,马上就会回来。

我又是一阵恍惚,丁丁回来了?

随即自嘲地笑了,丁丁回来了,人在哪儿,我怎么不知道?不,她在安慰我,之前她问我家属怎么还不来,我故意轻松地说,就来了,已经在路上了,一会儿就到。我这么说,一是宽慰自己,二是和她说着玩的,没想到她是认真的,这会儿显然是在取笑我,是在报复我。

我说我想坐一会儿。

她说好的,立刻抱了床被子让我靠在上面。

感觉舒服多了,脑子也更清醒了。

想到马上要转院,这会儿脑子清楚,闲着没事,与其胡思乱想,不如把清醒时的事情记下来,好了,就写到这儿吧,头又开始晕了……

32

日记到此戛然而止。

依楠怀着敬畏不安的心,又将最后一篇看了看,潦草的字迹有些凌乱,猛然看上去,不像是他写的。但叙事清楚,语句通顺,没有错别字,也没有涂抹,可见当时他思路清晰,做事严谨。

虽说她早就知道爷爷病逝的结果,但详细情况却知之甚少。每次提起,奶奶要么支支吾吾,要么避而不答,要么为难不爽,总像有什么难言之隐,不愿提起。看来,重要的东西还在后面。

她要知道究竟,要了解细节,立刻!

奶奶说：

"你呀，就是急性子，既不像你爸，也不像你妈！"

"那像谁呀？"依楠问。

"像我！"奶奶肯定地说，"我年轻的时候就是急性子。"

"您是急性子？"

"对啊。"

"不不不，您不是，您的性子一点儿都不急！"

"那是你不了解我。表面看，我是不急，但骨子里是另一回事。急性子的人，想事做事容易一根筋，过于执着，不容易拐弯儿，这对科学研究来说，有优势的一面，但也有很大的弊端，因为理所当然的结果，往往事与愿违。"

依楠品味着她的话，表示赞同，但不能由着她信马由缰，得把控局面，得把她的思路扳回来。

"奶奶，爷爷最后一篇日记说，他肝昏迷的时候，您守了他整整一夜，是真的吗？"依楠执着地问。

"当然是真的！"

"您事先真不知道爷爷病倒了吗？"

"这还有假嘛！"奶奶生气地说，"他们全都瞒着我，不拿我当回事儿。提起这事儿，我最恨的就是你爷爷，到了九泉之下，都不会原谅他！太不像话了，儿子得了那么严重的自闭症，他瞒着我；保姆走了他瞒着我；白天带孩子，晚上搞科研，白天黑夜连轴转，累倒了，病倒了，也瞒着我。你说可恨不可恨啊！直到病危了，人都昏迷了，我都不知道。"

"单位没通知您吗？"依楠不解地问。

奶奶喝口茶，平静地说："没有！当时我们已经拿到返回的火车票,是三天后下午的车。你不知道当时车票那个紧张啊,所有的客车几乎成了知青的包车,他们响应号召,要去广阔天地,要去上山下乡,要去建设边疆,始发以及过路北京的车都是人山人海。若非九院出面,铁道部门不可能另行发票,回家的事儿想都别想。住招待所我吃不下,睡不安,归心似箭,心急如焚,却又无可奈何。就在打算上街转转,再给儿子买点什么的时候,北京那边的领导突然找我,让我收拾东西,立刻跟他们走,坐飞机飞往兰州。

"我心里一咯噔,感觉出事了,是直觉。

"几年下来,我已习惯了严守纪律,服从上级,自觉保密,工作上不该打问的事绝不过问,尽量做到不揣测,不瞎想,遇上意外,保持冷静。

"领导的小车直接把我送到了飞机场,是郊外的军用机场,一架军用运输机已停在跑道上。感觉机组人员正在等候的就是我。我是第一次坐飞机,没想到竟然是运输机。既然是坐飞机到兰州,那一定是工作上的事儿。可什么工作会这么紧张,会特意接我过去呢?我既不是大牌专家,也没有立项的课题?会不会是……我不敢往下想。

"那天的天气不是太好,飞机时有颠簸,我被安全带绑在座椅上一动不动,胃里一个劲翻腾。后来飞机平稳了,云海的尽头,耀眼的斜阳银光闪闪。刹那间,我在那奇妙的景色里,思绪纷呈,想起了儿子和依放,几个月不见,儿子肯定长高了,长胖了,认的字肯定不少了,见了妈妈不知他啥表情,会不会认不出来不理我了……后来,我迷迷糊糊睡着了,似梦非梦的状态里,依放突然就站在了我跟前,表情怪怪的,时而眼神肃穆,时而兴高采烈,好像还是在哈工大的样子,忍不住对我侃侃而谈,大发感慨,畅想带我去大兴安岭玩儿的情景……后来,我就真的跟着他走了,不是走在路上,飘飘忽忽,像是跟着他的思路,跟着他的想象,真的在河湾里抓鱼,在白桦林里采蓝莓,在松树林里采蘑菇,然后燃起篝火,烧烤晚餐,再然后,沐浴着银色月光,在黑龙江上划船游荡。突然,江风扑面,游云遮住了月亮,我依偎在他怀里,问他儿子呢?他说待会儿你就看到了。我想象着儿子究竟在哪儿,恍恍惚惚中,心猛地往起一揪,又一揪,巨大的轰鸣中,可怕的震动里,飞机降落了。

"难以置信的是,在机场接我的,竟然是二二一厂派的专车。

"我不由得忐忑,一道道可怕的阴影在眼前掠过。

"但我自己安慰自己,一声不吭。

"直到确定是去青海,我的心开始发慌,越来越慌,哪怕再好的心态,再笨的脑筋,也沉不住气了。我问来接我的汤干事,出什么事儿了。他难过地说,你还不知道吗?很抱歉,是不好的消息。我说没事儿,请讲。他说你丈夫依放同志病危,情况很危险。我吃了一惊,这一路我一直提心吊胆,预感到是他出事了,但不知是什么事,胡思乱想后,感觉他的身体和孩子都不会有事,否则他一定会告诉我。就在两天前,我还收到他一封信。信很短,告诉我家里一切都好,小勇盼望妈妈早日回家,他的工作即将登顶。当时我心里咯噔了一下,知道他又完成了一项重要的任务。可他干吗要说登顶呢,这可不是他的用语。但并没多想,只觉得字里行间充满了期待和信心。怎么也没想到他会病危。我急忙问是什么病?现在情况怎么样?他说具体什么病不清楚,只知道是肝昏迷,挺严重的。我脑子顿时昏乱,不知说了句啥,眼前净是依放病痛挣扎的样子。可能我的表情吓着了他,他急忙安慰我说,医院正全力救护,应该没有生命危险。说你能乘飞机过来,是理论部邓主任的安排,他就在这架飞机上,你没见到吗?刚才出机场的时候,和你打招呼的就是邓主任啊!是的,他说得不错,出机场的时候,的确有人和我打了个招呼,像是告别,我看他眼熟,想不起来在哪儿见过,就只是礼貌性地做了回应。接他们一行的是三辆军用吉普,一看就是来接领导或专家的。没想到竟然是老邓。我真是后悔莫及,四年前我见过他两次,一次是依放带我去找他要房子,一次是在火车站,他从即将发车的火车上跳下来安慰我。四年多一晃而过,他竟然没忘记我,而我却把他给忘了。

"事后我才知道,我之所以能坐飞机到兰州,是因为老邓的安排。他打电话给白副主任,谈到依放的课题,白副主任向他汇报了依放病重住院的事儿,以及当前的处境。正好他和几个科学家要乘飞机到兰州研究所,知道我在北京,赶紧联系协调,这才有了我随机赶到兰州,单位派车来接的事儿。可惜我没认出他,对发生的事一无所知。事实上,我上飞机的时候,他们已经登机了,我和机组人员在一起,根本就没见他。出机场的时候,俩人是有距离的,没认出来情有可原。可我不能原谅自己。"

说到这儿,奶奶停下来,眼睛里满是遗憾。

依楠静静地听着,凝神,专注。

"车子跑得很快。"奶奶接着说,"司机是个小伙子,一路超车,可我还是嫌慢,心里猫抓似的。大约四个多小时,也就是晚上十点来钟,车子钻出山沟,我终于看到了发电厂的大烟囱喷出的白烟。

33

"车子直接把我送到了医院。

"依放脸色蜡黄,俊朗的脸型已瘦得不成样子,闭着眼睛,歪着头,鼻孔插着氧气管,胳膊上挂着吊针,静静躺在病床上。

"我惊呆了!

"这是依放吗?

"是的,就是他!

"但这怎么可能呢?几个月前他还那样健康,那样强壮……

"我扑到病床前,双膝跪地,泪水汹涌,差点儿大哭起来。可是不能啊!医生再三告诫我,一定要冷静,不能冲动,病人处在昏迷中,但生命体征平稳,需要绝对安静。我明白,我忍着浪潮似的心酸,忍着刀割般的心痛,只是流泪,只是颤抖,只是晕眩,咬紧牙关,不让任何意外的声音发出来……

"不知过了多久,意识回来了。

"我望着他憔悴不堪的脸,硬茬的胡须,乌青的嘴唇,心疼得喘不过气来。他刚三十出头,额头的皱纹又深又长,发际线上推,鬓角已经白发苍苍,老得像是奔五的人……

"我接受不了,无论如何接受不了,这才几个月,好端端的人,咋就糟蹋成了这个样子。

"我的心碎了,汹涌的泪水怎么止都止不住……

"一位护士把我搀到了医师办公室。

"值班医师是个和蔼的南方人,操着浓重的江浙口音,先是对我心理安慰,然后向我介绍依放的病情。说目前来看,除了确诊肝硬化腹水,他的心脏也有问题,是不是冠心病,是不是还有其他问题,得到大医院做进一步检查和确诊。我表达了感谢,理智地问他,病情这么严重,为什么还不转院?他说明天一早我们黄主任亲自送他到省医院。我说为什么不早转啊?他一脸苦相,无奈地说,不是不转,是转不了,院领导亲自出马都不行。现在地方上'斗批改'尚未完全结束,医院所有科室都在学习落实'九大'精神,深入搞运动,门诊部住院部近乎瘫痪,床位极其紧张,要不是领导再三联系协调,明天也不可能转院。我激动地说,地方上不行,可以上北京啊!他奇怪地看了我一眼,低下头不再说话。我顿时反应过来,我说话欠妥,不该冲动,外面的形势我不是不知道,别的不说,火车根本别想坐,就算千方百计上了车,一路晚点是肯定的,吃不好,睡不安,连喝水都成问题,甭说危重病人,正常人一趟下来也得扒层皮。

"大概凌晨四点,依放醒了,医生做治疗,没让我进病房。

"待我再次进去,他又昏睡过去了。

"我守着他到了六点,匆匆忙忙跑去看了眼儿子,没敢叫醒他,回家拿了点东西,急忙赶回医院,医护人员正把他往救护车上抬。

"大约一个小时后,车子穿过湟源县,进入峡谷,依放的病情突然恶化。

"血压下降,呼吸急促,出现心衰。

"黄主任立刻指挥急救,车里一阵忙乱。

"我没法靠前,但确定他醒了过来,他的眼睛是睁着的,光亮异常,是那种拼命挣扎的绝望的光亮,看到我,眼球猛然放大,浑身颤抖,双手抽搐,乌青的嘴唇哆嗦着哆嗦着,像是说话的样子。

"我吓坏了,真想扑上去,把他紧紧抱在怀里!

"可是不能啊!

"我忍着泪水,咬着嘴唇,压紧胸口,死死盯住他的眼睛,用目光向他呼唤,向他喊叫——

"我来了!

"我是丁丁!

"我是丁丁啊!

"你不会有事!

"绝对不会有事的!

"坚持住!

"一定要坚持住啊!

"他像是感应到了我的心声,眼睛里的光亮不再绝望,可也不是惊喜,不是憾恨,也不是诀别,是那种言语难以诉说的凄楚而又执拗的决不甘心决不放弃的直指人心的倔强!

"是的,就是不屈,就是倔强!

"我能意会,但无法表述……

"我什么也顾不得了,硬挤上去,将他没打吊针的那只手握住,紧紧握住!

"泪水模糊了双眼,待到缓过气来,我看见他的眼睛温情地望着我,嘴角露出一丝蜇人的微笑……

"汹涌的泪水再次奔淌,怎么忍都忍不住……

"昨晚他病情还算稳定。

"黄主任对我说,他的肝病是积劳成疾造成的。由于最初的炎症没能得到及时有效治疗,加上长期超负荷高强度工作,睡眠严重匮乏,致使人体蛋白的合成功能和凝血功能受到严重损害,导致肝硬化。这种情况,按说早就应该放下工作,去大医院或北京住院治疗。控制病情后,继续保持康复治疗和静养,绝对不能带病工作,更不能熬夜加班,可他偏偏麻痹大意。说咱们医院条件有限,检查设备、治疗手段、技术力量,和大医院差距巨大,一些急需药品都不能及时补充。像他这种情况,按说应立刻转院。

可现在，你知道的……院领导几经努力，好不容易才联系到了明天的床位。

"我表示理解，请他告诉我实情，依放到底有多危险。

"他说得到省医院确诊后才能知道。

"我问他有没有去北京或上海治疗的可能？

"他坦率地说，现在全国铁路瘫痪，去北京或上海是不可能的。省医院有全省最好的医生，最好的设备和药品，待病情得到控制后，根据实际情况再做考虑比较合适。

"告别黄主任，我心情好多了。

"没想到几小时之后，会是这样的情形。

"我紧紧攥着他的手，心里憋痛，一句话也说不出来。

"救护车拉着警笛越开越快。

"他的呼吸由急促变得缓慢，变得沉重，眼睛里又出现了痛苦的挣扎，无奈的忧伤，和奇异的光亮。

"我知道他有话要说。

"但我不相信是最后关头！

"因为绝不相信，绝不接受，紧绷着的神经就一个信念，医院就要到了，他不会有事，绝对不会有事——

"我离不开他！

轻轻抚摸他的脸，凑近他的耳边，尽量轻松尽量温柔地说，依放，我是丁丁，我们在去省医院的路上，你就会没事的，你只是犯困，只是太累了，谁叫你不听话，非要那么拼命的。好了，医院快到了，咱们再坚持一下，就一会儿。黄主任说了，到了省医院，那儿有最好的医生和药品，你很快就会康复的……

"突然，他的眼睛睁大了——

"盯着我，眨巴了两下，轻轻地摇了下头，慢慢地慢慢地闭上。

"我的心被针扎着,我说相信我啊,你绝对不会有事的!

"他的眼睛睁开,里面满是泪水。

"男人晶亮晶亮的泪水,深深地震撼着我,同时也打倒了我,泪水瞬间汹涌。

"就在我近乎失控的时候,黄主任的手沉甸甸地落在了我的肩膀上,他在暗示我,在鼓励我。刹那间,我明白了他的用意。此时此刻,我必须理智,必须坚强,医生护士就在跟前,只要坚持到省医院,他就会得到最好的治疗,就会没事。我得尽我所能配合他们。要有信心,坚信像以往一样,多么艰难的坎儿,都能迈过去!

"我用手帕轻轻拭去他的泪水。

"他的脸色越来越难看,喘息越来越艰难,每次吸气,都像使出了所有的力气,但他的眼睛明显有了灵动,有了光亮。

"这是好转吗?

"我有点儿激动,看了一眼黄主任,他也在看我,眼睛里满是支持和赞赏。

"就在这时,依放说话了,他看着我挣扎着说,对……对不起,我……我不行了……

"我触电似的大声说,你行,你绝对行!

"不……这次真的不行了……

"挺住,你一定要挺住啊!

"挺不住了……

"胡说!你必须得挺住,为我挺住!

"不行了……我,我看见数不清的星星,在深蓝里闪耀,在向我召唤……我走后,你要把我们的儿子养大……告诉他,我爱他……永远爱他……

"我心胸骤痛,涕泪横流,强烈酸楚中,大声痛哭起来……

"我大哭着说,不许胡说!你要真爱儿子,就给我好好活着!

"见我失控,护士赶紧将我抱开。

"我听见他挣扎着说,不要……不要难过……

"不等说完,再次昏了过去。

"医生们紧急抢救。

"我看着他们听诊心脏量血压调节氧气,在他的肌肉和血管里注射药物,心都碎了。但意识格外清楚,就是坚信他不会有事,他的健康有底子,精神有信念,事业有追求,意志品质十分坚强,他攻克了的那个极其重要极其复杂的函数方程的前面,还有更加艰难同时也更加伟大更加辉煌的事业在等待着他,他会脱颖而出,他必将脱颖而出。我们的儿子还不满四岁,我们俩还有那么多美好的愿望,还有那么多未来的梦想没能实现,他还一直想要个女儿,怎么可能抛下生命中最最重要的东西说走就走呢?

"不,绝不可能!

"救护车拉着警笛,高速开进市区。

"当开到离省医院不到两公里的地方,被高举旗帜打着巨幅标语口号震天的游行队伍挡住了。所有车辆停在路边,没有通过的任何可能。我们的车拉着警笛想强行通过,三个戴袖章维持秩序的汉子过来,凶巴巴地怒斥司机,说你开着那破玩意儿叽里哇啦的想干什么呀?不知道今天是双庆大游行嘛!司机赶紧关闭警笛。汉子厉声命令司机打开后门,见是穿白大褂的医护人员和担架上救护的病人,又训斥了司机几句,命令车子靠边。

"大家全都静静坐在车里。

"眼看依放一点点衰弱,生死关头,心急如焚,一点儿办法都没有。

"又有一支庞大的游行队伍高举旗帜敲锣打鼓唱着歌儿走过来：

  长江滚滚向东方
  葵花朵朵向太阳
  满怀激情庆'九大'
  我们放声来歌唱
  ……

"队伍过后，我再也忍不住了，对黄主任说，不能再等了！医院不远，咱们把他抬过去吧！

"黄主任瞅了眼打着两组吊针，吸着氧气的依放，无声地摇了摇头。

"他是对的，约二十分钟后，道路开通，救护车赶到医院。

"令人无论如何不敢面对的情况发生了。

"除了住院部，急诊科及门诊所有重要科室全部关闭，一个领导一个医生都找不到。有个清洁工说，你们不知道啊，今儿全市大游行，都到广场开大会去了，啥时候结束不知道。

"大家全都傻了眼。

"神情沉重的黄主任，皱着眉头想了下说，省医院都这样，其他医院肯定也一样，咱们去陆军医院试试吧。

"救护车赶到陆军医院，已是十点四十分。

"车子被拦在大门口，两名配枪执勤的军人，毫无表情地告知黄主任，这是军队医院，地方车辆及人员严禁入内，请立刻离开！

"黄主任亮明身份，再三解释，说明病人情况危急，需要紧急抢救。

"哨兵毫不通融,没有地方革委会或者军管会的介绍信,绝不放行!

"我要上前力争,被黄主任一把拉住。

"他控制情绪,极其诚恳地说,哨兵同志,我们是国家二机部九院的重点单位,是从海晏那边赶过来的。今儿全城大游行,省医院没人上班,我们是迫不得已来这儿的。病人就在车上,他是国家重要的科研人员,现在病情十分危急,需要立刻抢救。说着,再次拿出自己的证件,恭敬地递上。

"哨兵再次接过证件仔细看了看,脸上表情愈加严肃,毫不客气地说,你说你们是国家二机部九院的重点单位,可你证件的钢印上分明是'国营综合机械厂',连单位地址都没有!说着,神情猛然严厉,一个后退,啪的一声,双脚并拢,紧握步枪,目光逼人。

"我的心猛然颤抖,眼前一阵昏眩。

"哨兵有哨兵的原则。

"更糟糕的是,黄主任压根想不到,联系好的事儿会出意外,也就没带单位介绍信,而个人证件,也就是工作证。证件上的确只有'国营综合机械厂'的名称及姓名性别编号等,没有地址。这正是保密单位的特殊之处。条例严格规定,无论遇到什么情况,不得透露任何涉密信息。如果是在其他地方,相信解决的办法很多,可碰上较真的哨兵,那就是铁板一块。

"绝望之下,黄主任突然大声说,我认识你们创伤科的李玮主任,我们有过重要的工作交流,我能进去找找他吗?

"哨兵瞅了一眼一直没怎么说话的同伴。

"同伴想了下,抄着浓重的山西腔说,你们等等,我请示一下。

"他进了值班室,透过玻璃窗,我看见他在打电话,约一分钟左右,他出来冲黄主任招手。

"黄主任跑去接电话。

"我紧张得喘不过气来,强烈期待中,感觉心都要跳出来了,想要看清楚些,眼前阵阵昏眩,耳内轰轰作响,脑袋炸裂般闷痛……赶紧靠住车子,想回到车上,可两腿发软,身子发飘,天旋地转间,差点儿倒地上……

"昨晚我一夜没合眼,连口水都没喝,在高度紧张和焦虑中熬到了这会儿……眼看依放生命垂危,医院就在跟前,可就是进不去……而你除了伤痛和泪水,什么也做不了……

"就在绝望山也似的压下来的时候,黄主任从值班室冲了出来。

"跟在他身后的士兵立刻打开了大门。

"不知道是不是肾上腺素的作用,那一刻,我猛然惊醒,气力倍增,心明眼亮,像即将坠崖的瞬间,抓住了救命的藤条。

"是的——

"就那么玄乎。

"就那么神奇。"

说着,奶奶笑了。

她笑着,眼睛迸射出灼人的光亮,里面有了动人的潮湿,有了那种令人无法琢磨无法触及的神秘,还有了诱人的温暖,还有缠绵的伤感。

好一会儿,她忽闪灵动的眸子,满是向往地说:

"知道命运是啥样的吗?

"你不知道!

"我知道。

"我告诉你:

——命运

　　是雪边的兰草

　　是深谷的藤条

"这可不是我说的,这是依放的诗,他在诗里就是这么写的!"

34

又到了斜辉脉脉的傍晚,深蓝的海面风平浪静,白得耀眼的云絮,如绽放的棉桃,在蔚蓝的天空展演着姿色。远处飘来亲切撩人的萨克斯,是肯尼·金编曲的《回家》。空气里幽幽的花香弥漫在《回家》的氛围里,温暖的抒情,在甜蜜的旋律上泛滥着忧伤。

依楠望着奶奶深秘的眼睛,小心翼翼地说:

"那天你们在陆军医院,爷爷得救了吗?"

奶奶说:"是的。黄主任他们在很短的时间内,就办好了各种手续,请来了最好的医生,让你爷爷住上了院,得到了最好的诊疗,用上了最好的药。"

"那……爷爷的病情好转了吗?"

奶奶摇了下头,缓缓地说:"没有……抢救归抢救,治疗归治疗,一切都太晚了,来不及了,耽误的太久,肝硬化已经癌变,无论到哪也没救了。"

"那……爷爷醒过来了吗?"

"没!"奶奶眼神一变,语气骤然加重,紧接着沉痛不已地说,

"我守护了他整整六天六夜,呼唤了他六天六夜,饿极了,随便吃点儿东西,困极了,就在床沿上趴一会儿,时时刻刻关注着他,期待着他,哪怕他有一点儿反应,我都会警觉,我都会激动,以为他醒来了,得救了……可他,可他就那样躺着,陷没在无人企及的深眠里,那怕眨下眼睛,哪怕看我一眼都没有……

"他走的时候我知道,是正午时分,外面蓝天白云,艳阳高照,广播喇叭在播送新闻,走廊里人来人往,送饭的家属们都来了,病房里叽叽喳喳,空气里充斥着亲情的气息和饭菜的味道。

"突然,我心口疼了一下,恍恍惚惚中,一道雾状的暗影从他身上升起来,在我眼前晃了晃,飘飘忽忽滑向窗外……

"临床的一位军人,随即指着吊瓶里悬停的药滴大声说,他心跳停了,快叫医生!我腿脚僵硬,一动不动,似乎意识也悬停在了那滴药液上……

"我知道他走了,刚才的那团雾影就是他,我眼睁睁看着他飘出窗外,融化在他向往的湛蓝的天空里。"说到这儿,她哼了一声,突然话题一拐,激动地说,"依放这人啥都好,就是说话不算数。这些年,他经常光顾我的梦境,每次都不近不远对我说,丁丁,我又来了,看你过得好不好,别忘了我俩的约定,五十年过后,我才会来接你!可五十年过去了,我都要奔九十了,他倒好,不但不来接我,连我的梦里都不来了!"说着,就有亮晶晶的泪水汪在眼眶里,像是感慨,又像是歉意地说,"你别介意,我知道不该提这事儿,这是心里的疤瘌,不该去触碰。多少年来,这些经历我从没对人说过,给你爸爸都没讲过。按说也不该对你讲,毕竟过了半个世纪了,物换星移多少次,数都数不过来了。可就是忘不掉,怎么忘都忘不掉……"

说着她又情不自禁地笑了,笑着笑着又抹开了泪水,越抹越多,泉涌似的,怎么止都止不住……

却没有哭声,一点儿哭腔都没有。

奶奶无声的痛哭,深深震撼着依楠。

她扑向奶奶,把她孩子似的抱在怀里。

斜辉熔化了红云,化作一片绚烂的光斑。

缓过神来的奶奶不好意思地说:

"我最近越活越脆弱,老是失态,唠叨起来没个完,你可别笑话我。人老了不该这样,最起码我不该这样。可我错了。老人就是老人,所有的器官都在退化,既然当不了自己的家,干吗还要委屈自己呢,你说对不?"

依楠说:"对啊,我就喜欢您唠叨!对了,还有个事儿您没告诉我呢?"

"啥事啊?"

依楠下决心似的说:"爷爷走后,您没再找过吗?"

奶奶明白她的意思,平平淡淡地说:"没有,我从没主动找过别人。可别人没少找我。一来二去,都不合适。后来,大概十年之后吧,你爸爸都是中学生了,有那么个人,让我动了心,我们差点儿结婚。他是高级工程师,追了我整整六年。他后来去了绵阳,九〇一厂任职,而我去了北京。两地相隔太远,一年难得见一次,后来也就不了了之。"

"为什么啊,难道就为了工作和孩子?"依楠执拗地说。

"不!"奶奶坚定地说,"婚姻问题上,但凡为孩子、为事业不成的,都是借口!别人我不知道。就我来说,不成的原因就一个,不管啥人,不论对我多好,就是不能和依放比,一比就完!依放走后,我读了他的日记,差点儿精神崩溃。我自责,我内疚,痛苦得死去活来。几年时间里,我的全部精力都集中在工作和孩子身上。有一阵子,我似乎和过去画上了句号,全新的生活,使我焕发了新的活力,甚至成了业余合唱队的成员。但只要提起婚姻,我就会烦躁,就会抗拒。本来我是有机会去绵阳的,和那人在一起,十有八九会结婚。他对我绝对是真情。有一年,我春节回家,他竟然追到了哈尔滨。我真的好感动,也真心对待过他。可事到临头,我还是选择了北京,也就是说选择了离开。

"真不知道为啥给你讲这些。

"我很清楚,和千千万万的精彩人生相比,和你们年轻人的追求相比,和今天的时代相比,我的故事既不惊心动魄,也不回肠荡气,既不传奇,也没什么魅力,就是些过往的生活,流逝的人生,除了真实还是真实。

"这就是多少次我不愿提起的原因。

"我明白,深秋的霜冻对大自然意味着的是什么。面对洁白的冰雪,没人能讲好夏天的故事。因为无论你怎么讲,都不可能是本来的样子。人生也一样,没有了当时的社会和环境,没有了在场的氛围和激情,没有了当时的创伤和疼痛,心灵的烙印就会变色。但我又必须要讲,因为从你身上,我越来越强烈地感知到,万事万物都是有记忆的,所谓人生代代无穷已,江月年年只相似。为了存在的记忆,真实的人生,应当在历史的范畴里思考问题。因为所有人类的历史,社会的形态,生活的方式,都是千千万万不同种族不同肤色不同思想的人共同拥有和建造的,尽管天差地远,尽管各不相同。

"就说二二一厂的岁月,你爷爷和我都是普普通通的科学家。我们没有惊天动地的作为,没有伟大卓越的贡献,但在我们各自的领域里,都算得上是行家里手,算得上是优秀人才。可以说,在人类必将遏制核战争,并最终消除核武器的伟大而艰难的历程中,有过我们的心血,有过我们的汗水,也有过我们的奉献!我还要说的是,今后人类世界,无论科学技术多么发达,无论人工智能多么出神入化,作为有血有肉有思想有情感的人,无论是在我们的星球上,还是在更加广阔的宇宙间,如果我们注定要清醒,注定要觉悟,那么请珍视你心灵的存在,请敬畏你活着的理由。"

依楠心潮起伏,感叹不已——

奶奶的人生比她丰满!

奶奶的爱情比她美丽!

奶奶的品质比她坚实!

奶奶超越了的,不仅是人生的幸福,还有生命的悲喜,还有心灵的境界。

她不由得说:

"奶奶,如果爷爷还在的话,会是怎样的情景呢?"

奶奶想了下,果断地说:"你说的不对,人生是不可以假设的!岁月没有如果,历史不能假设。我要告诉你的是,在人类文明和科学进步的道路上,你爷爷和我,和千千万万普普通通的科学家一样,只是一枚铺路的石子。

"而对我来说,他一直都没有离开过!

"我们是夫妻——

"他陪我一程,我念他一生!"

2021 年 10 月